COLLECTION JULES VERNE

COLLECTION JULES VERNE
BAND 37

Das Dampfhaus

Band 2

Pawlak Taschenbuch Verlag, Berlin, Herrsching

Nachdruck mit freundlicher Genehmigung des
Verlages A. Hartleben, Inh. Dr. Walter Rob, Wien I.
Die Vorlagen für die Umschlagillustrationen der
Collection Jules Verne sind Jules Verne Bänden,
erschienen im A. Hartleben's Verlag, Wien, entnommen.
Umschlaggestaltung: Bine Cordes, Weyarn
Die Orthographie wurde der heutigen Schreibweise angeglichen.

Gesamtherstellung: Elsnerdruck GmbH, Berlin
Printed in Germany
ISBN: 3-8224-1037-3

Inhalt

Erstes Kapitel

Unser Sanatorium

»Die Unmeßbaren der Schöpfung!« – Sollte dieser stolze Name, den der Mineralog Hauy zur Kennzeichnung der amerikanischen Anden gebrauchte, nicht mit noch mehr Berechtigung Anwendung finden können auf die ausgedehnte Himalayakette, welche der Mensch heute noch nicht mit mathematischer Sicherheit zu messen im Stande ist?

Dieser Gedanke erfüllte mich beim Anblick jener großartigen Hochgebirgsnatur, in der Oberst Munro, Kapitän Hod, Banks und ich mehrere Wochen zubringen sollten.

»Diese Bergriesen sind nicht allein unmeßbar«, erklärte uns der Ingenieur, »sondern ihre Gipfel dürfen auch als unersteigbar gelten, da der menschliche Organismus in solchen Höhen nicht mehr zu funktionieren vermag, wo die Dichtigkeit der Luft zu gering ist, um dem Atembedürfnisse zu entsprechen!«

Ein zweitausendfünfhundert Kilometer langer Wall von Urgebirgsformationen, wie Granit, Gneiß und Glimmerschiefer, der vom zweiundsiebzigsten bis zum fünfundneunzigsten Meridian reicht und zwei Präsidentschaften, Agra und Kalkutta, nebst zwei Königreichen, Bhutan und Nepal, teilweise bedeckt; – eine Kette, an der sich bei ihrer, den Gipfel des Montblanc um ein Drittel übersteigenden Höhe drei verschiedene Zonen erkennen lassen, die erste von 5000 Fuß und einem gemäßigteren Klima als dem der vorgelagerten Ebenen, welche im Winter eine Roggen-, im Sommer eine Maisernte liefert; die zweite von 5- 9000 Fuß, wo der Schnee schon schmilzt, wenn der Frühling einzieht; die dritte von 9- bis 25.000 Fuß Höhe und mit dickem Eise bedeckt, das selbst in der heißen Jahreszeit der Sonnenstrahlen spottet; – in dieser großartigen Anschwellung der Erdkugel elf Pässe, von denen einige das Gebirge in einer Höhe von 20.000 Fuß durchbrechen und durch die man, wegen der immerfort drohenden Lawinen, der Zerstörung durch Bergströme und wegen des Vordringens gewaltiger Gletschermassen nur unter großen Beschwerden nach Tibet gelangen kann; über diesem Kamme, einmal oben abgerundet zu mächtigen Kuppeln, ein andermal glatt wie der Tafelberg am Kap der Guten Hoffnung, sieben bis acht teilweise vulkanische Einzelberge, welche die Quellen der Cogra, Djumma und des Ganges beherrschen, wie der Doukia und der Kintchindjinga, die über 7000 Meter emporsteigen, der Dhiodounga mit 8000 Meter, der Dhawalagiri mit 8500, der Tchamoulari mit 8700 Meter Höhe; der Mount Everest, der seinen Gipfel sogar bis 9000 Meter emporsendet, und von welchem aus das Auge des Beobachters ein Ländergebiet so groß wie ganz Frankreich müßte überblicken können; eine Aufhäufung von Bergmassen, welche die Alpen, wenn man sie auf die Alpen, die Pyrenäen, wenn man sie auf die Anden türmte, in der Höhenskala der Erdkugel nicht übertreffen würden – das ist die kolossale Bodenerhebung, deren äußerste Gipfel auch der Fuß des verwegensten Bergsteigers niemals betreten wird, und die man die Himalayakette nennt!«

Die ersten Stufen dieser gigantischen Propyläen sind in großen Strecken dicht bewaldet. Hier findet man verschiedene Vertreter aus der reichen Familie der Palmen, die in höheren Zonen endlosen Wäldern von Eichen, Zypressen und Pinien oder üppigen Bambusdickichten und hohen Gräsern Platz machen.

Banks, der uns hierüber belehrte, erwähnte auch, daß die Grenze des ewigen Schnees am indischen Abhange des Gebirges bis auf viertausend Meter herabreiche, sich am tibetanischen aber bis sechstausend Meter über dem

Meere zurückziehe. Es kommt das daher, daß die vom Südwinde herzugeführten Dunstmassen von dem ungeheueren Walle aufgehalten werden. Deshalb sind auf der anderen Seite von Gerstenfeldern und herrlichen Wiesen umgebene Dörfer noch in 15.000 Fuß Höhe anzutreffen. Wenn man den Eingebornen glauben darf, reicht dort schon eine einzige Nacht hin, die Weideplätze mit einem grünen Teppiche zu überziehen.

In der mittleren Zone repräsentieren Pfauen, Rebhühner, Fasanen, Trappen und Wachteln die befiederte Welt. Ziegen gibt es in Überfluß, von Schafen wimmelt es überall. In der oberen Zone findet man nur noch den Eber, die Gemse nebst der wilden Katze, und einsam zieht der Adler seine weiten Kreise hoch über der dürftigen Pflanzenwelt, der schwach besetzten Musterkarte einer arktischen Flora.

Bis dahin zog Kapitän Hod seine Sehnsucht freilich gar nicht. Weshalb hätte dieser Nimrod den Himalaya aufsuchen sollen, wenn er auch hier nur das gewöhnliche Tafelwild hätte jagen können? Zum Glück sollte es aber an großen Raubtieren, die seiner Enfieldbüchse und seiner Explosionsgeschosse würdig waren, gewiß nicht fehlen.

Am Fuße der ersten Abhänge der Bergkette hin erstreckt sich nämlich eine tiefere Zone, von den Hindus der Gürtel von Tarryani genannt. Es ist das eine lange, geneigte, sechs bis acht Kilometer breite, feuchtwarme Ebene mit düsterer Vegetation und dichten Wäldern, in welchen reißende Tiere mit Vorliebe hausen. Über diesem Paradiese eines Jägers, der die nervenerschütternde Aufregung des Kampfes liebt, befand sich nur fünfzehnhundert Meter höher der von uns gewählte Halteplatz. Es war also leicht genug, nach diesem Jagdreviere, das unter niemandes Aufsicht stand, hinunter zu gehen.

Aller Aussicht nach durfte man annehmen, daß Kapitän Hod lieber die unteren Stufen des Himalaya als dessen obere Zonen aufsuchen werde. Hier harrten übrigens nach Aussage aller Reisenden, darunter auch des humorvollen Victor Jacquemont, noch viele geographische Rätsel ihrer endlichen Lösung.

»Man kennt also diese riesenhafte Bergkette noch immer nur unvollkommen?« fragte ich Banks.

»Sehr unvollkommen«, antwortete der Ingenieur. »Der Himalaya gleicht einem kleinen Planeten, der sich unserer Erdkugel zwar angeschlossen hat, aber seine Geheimnisse bewahrt.«

»Doch ist er bereist«, erwiderte ich, »und durchforscht, soweit das möglich war!«

»Gewiß! An Himalaya-Reisenden hat es nie gefehlt«, bestätigte Banks. »Die Brüder Gérard, Webb, die Offiziere Kirpatrik und Fraser, Hogdson, Herbert, Lloyd, Hooker, Cunningham, Strabing, Skinner, Johnson, Moorcroft, Thomson, Griffith, Vigne, Hügel, die Missionare Huc und Gabet, neuerdings die Gebrüder Schlagintweit, Oberst Wangh und die Leutnants Reuillier und Montgommery haben durch ausgezeichnete Arbeiten die orographische Anordnung dieses Rückens der Erde in weitem Umfange kennengelehrt. Trotz alledem bleibt noch gar vieles zu wünschen übrig. Die genaue Höhe der hervorragendsten Bergspitzen hat unzählige Berichtigungen erfahren. So galt z. B. früher der Dhawalagiri für den König der ganzen Kette; nach späteren Messungen mußte er diesen Ehrenplatz dem Kintchindjinga abtreten, der seinerseits wieder durch den Mount Everest entthront werden zu sollen scheint. Bisher übertrifft der letztere alle seine Rivalen. Indessen würde nach Aussage der Chinesen der Kouin-Lun – der freilich mit den präzisen Instrumenten der europäichen Geometer noch nicht gemessen wurde – den Mount Everest noch um eine Kleinigkeit überragen, und der höchste Punkt unserer Erde wäre demnach überhaupt nicht im Himalaya zu suchen. Jene Messungen können übrigens erst dann als mathematisch sicher gelten, wenn ihnen Barometerbeobachtungen zugrunde liegen und dabei alle, für solche direkte Messungen unerläßliche Vorsichtsmaßregeln beachtet wurden. Wie kann man aber dazu gelangen, ein Barometer nach jenen fast unersteigbaren Gipfeln zu schaffen? Das ist bisher eben noch nicht geschehen.«

»Es wird aber dazu kommen«, ließ Kapitän Hod sich vernehmen, »ebenso wie man noch Reisen bis zum Nord- und zum Südpol ausführen wird.«

»Ganz ohne Zweifel!«

»Wie eine Reise bis in die unergründeten Tiefen des Ozeans!«

»Gewiß, gewiß!«

»Eine solche nach dem Mittelpunkte der Erde!«

»Bravo, Hod!«

»Wie überhaupt alles noch einmal gelingen wird«, fügte ich hinzu.

»Selbst die Fahrt nach einem beliebigen Planeten unseres Sonnensystems!« fuhr Hod fort, der in solchen Phantasien nicht so leicht ein Ende fand.

»Nein, Kapitän«, erwiderte ich. »Der Mensch als einfacher Bewohner der Erde wird niemals im Stande sein, deren Grenzen zu überschreiten. Doch wenn er auch an ihrer Rinde festgenietet ist, so vermag er doch alle Geheimnisse derselben zu ergründen.«

»Er kann das nicht nur, es ist sogar seine Pflicht!« fiel Banks ein. »Alles was innerhalb der Grenzen der Möglichkeit liegt, wird und muß erreicht werden. Nachher, wenn der Mensch auf der von ihm bewohnten Kugel nichts mehr zu lernen hat, dann . . .«

»Dann verschwindet er sammt dem Sphäroid, das für ihn keine Geheimnisse mehr hat«, vollendete Hod den Satz!

»Mitnichten!« entgegnete Banks, ». . . dann herrscht er über dasselbe und nutzt es ganz zu seinem Vorteile aus. Da wir uns aber gerade im Himalayagebiete befinden, will ich Ihnen, lieber Hod, Gelegenheit zu einer merkwürdigen Entdeckung bieten, die Sie vielleicht interessiert.«

»Was meinen Sie, Banks?«

»In seinem Reiseberichte erwähnte der Missionar Huc eines sonderbaren Baumes, der in Tibet ganz allgemein ›der Baum der zehntausend Bilder‹ genannt wird. Der Hindu-Legende nach soll nämlich Tong Kabac, der Reformator der buddhistischen Religion, schon einige tausend Jahre früher in einen Baum verwandelt worden sein, ehe Philemon, Baucis und Daphne, jene merkwürdigen Pflanzenwesen der mythologischen Flora, dasselbe Schicksal ereilte. Der Haarschmuck Tong Kabacs soll damals zur Laubkrone jenes heiligen Baumes geworden sein und auf seinen Blättern sollen sich, der Missionar behauptet das gesehen – mit eigenen Augen gesehen – zu haben, von den Blattnerven gebildete tibetanische Schriftzüge vorfinden.«

»Ein Baum also, dem gleich gedruckte Blätter entsprießen!« rief ich.

»Ja, und von denen man Sprüche der reinsten, höchsten Moral ablesen kann«, fügte der Ingenieur hinzu.

»Das lohnt der Mühe einer Untersuchung«, sagte ich lachend.

»Suchen Sie darüber Gewißheit zu erlangen, meine Freunde«, meinte Banks. »Wenn solche Bäume im südlichen Teile Tibets vorkommen, so müssen sie auch in der oberen Zone, auf dem Abhange des Himalaya zu finden sein. Also haben Sie bei unseren Ausflügen ein Auge darauf, diesen ... ja, wie soll ich sagen ... diesen ›Sittenlehrer‹ zu entdecken.«

»Nein, daran denke ich nicht!« erwiderte Hod. »Ich bin hier, um zu jagen, und habe keinen Nutzen vom Bergklettern.«

»Aber, Freund Hod«, entgegnete Banks, »ein so kühner Bergsteiger wie Sie wird doch wenigstens einmal den

Gebirgskamm erklimmen?«

»Niemals!« erklärte der Kapitän bestimmt.

»Und warum?«

»Ich habe auf alle Bergfahrten verzichtet!«

»Und seit wann?«

»Seit dem Tage«, antwortete Kapitän Hod, »da ich, immer in Lebensgefahr schwebend, unter größter Anstrengung den Gipfel des Vrigel im Königreiche Bhutan erklomm. Man hatte mir versichert, daß noch keines Menschen Fuß diese Spitze betreten habe. Das stachelte meine Eigenliebe an! Unter tausend Gefahren gelange ich nach dem First, was finde ich aber da in einem Felsblock eingemeißelt ...? ›Durand, Zahnarzt, Rue Caumartin 14, Paris!‹ – Seitdem klettere ich nicht mehr!«

Armer Kapitän, ich muß indes gestehen, daß Hod die Erzählung dieser fatalen Enttäuschung mit so lustiger Gebärde zum Besten gab, daß wir nicht umhin konnten, aus vollem Herzen zu lachen.

Ich erwähnte wiederholt der »Sanatorien« der Halbinsel. Diese in den Bergen gelegenen Gesundheitsstationen werden während des Sommers, wo die brennende Hundstagssonne der Ebenen Indien zu verzehren droht, von Rentiers, Beamten und Kaufleuten vielfach aufgesucht.

In erster Linie ist hier Simla zu nennen, das unter dem einunddreißigsten Breitengrade westlich vom fünfundsechzigsten Meridian liegt. Es ist das wirklich ein Stückchen Schweiz mit Wasserfällen und Gebirgsbächen und den im Schatten von Zedern und Pinien verstreuten Sennhütten, 2000 Meter über dem Meere. Nach Simla nenne ich Dordjiling mit seinen weißen Häusern, überragt vom Kintchindjinga, etwa fünfhundert Kilometer von Kalkutta und in einer Höhe von 2300 Metern, nahe dem sechsundachtzigsten Längen- und dem siebenundzwanzigsten Breitengrade – ein herrliches Plätzchen im schönsten Lande der Welt.

An verschiedenen Punkten der Himalayakette finden sich noch andere Sanatorien.

Jetzt tritt nun zu diesen frischen, gesunden Stationen, welche das brennende Klima Indiens unentbehrlich macht, noch unser Steam-House hinzu. Doch das gehört uns ganz allein. Es bietet allen Komfort der luxuriösesten Wohnungen der Halbinsel; hier finden wir in einer glücklichen Zone neben allen Erfordernissen des modernen Lebens eine Ruhe, die man in Simla oder Dordjiling, wo sich Anglo-Indier in großer Zahl aufhalten, vergeblich suchen würde.

Unsere Niederlassung ist mit gutem Vorbedacht ausgewählt. Die nach dem unteren Teile des Gebirges führende Straße teilt sich hier in zwei Äste, um einige in Osten und Westen verstreute Dörfer zu verbinden. Das nächste derselben liegt gegen fünf Meilen vom Steam-House entfernt. Bevölkert ist dasselbe von biederen Bergbewohnern, welche Ziegen und Schafe züchten und ergiebige Korn- und Gerstenfelder besitzen.

Bei unserem zahlreichen Personal bedurfte es unter Banks' Leitung nur weniger Stunden, um ein Lager zu organisieren, in dem wir sechs bis sieben Wochen verweilen wollten.

Einer der Vorberge jener vielgliedrigen Nebenketten, welche den ungeheueren Kamm des Himalaya stützen, bot uns ein leicht wellenförmiges, etwa eine Meile langes und eine halbe Meile breites Plateau dazu dar. Der grüne Teppich, der dasselbe bedeckt, gleicht einem weichen Samtgewebe aus kurzem, dichtem, sozusagen plüschartigem Grase mit duftenden Veilchen durchstickt. Baumähnliche Rhododendrons in der Größe kleiner Eichen, natürliche Blumenkörbe voller Kamelien erhöhen den Liebreiz des anmutigen Bildes. Hier bedarf die Natur nicht der fleißigen Arbeiter von Ispahan oder Smyrna, um diesen Teppich aus feiner vegetabilischer Wolle herzustellen. Einige tausend Samenkörner, die der Südwind diesem fruchtbaren Boden zugeführt, ein wenig Wasser und ein wenig Sonne reichen hin, jenes weiche und unverwüstliche Gewebe zu bilden.

Auf dem Plateau erhebt sich ein Dutzend prächtiger Bäume. Es sieht aus, als hätten diese sich als Irreguläre von dem endlosen Walde abgesondert, der die Seiten des Vorberges bedeckt und auf den Nachbargebirgen noch sechshundert Meter emporsteigt. Zedern, Eichen, langblättrige Pandanen, Buchen, Ahorn- und Johannisbrotbäume grünen hier mitten unter Bananen, Bambus, Magnolien und japanischen Feigenbäumen. Einzelne dieser Riesen streben mit ihren äußersten Zweigen über hundert Fuß von der Erde empor. Sie scheinen wirklich dazu geschaffen, eine Waldwohnung zu beschatten. Das Steam-House diente gewissermaßen zur Vervollständigung der Landschaft. Die runden Dächer seiner zwei Pagoden vermählen sich glücklich mit all' diesem grünen Gezweig, den starren oder biegsamen Ästen und den Blättern, welche einmal klein und zart sind wie Schmetterlingsflügel und dann wieder breit und lang wie polynesische Pagaien. Unsere fahrbaren Häuser verschwanden fast ganz unter einem Dickicht von Laubwerk und Blumen. Nichts gibt Kunde von ihrer besonderen Eigenschaft; sie erscheinen vielmehr wie eine festbegründete Wohnstätte, die ihre Stelle nicht mehr wechseln soll.

Hinter uns rauscht zur rechten Seite des Bildes über den Abhang des Vorberges ein Wildbach, dessen gewundenes Silberband wir über tausend Fuß hinauf verfolgen können, und stürzt sich in ein natürliches Becken, das eine Gruppe schöner Bäume beschattet.

Aus dem Becken fließt dann quer durch das Wiesenland ein Bach ab, der in einem rauschenden Wasserfalle endigt und als solcher in eine, mit dem Auge nicht zu ermessende Tiefe hinabstürzt.

So liegt das Steam-House ebenso bequem für das häusliche Leben, wie es eine wahrhaft entzückende Augenweide bietet.

Geht man nach dem vorderen Rande des Plateaus, so gewahrt man, daß jenes viele andere, minder bedeutende Bergrücken überragt, welche in gigantischen Stufen bis zur Ebene hinabreichen. Der Hintergrund ist gerade entfernt genug, um ihn mit dem Blicke umfassen zu können.

Rechts steht unser erster Wagen so in schiefer Richtung, daß man den südlichen Horizont ebenso von dem Balkon der Veranda, wie von den Seitenfenstern des Salons, von denen des Speisezimmers und von den Kabinen der linken Seite übersehen kann. Große Zedern ragen darüber empor und heben sich deutlich von dem entfernten Hintergrunde der großen Bergkette ab, welche unter ewigem Schnee begraben liegt. Zur linken Hand lehnt sich der zweite Wagen an die Wand eines gewaltigen, von der Sonne vergoldeten Granitfelsens. Sowohl durch seine bizarre Form wie durch seinen warmen Farbenton erinnert dieser Felsen lebhaft an jene riesigen »Plum-Puddings«, welche Russel Kilough in seiner Reise durch das südliche Indien erwähnt. Von dieser, Mac Neil und dem übrigen Personal überlassenen Wohnung sieht man nur eine Seite. Sie steht etwa zwanzig Schritte von der Hauptwohnung entfernt, wie das Nebengebäude einer bedeutenden Pagode. Am Ende eines der Dächer, welche dieselbe überwölben, erhebt sich ein feiner Streifen bläulichen Rauches aus dem Küchenlaboratorium des Monsieur Parazard. Weiter nach links hin bedeckt eine, von dem Walde kaum getrennte Baumgruppe den westlichen Rand und bildet gleichsam die Seitenkulissen der Landschaft. Im Rükken und zwischen den beiden Wohnungen erhebt sich ein riesenhafter Mastodon. Es ist unser Stahlriese, der unter die Laubwölbung großer Pandanen gestellt ist. Mit seinem erhobenen Rüssel scheint er die oberen Zweige derselben »abzunagen«. Aber er steht jetzt still. Er ruht aus, obwohl er der Ruhe nicht bedarf. Jetzt dient er als furchtloser Wächter des Steam-Houses, wie ein ungeheures antediluvianisches Geschöpf, und verteidigt an der Straße, welche er selbst emporklomm, den Zugang zu unserem beweglichen Weiler.

So kolossal unser Elefant auch erscheint – wenigstens so lange man nicht an die himmelhohe Bergkette denkt, welche sich 6000 Meter über das Plateau erhebt – so gleicht er doch fast gar nicht mehr jenem künstlichen Riesen, mit dem Banks' geschickte Hand die indische Fauna beschenkte.

»Eine Mücke auf der Fassade einer Kathedrale!« sagte Kapitän Hod mit einem gewissen Ärger.

Der Vergleich war nur zu passend. Dahinter ragte nämlich ein Granitblock empor, aus dem man bequem tausend Elefanten von der Größe des unserigen hätte meißeln können, und dieser Block bildete nur einen Absatz, eine der hundert Stufen jener Treppe, die nach dem Kamm des Gebirges hinaufführt und die der Dhawalagiri mit seinem spitzen Gipfel bekrönt.

Manchmal senkt sich der Himmel über diesem Bilde nach dem Beobachter herab. Nicht allein die höchsten Bergspitzen, sondern auch der mittlere Kamm verschwindet zeitweilig. Es rührt das von dichten Dunstmassen her, welche sich in der mittleren Zone des Himalaya verbreiten und den ganzen unteren Teil desselben verhüllen. Die Landschaft schrumpft gewissermaßen zusammen, und dann erst scheinen, wie durch optische Täuschung, die Wohnstätten, Bäume, die benachbarten Berge und auch der Stahlriese selbst ihre natürliche Größe wiederzugewinnen.

Es kommt zuweilen auch vor, daß niedriger stehende Wolken von gewissen feuchten Winden gejagt, noch unterhalb unseres Plateaus hinziehen. Dann erblickt das Auge nichts als ein schäumendes Meer, auf dessen bewegter Fläche die Sonne wunderbare Farbenspiele hervorzaubert. Nach oben und nach unten verschwindet der Horizont, und es scheint, als wären wir in irgendeine, außerhalb der Grenze des Erdballes liegende Luftregion versetzt.

Da schlägt der Wind um; eine durch die Lücken der Bergkette dringende nördliche Brise fegt die Nebel weg, das Dunstmeer kondensiert sich fast augenblicklich, die Ebene weicht bis zum südlichen Horizont zurück, das prächtige Profil des Himalaya zeichnet sich wieder an dem gereinigten Grunde des Himmels ab, der Rahmen des Bildes nimmt seine normale Größe an, und der entzückte Blick, den kein Hindernis einengt, umfaßt alle Einzelheiten eines Panoramas von sechzig Meilen Durchmesser.

Zweites Kapitel

Mathias van Guitt

Am nächsten Morgen, dem 26. Juni, weckte mich das Geräusch wohlbekannter Stimmen. Ich sprang auf. Kapitän Hod und sein Diener Fox waren im Speisezimmer in lebhafter Unterhaltung begriffen. Ich gesellte mich zu ihnen.

Gleichzeitig hatte Banks sein Zimmerchen verlassen und der Kapitän redete ihn mit volltönender Stimme an.

»Nun, Freund Banks, da wären wir ja endlich in dem ersehnten Hafen! Hier wird nun Rast gemacht! Es handelt sich nicht mehr um einen Aufenthalt von mehreren Stunden, sondern von einigen Monaten.«

»Gewiß, lieber Hod«, antwortete der Ingenieur, »und nun können Sie auch nach Belieben jagen. Die Pfeife des Stahlriesen wird Sie nicht mehr nach dem Lagerplatz zurückrufen.«

»Hörst du, Fox?«

»Gewiß, Herr Kapitän«, bestätigte der Diener.

»Nun sei mir der Himmel günstig«, rief Hod, »das Sanatorium des Steam-Houses verlasse ich aber nicht eher, als bis der fünfzigste von meiner Büchse gefallen ist! Der fünfzigste, Fox! Es scheint mir nur, als werde es mit dem fünfzigsten so seine Schwierigkeiten haben!«

»Wir werden sie zu besiegen wissen«, bemerkte Fox.

»Weshalb glauben Sie das, Kapitän Hod«, fragte ich.

»Oh, Maucler, das ist so eine Ahnung . . . Eine Jägerahnung, weiter nichts!«

»So werden Sie also«, sagte Banks, »schon von heute an von hier ausziehen und den Feldzug eröffnen?«

»Von heute an«, erwiderte Hod. »Wir werden damit beginnen, das Terrain zu rekognoszieren und die untere Zone bis zu den Wäldern von Tarryani absuchen – vorausgesetzt, daß die Tiger ihre alte Heimat nicht aufgegeben haben . . .«

»Wie können Sie das glauben . . .?«

»Ah, mein bekanntes Pech!«

»Bekanntes Pech . . .! Am Himalaya . . .!« versetzte der Ingenieur, »wäre das möglich!«

»Nun, wir werden ja sehen! Sie begleiten uns doch, Maucler?« fragte Kapitän Hod, sich an mich wendend.

»Ei, gewiß!«

»Und Sie, Banks?«

»Ich ebenfalls«, antwortete der Ingenieur, »und ich hoffe sogar, daß auch Munro sich so wie ich, d. h. mehr als Dilettant, Ihnen anschließen wird.«

»Oho«, entgegnete Kapitän Hod, »als Dilettant! Nun, meinetwegen, aber als wohlbewaffneter Dilettant. Hier ist nicht die Rede davon, mit dem Stocke in der Hand spazierenzugehen. Das wäre eine Beleidigung für die Raubtiere von Tarryani!«

»Einverstanden!« antwortete der Ingenieur.

»Also, Fox«, fuhr der Kapitän sich an seinen Diener

wendend fort, »diesmal keine Mißgriffe! Wir sind im Lande der Tiger! Vier Enfieldbüchsen für den Oberst, für Banks, Maucler und mich, und zwei Gewehre mit explodierenden Geschossen für dich und Goûmi.

»Seien Sie ohne Sorgen, Herr Kapitän«, versicherte Fox. »Das Wild soll sich nicht zu beklagen haben!«

Dieser Tag sollte also der Erforschung jenes Waldes von Tarryani gewidmet werden, der, noch unterhalb unseres Sanatoriums, den Fuß des Himalaya bedeckt. Nach eingenommenem Frühstück, gegen elf Uhr, stiegen wir, Sir Edward Munro, Banks, Hod, Fox, Goûmi und ich, die schräg nach der Ebene hinabfallende Straße hinunter, ließen aber die beiden Hunde zurück, die uns heute nichts nützen konnten.

Der Sergeant Mac Neil, Storr, Kâlouth und der Koch blieben gleichfalls im Steam-House, um unsere Einrichtung zu vollenden. Nach zweimonatiger Frist mußte auch der Stahlriese innerlich und äußerlich untersucht, gereinigt und in Stand gesetzt werden. Das erforderte eine lange, sorgsame und ausdauernde Arbeit, bei der seine gewöhnlichen Cornacs, der Heizer und der Maschinist, nicht viel feiern konnten.

Um elf Uhr hatten wir das Sanatorium verlassen, und wenige Minuten später, bei der ersten Wendung des Weges, verschwand das Steam-House unseren Blicken hinter einem dichten Baumvorhang.

Es regnete nicht mehr.

Unter dem Antrieb eines frischen Nordostwindes jagten die in den oberen Schichten der Atmosphäre treibenden, zerrissenen Wolken mit großer Schnelligkeit dahin. Der Himalaya war grau – die Temperatur für Fußgänger wie geschaffen; freilich fehlten jetzt auch jene reizenden Spiele des wechselnden Lichtes und Schattens, welche große Wälder sonst zu bieten pflegen.

Zweitausend Meter auf direktem Wege hinabzusteigen, das wäre eine Sache von fünfundzwanzig bis dreißig Minuten gewesen, wenn die vielen Windungen, welche die Steilheit der Abhänge nötig machte, nicht den Weg bedeutend verlängert hätten. So brauchten wir nicht weniger als anderthalb Stunden, um die obere Grenze der Wälder von Tarryani, fünf- bis sechstausend Fuß über der Ebene zu erreichen. Doch legten wir den Weg in fröhlichster Laune zurück.

»Achtung«, rief der Kapitän Hod. »Jetzt betreten wir das Gebiet der Tiger, Löwen, Panther, Gepards und anderer wohltätiger Bewohner der Himalaya-Region. Es ist zwar ganz schön, die wilden Tiere zu besiegen, aber noch besser, nicht von ihnen besiegt zu werden! Halten wir uns demnach hübsch beieinander und lassen wir der klugen Vorsicht ihr Recht!«

Eine derartige Empfehlung aus dem Munde eines so unerschrockenen Jägers verdiente gewiß alle Beachtung. Jeder von uns schrieb sich dieselbe hinter das Ohr. Die Büchsen und Flinten wurden geladen, die Schlösser nachgesehen, die Hähne in Sicherheit gesetzt. Wir waren auf alles vorbereitet.

Ich bemerke hierzu noch, daß man sich nicht nur vor reißenden Tieren, sondern auch vor Schlangen hüten mußte, von denen in den Wäldern Indiens die gefährlichsten Arten vorkommen. Die »Belongas«, die grünen, die Peitschenschlangen nebst manchen anderen sind außerordentlich giftig. Die Zahl der Opfer, welche jährlich dem Bisse jener Reptilien unterliegen, übersteigt fünf- bis sechsmal die der Haustiere und Menschen, welche durch die Zähne der Raubtiere umkommen.

Im Gebiete von Tarryani erforderte es also die einfache Klugheit, das Auge überall zu haben, aufzumerken, wohin man den Fuß setzte, worauf man die Hand stützte, auf das leiseste Geräusch zu achten, das aus dem Grase kam oder sich durch das Gebüsch verbreitete.

Um halb ein Uhr gelangten wir unter das Laubdach mehrerer, am Waldessaume dicht zusammenstehender

Bäume. Ihr hohes Geäst verstrickte sich über einigen breiteren Wegen, welche der Stahlriese bequem hätte passieren können. Durch diesen Teil des Waldes beförderten die Bergbewohner schon seit langer Zeit das geschlagene Holz; auch jetzt zeigte der weiche Tonboden ziemlich frische Wagenspuren. Diese Hauptstraßen verliefen in der Richtung der Bergkette, reichten der Länge nach durch ganz Tarryani und verknüpften die Lichtungen, welche die Axt der Holzschläger hier und da geschaffen hatte; auf beiden Seiten mündeten ferner schmale Fußsteige aus, die sich in dem undurchdringlichen Dickicht verloren.

Wir folgten also diesen Alleestraßen, mehr als Feldmesser denn als Jäger, da es uns zunächst darum zu tun war, deren Lage und Verlauf kennenzulernen. Kein Geheul unterbrach das Schweigen des tiefen Waldes. Breite, offenbar noch ganz frische Fährten bewiesen jedoch, daß die Raubtiere Tarryani keineswegs verlassen hatten.

Plötzlich, eben als wir um eine Ecke der Allee bogen, welche vor einem scharf vorspringenden Berge etwas nach rechts ausbog, hemmte unsere Schritte ein Ausruf des Kapitän Hod, der immer vorausging.

Zwanzig Schritt vor uns erhob sich, an der Ecke einer von mächtigen Pandanen begrenzten Waldblöße, ein, wenigstens seines Aussehens wegen merkwürdiges Bauwerk. Ein Haus war es nicht, dazu fehlten ihm Rauchfang und Fenster; eine Jägerhütte auch nicht, denn dazu fehlten ihm die Schießscharten. Man hätte das Ganze wohl für ein, in der Tiefe des Waldes verlorenes Hindu-Grab ansehen können.

Stelle man sich einen verlängerten Würfel vor, errichtet aus nebeneinandergestellten, in den Boden fest gerammten Stämmen, deren obere Enden durch biegsame Zweige fest verbunden waren. Das Dach bildeten andere, waagrecht liegende und am Kopfe der ersteren haltbar eingezapfte Stämme. Offenbar hatte der Erbauer dieses kleinen Bollwerkes demselben nach allen fünf Seiten die größtmögliche Festigkeit zu verleihen gesucht. Es maß etwa sechs Fuß in der Höhe, zwölf in der Länge und fünf in der Breite. Von einem Zugange war nichts zu erblicken, wenn diesen nicht an der Vorderseite eine starke, oben abgerundete Bohle verdeckte, welche das ganze Bauwerk ein wenig überragte.

Über dem Dache erhoben sich mehrere biegsame, eigenartig angeordnete und untereinander verknüpfte Zweige. Am Ende eines horizontalen Hebels, der diese Armatur trug, hing ein Laufknoten, oder eigentlich eine aus starken Lianenflechten gebildete Schnalle herab.

»Ah, was ist das?« rief ich verwundert.

»Das ist«, erwiderte Banks nach kurzer Betrachtung, »weiter nichts als eine – Mäusefalle! Welche Mäuse zu fangen sie bestimmt ist, das werden sich die Herren selbst sagen.«

»Also eine Tigerfalle?« platzte Hod heraus.

»Jawohl«, bestätigte Banks, »eine Tigerfalle, deren von der Bohle, welche der Lianenknoten gewöhnlich oben hält, jetzt verschlossene Tür zugefallen ist, weil das Stellbrett im Innern gewiß durch ein Tier berührt wurde.«

»Es ist das erste Mal«, sagte Hod, »daß ich in den Wäldern Indiens eine derartige Falle sehe. Eine Mäusefalle, wahrhaftig! Das erscheint aber eines Jägers unwürdig!«

»Und eines Tigers ebenfalls!« fügte Fox hinzu.

»Gewiß!« meinte Banks, »wenn es sich aber darum handelt, wilde Bestien auszurotten, und nicht darum, sie zum Vergnügen zu jagen, so bleibt das beste Mittel immer dasjenige, durch welches die meisten unschädlich gemacht werden. Diese Falle hier scheint mir recht sinnreich erdacht, um wilde Tiere anzulocken und gefangenzuhalten, so mißtrauisch und stark sie auch sein mögen.«

»Da das Gleichgewicht des Fallbrettes, welches die Tür hielt, gestört worden ist«, bemerkte Oberst Munro, »so glaube ich, daß sich wahrscheinlich irgendein Raubtier gefangen hat.«

»Das werden wir bald erfahren!« rief Kapitän Hod, »und wenn die Maus nicht schon tot ist ...«

Der Kapitän begleitete seine Worte mit einer entsprechenden Geste und knackte mit dem Hahne der Büchse. Die übrigen folgten seinem Beispiel, indem sie sich zum Schießen fertig machten.

Wir konnten gar nicht darüber im Zweifel sein, daß dieses hölzerne Blockhaus eine Falle darstelle, wie man sie in den Wäldern der Malayenländer häufiger antrifft.

Das Werk eines Hindus schien sie nicht zu sein, wohl aber ließ ihre höchst empfindliche und doch überaus solide Konstruktion die Zweckmäßigkeit der ganzen Anlage auf den ersten Blick erkennen.

Nach kurzer Überlegung näherten sich Kapitän Hod, Fox und Goûmi der Falle, um sie zuerst von allen Seiten zu besichtigen. Nirgends gewährte jedoch etwa eine Lücke zwischen den lotrechten Stämmen einen Einblick in das Innere derselben.

Sie lauschten gespannt. Nicht das leiseste Geräusch verriet die Anwesenheit eines lebenden Wesens in dem Holzwürfel, der stumm wie ein Grab vor uns lag.

Kapitän Hod und die anderen kamen wieder nach der Vorderseite zurück. Sie überzeugten sich davon, daß die bewegliche Bohle in den vertikalen Fugen herabgeglitten sein mußte. Wenn man diese emporhob, wurde offenbar der Zugang zur Falle freigelegt.

»Es ist nicht das mindeste zu hören!« sagte Kapitän Hod, der das Ohr an die Tür gelegt hatte, »nicht einmal ein Atemzug! Die Mäusefalle ist leer.«

»Jedenfalls keine Unvorsichtigkeit!« ermahnte Oberst Munro.

Er nahm auf dem Stamme eines Baumes zur Linken der Lichtung Platz, und ich setzte mich neben ihn.

»Nun vorwärts, Goûmi!« trieb Kapitän Hod.

Der gewandte, wie ein Affe bewegliche und wie ein Leopard geschmeidige Goûmi – ein wahrer Hindu-Clown – verstand, was der Kapitän meinte. Seine Geschicklichkeit bestimmte ihn naturgemäßt zu dem verlangten Dienste. Er schwang sich mit einem Satze auf das Dach der Falle und ergriff einen der Zweige, welche die obere Armatur bildeten. Dann glitt er auf dem Hebel nach dem Lianenringe vor, den er durch sein Körpergewicht bis zu dem Kopfteile der den Eingang verschließenden Bohle herabzog.

Dieser Ring wurde darauf in einem dazu ausgesparten flachen Einschnitte der Bohle befestigt. Nun bedurfte es nur noch der nötigen Belastung am anderen Hebelende, um die Maschinerie in Bewegung zu setzen.

Das erforderte jedoch die vereinten Kräfte unserer kleinen Gesellschaft. Oberst Munro, Banks, Fox und ich, wir begaben uns deshalb nach der Rückseite der Falle, um diese Bewegung auszuführen.

Goûmi verblieb in der Armatur, um den Hebel frei zu machen, wenn irgendein Hindernis dessen Funktion beeinträchtigen sollte.

»Wenn Sie mich noch brauchen«, rief Kapitän Hod uns zu, »so komme ich; geht es aber ohne mich, so bleibe ich lieber vor der Falle. Wenn ja ein Tiger herauskäme, soll ihn wenigstens eine Kugel begrüßen.«

»Und den würden Sie sich als zweiundvierzigsten anrechnen?« fragte ich den Kapitän.

»Warum nicht?« antwortete Hod, »wenn er durch meine Büchse fällt, findet er den Tod ja in der Freiheit!«

»Verkaufen wir das Fell des Bären«, fiel der Ingenieur da ein, »nicht eher, als bis er erlegt ist.«

»Vorzüglich, da dieser Bär ein Tiger sein dürfte!« fügte Oberst Munro hinzu.

»Nun faßt kräftig an, alle zusammen!« rief Banks.

Die Bohle war sehr schwer und glitt nur schwierig in ihren Falzen, doch gelang es uns, sie zu bewegen. Bald schwebte sie etwa einen Fuß hoch über dem Boden.

Halbgebückt und die Büchse in Anschlag, bemühte sich Kapitän Hod, zu sehen, ob sich eine kräftige Tatze oder ein drohender Rachen an der Öffnung der Falle zeigte, doch vergebens.

»Noch einen Ruck!« rief Banks.

Mit Hilfe Goûmis, der am hinteren Hebelende anfaßte, gelang es, die Bohle nach und nach höher zu ziehen. Bald wurde die Öffnung weit genug, um auch einem größeren Raubtiere den Durchgang zu gestatten.

Aber kein Tier ließ sich sehen.

Noch erschien es möglich, daß der Gefangene sich bei dem, rings um die Falle entstandenen Geräusche vielleicht in die dunkelste Ecke derselben verkrochen hatte. Vielleicht lauerte das Tier nur auf den günstigen Augenblick, mit einem Satze herauszuspringen, jeden, der ihm im Wege war, zu überrennen und in der Tiefe des Waldes zu verschwinden.

Es waren das Augenblicke der höchsten Spannung.

Da sah ich den Kapitän einige Schritte vortreten, den Finger an der Krappe der Büchse, wobei er sich bemühte, den ganzen Innenraum der Falle zu überblicken.

Die Bohle war schon ganz emporgezogen und das Licht drang in breitem Strahle durch die Öffnung ein.

Jetzt vernahm man durch die Wände hindurch ein leises Geräusch, dann einen dumpfen Laut, wie ein furchtbares Gähnen, das mir sehr verdächtig erschien.

Ohne Zweifel war ein Tier hier, welches vorher schlief und das wir plötzlich geweckt hatten.

Kapitän Hod trat noch näher heran und richtete das Gewehr nach einer unbestimmten Gestalt, die sich im Halbschatten regte.

Plötzlich ward es in der Falle lebendig. Ein Schrekkensruf erschallte und ihm folgten die in gutem Englisch gesprochenen Worte:

»Nicht schießen, um des Himmels willen! Nicht schießen!«

Gleich darauf trat ein Mann aus der Falle.

Unser Erstaunen war so groß, daß wir die Armatur losließen, wodurch die Bohle zurückfiel und den Eingang aufs neue verschloß.

Indessen ging die so unerwartet erschienene Persönlichkeit auf Kapitän Hod zu, dessen Büchse noch immer nach der Brust des Fremdlings zielte, und sagte in ziemlich bestimmtem, von einer emphatischen Handbewegung begleitetem Tone:

»Wollen Sie gefälligst Ihr Gewehr aufrichten, mein Herr! Sie haben es hier nicht mit einem tarryanischen Tiger zu tun!«

»Mit wem haben wir denn die Ehre . . .?« fragte da Banks, auf den Mann zutretend.

»Mit dem Naturforscher Mathias van Guitt, Hauptlieferanten von Pachydermen, Tardigraden, Proboszidien, Raub- und anderen Säugetieren für die Handlungen der Herren Charles Rice in London und Hagenbeck in Hamburg.«

Darauf wies er mit der Hand auf unseren Kreis.

»Und die Herren . . .?«

»Oberst Munro nebst dessen Reisegefährten«, antwortete Banks, uns summarisch vorstellend.

»Auf einer Vergnügungsfahrt durch die Forsten des Himalaya!« ergänzte der Händler gleich selbst. »Ein herrlicher Ausflug, wahrhaftig! Ich mache Ihnen mein Kompliment, meine Herren!«

Welch ein Original hatten wir da vor uns? Hätte man nicht glauben können, sein Gehirn habe durch die Einsperrung in der Falle etwas gelitten?

War es ein Narr oder war der Mann bei Verstande? Welcher Kategorie von Zweihändern gehörte das Individuum an?

Wir sollten das nicht nur erfahren, sondern diese Persönlichkeit, die sich für einen Naturforscher ausgab und in der Tat war, in der Folge auch noch weiter kennenlernen.

Herr Mathias van Guitt, der Menagerien-Lieferant, trug eine Brille und mochte fünfzig Jahre zählen. Ein glattes Gesicht, blinzelnde Augen, eine gewaltige Nase, die ewige Bewegung des ganzen Körpers, seine jedem Satze, den er sprach, angepaßten, mehr als ausdrucksvollen Gesten drückten ihm unverkennbar den Stempel des bekannten alten Komödianten aus der Provinz auf. Wer ist nicht einmal solchen ergrauten Theaterhelden begegnet, deren ganzes, von dem Horizonte einer Rampe und eines Prospektes begrenztes Leben sich zwischen der »Hof-« und der »Gartenseite« eines wandernden Thespiskarrens abspielte? Unermüdliche Sprecher, gefährliche Gestikulatoren und höchst eingenommen für das werte Ich, pflegen sie den nach rückwärts geworfenen Kopf möglichst hoch zu tragen, nur erscheint dieser im Alter oft so leer, daß man zur Überzeugung kommt, er werde auch im kräftigen Lebensalter nicht besonders gefüllt gewesen sein. In Mathias van Guitt stak so ein Stückchen eines verwitterten Bretterhelden.

Ich habe einige Male die lustige Anekdote von einem armen Teufel von Sänger gehört, der jedes Wort seiner Rolle mit der entsprechenden grobsinnlichen Geste begleiten zu müssen glaubte.

So z. B. in der Oper »Masaniello« (d. i. die Stumme von Portici), bewegte er bei der in vollem Brustton herausposaunten Stelle:

Wenn aus einem Fischer von Neapel ...

den gegen die Zuschauer ausgestreckten Arm so, als ob er an einem Angelhaken einen zappelnden Hecht hängen hätte. Dann weiter bei den Worten:

Der Himmel einen Fürsten machen wollte ...

erhob er die Hand nach dem Zenit, um auf den Himmel hinzuweisen, während die andere, zur Verbildlichung der Königskrone einen Kreis um das edle Haupt beschrieb –

Würde er, ein Rebell gegen des Schicksals Ratschluß ...
dabei schien er mit Gewalt einem auf ihn wirkenden Drucke Widerstand zu leisten –

Seine Barke weiter treibend rufen ...
hierzu endlich bewegte er beide Arme lebhaft von rechts nach links und umgekehrt, als handhabte er einen Bootsriemen, um seine Geschicklichkeit in der Führung eines Fahrzeuges zu beweisen.

Ganz ähnliche Gewohnheiten, wie jener Sänger, hatte nun auch der Händler Mathias van Guitt. Er schmückte seine Rede gern mit den gewähltesten Phrasen und konnte für den Zuhörer, der sich nicht außer dem Bereiche seiner Handbewegungen zu halten wußte, leicht gefährlich werden.

Wie wir später aus seinem eigenen Munde hörten, war Mathias van Guitt ursprünglich Professor der Naturwissenschaften am Museum von Rotterdam, dem sein Lehrstuhl nicht zugesagt hatte. Offenbar regte das Auftreten des würdigen Mannes schon jenerzeit die Lachmuskeln besonders an, und wenn jemals Scharen von Zuhörern zu seinem Katheder strömten, so wollten diese offenbar weniger lernen, als sich nur belustigen. Unter so bewandten Umständen hatte er sich, überdrüssig, theoretische Zoologie erfolglos vorzutragen, nach Indien begeben, um sich der praktischen Zoologie zu widmen. Diese Tätigkeit behagte ihm weit mehr, und er schwang sich dabei zum wohlbestallten Lieferanten der großen Hamburger und Londener Handelsfirmen empor, von denen die öffentlichen und privaten Menagerien der Alten und Neuen Welt ihren Bedarf zu decken pflegen.

Mathias van Guitt befand sich augenblicklich in Tarryani, um eine umfassende Bestellung auf Raubtiere für Europa auszuführen. Sein Lagerplatz befand sich kaum zwei Meilen von der Stelle, wo wir ihn aus der Falle befreit hatten.

Wie war der Händler aber da hineingeraten? Diese Frage richtete Banks an ihn, und er gab darauf folgende, mit abwechslungsreichen Gesten illustrierte Antwort:

»Ja, das war gestern, die Sonne hatte schon den Halbkreis ihres täglichen Umlaufes vollendet. Da fiel es mir ein, eine der von mir eigenhändig errichteten Tigerfallen zu besichtigen. Ich verließ also meinen Kraal, den die Herren hoffentlich bald mit ihrem Besuche beehren werden, und gelangte nach dieser Waldblöße. Ich war allein; meine Leute hatten dringende Arbeiten vor und ich wollte sie nicht davon abhalten. Das war eine Unklugheit. Als ich zur Falle kam, überzeugte ich mich sogleich, daß die, die Tür bildende bewegliche Bohle noch aufgezogen war,und zog daraus die logische Schlußfolgerung, daß sich bis jetzt kein Raubtier gefangen haben könne. Indessen wollte ich mich überzeugen, ob der Köder sich noch vorfinde und ob der Hebel richtig und leicht funktioniere. Ich glitt also mit geschickter kriechender Bewegung durch den engen Eingang.«

Mathias van Guitts Hand erläuterte dabei durch eine elegante Wellenbewegung etwa das Schleichen einer Schlange durch das hohe Gras.

»Im Innern der Falle angelangt«, fuhr der Händler fort, »prüfte ich das Ziegenviertel, dessen Ausdünstung die Bewohner dieses Teiles des Waldes anlocken sollte. Der Köder erwies sich unberührt. Eben wollte ich umkehren, als ein Stoß meines Armes das Spiel des Hebels auslöste: die Klappe fiel nieder, und ich saß, ohne jede Möglichkeit, daraus entkommen zu können, in meiner eigenen Falle gefangen.«

Mathias van Guitt schwieg einen Augenblick, um den ganzen Ernst seiner fatalen Lage zu kennzeichnen.

»Immerhin, meine Herren«, nahm er seine Rede wieder auf, »muß ich gestehen, daß ich die Sache anfänglich von ihrer komischen Seite auffaßte. Ich war eingesperrt, richtig! Hier gab es keinen Stockmeister, um die Türe des Kerkers zu öffnen, auch wahr! Aber ich sagte mir, daß meine Leute, wenn ich ihnen allzu lange ausbliebe, Nachforschungen anstellen würden, die ja nicht ohne Erfolg bleiben konnten. Das Ganze erschien mir nur als eine Frage der Zeit.

Was soll man in einer Herberge wohl anderes tun als schlafen? sagt ein französischer Erzähler. Ich schlief also ein, und so verflossen zwei Stunden ohne Veränderung meiner Situation. Der Abend sank hernieder, der Hunger meldete sich. Das Beste, was ich tun zu können glaubte, war, ihn durch Schlaf hinwegzutäuschen. Ich handelte als Philosoph und verfiel in tiefen Schlaf. Die Nacht war still; im Walde regte sich nichts. Mein Schlummer blieb ungestört, und vielleicht schliefe ich noch, wenn mich nicht ein ungewohntes Geräusch geweckt hätte. Die Klappe der Falle stieg langsam empor, das Licht des Tages brach sich Bahn in meinem dunklen Schlupfwinkel, und ich brauchte nur herauszutreten ... Den Schreck können Sie sich vorstellen, als ich da das Mordinstrument auf meine Brust gerichtet sah. Noch einen Augenblick und ich war von einer Kugel durchbohrt! Die Stunde meiner Befreiung wäre die letzte meines Lebens gewesen ...! Der Herr Kapitän beliebte aber in mir noch rechtzeitig ein Wesen seiner eigenen Gattung zu erkennen, und so habe ich Ihnen, meine Herren, nur noch den verbindlichsten Dank für meine Erlösung auszusprechen!«

So lautete die Erzählung des Händlers. Ich gestehe, daß wir uns nur mit Mühe bemeistern konnten, das Lachen zu unterdrücken, welches seine Worte und Gesten unwillkürlich erregten.

»Ihr Lagerplatz«, fragte Banks, »ist also in diesem

Teile Tarryanis aufgeschlagen?«

»Ja, mein Herr«, bestätigte Mathias van Guitt. »Wie ich schon die Ehre hatte, Ihnen mitzuteilen, und wenn Sie diesen mit Ihrer Gegenwart beehren wollen, wird es für mich ein Vergnügen sein, Sie daselbst zu empfangen.«

»Gewiß, Herr van Guitt«, versicherte Oberst Munro, »wir werden nicht verfehlen, unseren Besuch abzustatten.«

»Wir sind Jäger«, fügte Kapitän Hod hinzu, »und die Einrichtung eines Kraals hat für uns ein natürliches Interesse.«

»Jäger!« rief Mathias van Guitt, »Jäger!«

Sein Gesicht nahm unverkennbar einen Ausdruck an, der uns sagte, daß er die Söhne Nimrods nicht allzu hoch schätzte.

»Sie jagen Raubtiere . . . natürlich, um sie zu töten?« fuhr er, gegen den Kapitän gewendet, fort.

»Einzig und allein, um sie zu töten«, erklärte Hod.

»Und ich einzig und allein, um sie zu fangen!« versetzte der Händler, der sich bei diesen Worten stolz in die Brust warf.

»Nun, Herr van Guitt«, erwiderte Kapitän Hod, »da werden wir uns ja keine Konkurrenz machen!«

Der Händler schüttelte den Kopf. Jedenfalls veranlaßte ihn unsere Eigenschaft als Jäger nicht, direkt auf seine Einladung zurückzukommen.

»Wenn die Herren mir folgen wollten!« sagte er nur mit graziöser Verneigung.

In diesem Augenblicke ließen sich im Walde verschiedene Stimmen vernehmen und ein halbes Dutzend Hindus kamen um eine Ecke der Straße, welche von der Lichtung ausging.

»Ah, da sind meine Leute!« sagte Mathias van Guitt.

Dann trat er näher an uns heran, legte den Finger auf den Mund und flüsterte uns halblaut zu:

»Bitte, kein Wort von meinem Abenteuer! Die Leute aus dem Kraal brauchen nicht zu wissen, daß ich mich wie ein Raubtier in eigener Falle fangen ließ. Das könnte das Ansehen vermindern, welches ich mir in deren Augen immer bewahren muß!«

Ein zusagendes Zeichen unsererseits beruhigte den Händler.

»Herr«, begann da einer der Hindus, dessen ruhiges und doch intelligentes Gesicht meine Aufmerksamkeit erregte, »Herr, schon über eine Stunde lang suchen wir Sie, ohne . . .«

»Ich war bei diesen Herren, welche mich nach dem Kraal begleiten wollen«, fiel ihm Mathias van Guitt ins Wort; »bevor wir aber aufbrechen, bringt mir die Falle wieder in Ordnung!«

Die Hindus gehorchten willig dem Befehle des Händlers.

Inzwischen lud uns Mathias van Guitt ein, das Innere der Falle in Augenschein zu nehmen. Kapitän Hod schlüpfte nach ihm hinein und ich folgte beiden nach.

Der Raum war etwas beschränkt für die Entwickelung der Gesten unseres Wirtes, der damit so freigebig war, als ob er sich in einem Salon befände.

»Ich zolle Ihnen alle Achtung«, sagte Kapitän Hod, nachdem er sich den Apparat angesehen, »das ist wirklich recht sinnreich!«

»Das dürfen Sie glauben, Herr Kapitän«, antwortete Mathias van Guitt. »Diese Art von Fallen ist den früheren, mit Pfählen aus hartem Holze versehenen Gruben und den bogenförmig herabgezogenen elastischen Zweigen mit Laufknoten bei weitem vorzuziehen. Im ersteren Falle spießt das Tier sich auf, im zweiten Falle erwürgt es sich. Wenn es nur darauf ankommt, die reißenden Tiere auszurotten, so ist das ja ziemlich gleichgültig. Ich aber, wie ich hier mit Ihnen rede, ich brauche jene lebendig und unverletzt, ohne jegliche Wertverminderung!

Alles in allem«, bemerkte Kapitän Hod dagegen, »verfahren wir beide nicht auf gleiche Weise.«

»Aber ich wahrscheinlich besser als Sie!« versetzte der Händler. »Wenn man die Raubtiere fragen könnte . . .«

»Ja, ich befrage sie aber nicht!« erwiderte der Kapitän.

Kapitän Hod und Mathias van Guitt hatten entschieden einige Mühe, sich zu verständigen.

»Aber«, fragte ich den Händler, »wenn sich nun ein Tier in solch' einer Falle fing, wie bringen Sie es in Gewahrsam?«

»Dazu wird ein fahrbarer Käfig vor die Öffnung gebracht«, erklärte Mathias van Guitt, »in den sich die Gefangenen selbst hineinstürzen, und ich brauche sie dann nur, ruhig und sicher von meinem zahmen Büffel gezogen, nach dem Kraal zu schaffen!«

Kaum hatte er diese Worte vollendet, als wir von außen her ein lautes Geschrei vernahmen.

Was mochte da geschehen sein?

Eben hatte ein Hindu eine Peitschenschlange von der gefährlichsten Art mit einem dünnen Stocke in zwei Teile getrennt, als sich das giftige Reptil gerade auf den Oberst Munro zuschlängelte.

Es war derselbe Hindu, der mir schon vorher auffiel. Sein rasches, entschlossenes Handeln hatte Sir Edward Munro von einem unerwarteten schnellen Tode gerettet, wie wir selbst zu sehen Gelegenheit hatten.

Der zu unseren Ohren dringende Schrei rührte nämlich von einem Diener aus dem Kraal her, der sich im letzten Todeskampfe auf dem Boden wälzte.

Durch ein bedauernswertes Mißgeschick war der glatt abgehauene Kopf der Schlange dem Armen an die Brust geflogen, die Zähne bohrten sich hier noch ein, und der Unglückliche hauchte, das entsetzliche Gift in den Adern, in kaum einer Minute sein Leben aus, ohne daß wir im Stande gewesen wären, ihn zu retten.

Zuerst erstarrt vor Schreck über dieses gräßliche Schauspiel, eilten wir dann sofort auf den Oberst Munro zu.

»Du bist doch nicht verletzt?« fragte Banks, der seine Hand besorgt ergriff.

»Nein, Banks, beruhige dich!« antwortete Sir Edward Munro.

Dann erhob er sich und ging auf den Hindu, seinen Lebensretter zu.

»Ich danke dir, mein Freund!« sagte er.

Der Hindu gab durch eine Bewegung zu verstehen, daß er für seine Tat keinen besonderen Dank verdient habe.

»Wie ist dein Name?« fragte ihn Oberst Munro.

»Kâlagani!« antwortete der Hindu.

Drittes Kapitel

Der Kraal

Der Tod des armen Teufels erregte, vorzüglich bei den Umständen, unter denen er erfolgte, unsere innigste Teilnahme, doch der Biß der Peitschenschlange, der giftigsten der ganzen Halbinsel, schont einmal nicht. Es war nur ein weiteres Opfer zu den Tausenden, welche jenen furchtbaren Reptilien jährlich in Indien erliegen.*

Man hat – jedenfalls nur scherzweise – behauptet, daß es auf Martinique früher keine Schlangen gegeben habe und die Engländer solche nur dahin gebracht hätten, als sie die genannte Insel an Frankreich ausliefern

*Im Jahre 1877 sind nicht weniger als 1677 Menschen durch den Biß von Schlangen umgekommen. Aus den von der Regierung für die Vernichtung jener Reptilien gezahlten Prämien, ergibt sich, daß im Laufe desselben Jahres 127.295 solcher erlegt worden sind.

mußten. Den Franzosen fehlte jede Veranlassung zu solchen Repressalien, als sie ihre Erwerbungen in Indien aufgaben. Sie wären unnütz gewesen, denn nach dieser Seite hin hatte schon die Natur sich wahrhaft verschwenderisch erwiesen.

Der Körper des Inders ging unter dem Einflusse des Giftes rasch in Zersetzung über, so daß er ohne Zögern beerdigt werden mußte. Seine Kameraden unterzogen sich dieser Pflicht und er wurde in eine hinreichend tiefe Grube gelegt, um dem Ausscharren durch Raubtiere vorzubeugen.

Nach Beendigung der traurigen Zeremonie lud uns Mathias van Guitt ein, ihn nach seinem Kraal zu begleiten – eine Einladung, welche von uns mit Vergnügen angenommen wurde.

Binnen einer halben Stunde erreichten wir den Lagerplatz des Händlers, welcher den Namen eines »Kraals« vollkommen rechtfertigte, während man diesen sonst nur auf die Ansiedlungen im südlichen Afrika angewendet findet.

Jener bestand aus einer geräumigen, länglichen Einzäunung tief im Walde und in der Mitte einer größeren Lichtung. Mathias van Guitt hatte denselben den Bedürfnissen seines Geschäftes anzupassen gewußt. Auf allen vier Seiten umschloß ihn eine Palisadenwand mit einem hinreichend weiten Tore, um seine Wagen durchzulassen. In der Mitte des Hintergrundes diente eine lange, aus Baumstämmen und Planken roh gezimmerte Hütte als Wohnstätte für alle Insassen des Kraals. Sechs, in mehrere Einzelzellen abgeteilte Käfige auf vierrädrigen Gestellen schlossen sich rechtwinklich an das linke Ende der Umplankung an. Das Gebrüll aus denselben verriet, daß sie nicht leer waren. Rechts lagerten etwa ein Dutzend Büffel im Freien und weideten die fetten Bergwiesen ab. Diese bildeten die gewöhnlichen Zugtiere der beweglichen Menagerie. Sechs Büffeltreiber, welchen die Führung der Wagen oblag, und zehn mit der Jagd auf Raubtiere vorzüglich vertraute Hindus bildeten das Personal der Niederlassung.

Die Büffeltreiber waren nur für die Dauer der Jagdzeit gemietet. Ihre Beschäftigung bestand darin, die Karren mit den Käfigen nach den Jagdgründen zu fahren und dieselben dann nach der nächsten Eisenbahnstation zu schaffen. Hier verlud man die Karren auf Trucks und beförderte sie in kurzer Zeit nach Allahabad, Bombay oder Kalkutta.

Die Hindujäger gehörten zu den Leuten, welche man allgemein »Chikaris« nennt. Sie suchen die Spuren der Raubtiere, treiben diese auf und fangen sie mit großer Geschicklichkeit ein.

Das war die Mannschaft des Kraals. Mathias van Guitt und seine Leute bewohnten denselben schon seit mehreren Monaten. Sie waren hier freilich ebenso den Überfällen wilder Tiere, wie dem Fieber ausgesetzt, das besonders in Tarryani herrscht. Die Feuchtigkeit der Nächte, die Ausdünstung schädlicher Bodenfermente und die feuchte Hitze unter dem dichten Laubgewölbe, das die Sonnenstrahlen nur wenig durchdrangen, machen die untere Zone des Himalaya zu einer ungesunden Gegend.

Der Händler und die Hindus waren hier jedoch so vertrefflich akklimatisiert, daß ihnen die »Malaria« nicht mehr schadete als den Tigern oder den Eingebornen von Tarryani. Wir hätten freilich nicht lange ungestraft in dem Kraal verweilen dürfen. Das lag auch gar nicht in Kapitän Hods Plan. Wir wollten nur einige Nächte auf den Anstand gehen und dann nach dem Steam-House in die höhere Zone zurückkehren, welche die Ausdünstungen der Ebene nicht mehr erreichen.

An dem Lagerplatz Mathias van Guitts angelangt, öffnete sich uns das Tor zu demselben.

Mathias van Guitt schien unser Besuch sehr zu

schmeicheln.

»Jetzt, meine Herren«, begann er, »gestatten Sie mir, die Pflichten des Wirtes zu erfüllen. Diese Niederlassung entspricht allen Anforderungen meiner Kunst. Sie ist freilich nicht viel mehr als eine große Hütte, wie sie die Jäger der Halbinsel einen ›Houddi‹ zu nennen pflegen.«

Während dieser Anrede hatte der Händler die Türen der Wohnstätte geöffnet, welche er mit seinen Leuten teilte. Alles darin war höchst einfach. Ein erstes Zimmer – wenn man ihm diesen Namen geben darf – für den Herrn; ein zweites für die Chikaris, ein drittes für die Wagenlenker; in jedem als einziges Mobiliar ein Feldbett; ein vierter Raum, der gleichzeitig als Küche und Speisezimmer diente – man sieht, daß Mathias van Guitts Wohnung wirklich sehr dürftig war und die Bezeichnung als Houddi mit Recht verdiente. Wir hatten eine größere Hütte vor uns, weiter nichts.

Nachdem wir die Wohnung »dieser zur ersten Klasse der Säugetiere gehörenden Zweihänder« in Augenschein genommen, lud man uns ein, nun auch den Aufenthaltsort der Vierfüßler zu besichtigen.

Das war unbestreitbar der interessanteste Teil des Kraals. Die Einrichtung erinnerte mehr an eine wandelnde Menagerie als an die bequemen und eleganten Behälter eines Zoologischen Gartens. In der Tat fehlten hier nur die in Wasserfarben gemalten und am bunten Gerüst aufgehängten Bilder, welche in greller Kolorierung einen Tierbändiger in rosafarbenen Trikots und Samtwams inmitten einer umherspringenden Horde von Bestien darstellen, welche sich mit blutigem Maule und drohenden Krallen unter der Peitsche eines heroischen Bidel oder Pezon krümmen. Freilich mangelte es auch an Publikum für den Zuschauerraum.

Einige Schritte davon lagen die zahmen Büffel. Sie befanden sich zur rechten Hand, in einer besonderen Abteilung des Kraals, wo man ihnen neben dem Futter, welches der Boden lieferte, noch täglich eine gewisse Menge frisches Gras vorlegte. Es wäre untunlich gewesen, sie auf benachbarten Weideplätzen ganz frei herumlaufen zu lassen. Wie Mathias van Guitt sich gewählt ausdrückte, »war diese Hütungsfreiheit, welche in den Klans des Vereinigten Königreichs angebracht ist, gänzlich unvereinbar mit den Gefahren in den Wäldern des Himalaya«.

Die eigentliche Menagerie umfaßte sechs Käfige auf vierrädrigen Gestellen. Jeder an der Vorderseite mit Eisenstäben vergitterte Kasten zerfiel in drei Zellen. Durch Türen, oder vielmehr von unten nach oben bewegliche Schieber konnte man je nach Bedarf die Tiere aus einer Zelle in die andere treiben. Diese Käfige enthielten zur Zeit sieben Tiger, zwei Löwen, drei Panther und zwei Leoparden.

Mathias van Guitt erklärte uns, daß sein Stock erst vollzählig sei, wenn er noch zwei Leoparden, drei Tiger und einen Löwen gefangen habe. Dann gedachte er den Lagerplatz zu verlassen, nach der nächsten Eisenbahnstation zu ziehen und sich nach Bombay zu wenden.

Die Tiere, welche man in den Käfigen bequem beobachten konnte, waren prächtige Exemplare, aber offenbar sehr wild. Sie befanden sich noch zu kurze Zeit in der Gefangenschaft, um dieser beschränkten Wohnweise gewohnt zu sein. Das bewies ebenso ihr entsetzliches Gebrüll, wie das unermüdliche Hin- und Herlaufen von einer Scheidewand zur andern und das Schlagen gegen die Gitter, welche vielfach verbogen waren.

Als wir vor die Käfige traten, verdoppelte sich nur ihre Wut, ohne daß Mathias van Guitt darauf weiter zu achten schien.

»Arme Tiere!« sagte Kapitän Hod.

»Arme Tiere!« wiederholte der getreue Fox.

»Glauben Sie denn, diese hier seien mehr zu beklagen

als jene, welche Sie töten?« fragte der Händler im trokkenen Tone.

»Weniger zu beklagen als zu tadeln ... daß sie sich fangen ließen!« erwiderte Kapitän Hod.

Wenn es zutrifft, daß die Raubtiere in Ländern wie Afrika – wo Wiederkäuer, ihre gewöhnliche Nahrung, nur seltener vorkommen – manchmal lange Zeit fasten müssen, so ist das in den Gefilden von Tarryani keineswegs der Fall. Hier tummeln sich in Menge die Bisonochsen, Büffel, Zebus, Eber und Antilopen, welchen Löwen, Tiger und Panther unablässig nachstellen. Außerdem bieten ihnen Ziegen und Schafe, ganz abgesehen von den »Raiots« (Bauern), welche jene hüten, eine sichere und bequeme Beute. In den Wäldern des Himalaya können jene ihren Hunger hinreichend stillen. Ihre Wildheit, welche sie trotzdem niemals ablegen, findet hier also keinen Entschuldigungsgrund.

Die Insassen seiner Menagerie fütterte der Händler in der Hauptsache mit Bison- und Zebufleisch, welches die Chikaris an gewissen Tagen herbeizuschaffen hatten.

Man würde sich täuschen, zu glauben, daß eine solche Jagd gefahrlos sei. Im Gegenteil. Selbst der Tiger hat den wilden Büffel, ein furchtbares Tier, wenn es verwundet wurde, zu fürchten. Schon mancher Jäger hat es erleben müssen, wie ein Büffel den Baum, auf den er sich geflüchtet, mit den Hörnern entwurzelte. Wohl sagt man, daß Auge des Wiederkäuers sei gleich einer Linse, welche alle Gegenstände in dreifacher Vergrößerung erscheinen lasse, und der Mensch imponiere ihm deshalb wegen seiner riesigen Gestalt. Auch die aufrechte Haltung soll die Tiere erschrecken, so daß man immer besser tue, ihnen stehend entgegenzutreten, als gekrümmt oder liegend.

Ich weiß nicht, wie viel Wahres hieran ist, sicherlich aber äußert der Anblick des Menschen, wenn er sich auch noch so hoch aufrichtet, auf den wilden Büffel keinerlei Wirkung, und jener ist so gut wie verloren, wenn er keine Waffen zur Hand hat.

Ganz ebenso verhält es sich mit dem indischen Bison mit kurzem, fast viereckigen Kopfe, schlanken, an der Wurzel abgeplatteten Hörnern, höckrigem Rücken – eine Bildung, welche ihn seinem amerikanischen Stammverwandten nähert – und von Fuß bis zum Knie weißen Füßen, dessen Länge vom Schwanz bis zur Spitze der Schnauze zuweilen vier Meter beträgt. Ist derselbe auch, in Gesellschaft im fetten Grase der Ebene weidend, weniger wild, so wird er dem Jäger, der ihn unkluger Weise angreift, doch immer furchtbar.

Mit dem Fleische der Wiederkäuer ernährte van Guitt also die Raubtiere seiner Menagerie. Um dieselben sicherer und gefahrloser zu fangen, suchten sie die Chikaris in Fallen zu locken, aus denen sie gewöhnlich tot herausgeschleift werden.

Der Händler, ein Mann, der seine Sache verstand, verteilte die Nahrung nur sehr sparsam unter seine Gefangenen. Einmal täglich, zu Mittag, erhielten sie vier bis fünf Pfund Fleisch, weiter nichts. Dazu ließ er sie – gewiß nicht aus kirchlichen Gründen – vom Sonnabend bis Montag regelmäßig fasten. Wahrlich, das war ein trauriger, magerer Sonntag für sie! Wurde ihnen dann nach Ablauf von achtundvierzig Stunden aber der schmale Bissen zugeteilt, da entwickelte sich ein unbeschreiblich wildes Leben, ein entsetzliches Geheul, da sprangen die Bestien hin und her, daß die rollenden Käfige sich bewegten und man fürchten mußte, diese in Stücke gehen zu sehen.

Ja, die armen Tiere! war man versucht mit Kapitän Hod zu rufen. Mathias van Guitt hatte jedoch seine guten Gründe, so zu verfahren. Diese Enthaltsamkeit im Gefängnis ersparte seinen Tieren gewisse, sonst leicht auftretende Hautkrankheiten und erhöhte ihren Verkaufswert auf den Märkten Europas.

Man wird sich leicht vorstellen können, daß Mathias van Guitts Sprachwerkzeuge, während er uns seine Tiere mehr als Naturforscher denn als Schausteller zeigte, nicht gerade feierten. Im Gegenteil. Er plauderte, schilderte, erzählte, und da die Raubtiere Tarryanis den Hauptgegenstand seiner etwas weitschweifigen Redesätze bildeten, hatten sie für uns doch ein gewisses Interesse. Wir sollen auch den Kraal nicht eher verlassen, als bis uns von der Zoologie des Himalaya kein Geheimnis mehr übrigblieb.

»Aber sagen Sie mir, Herr Mathias van Guitt«, fragte Banks, »wirft Ihr Geschäft wirklich so viel ab, daß es die damit verbundenen Gefahren aufwiegt?«

»In früherer Zeit«, antwortete der Händler, »gab es einen recht guten Ertrag. Seit einigen Jahren freilich, muß ich gestehen, sind die Raubtiere im Preise sehr gesunken. Sie können sich durch die neuesten Preiscourante leicht überzeugen. Unser Hauptmarkt ist der Zoologische Garten von Antwerpen, Vögel, Schlangen, Affen und eidechsenartige Reptilien, Raubtiere aus der Alten und Neuen Welt, dahin befördere ich ›fachgewohnheitsmäßig‹ . . .«

Kapitän Hod verbeugte sich bei diesem Worte.

». . . die Beute unserer abenteuerlichen Jagdzüge in den Wäldern der Halbinsel. Leider scheint der Geschmack des Publikums zu wechseln, und die Verkaufspreise werden bald niedriger stehen als die Beschaffungsunkosten. Kürzlich ist z. B. ein männlicher Strauß für elfhundert Francs verkauft worden, und das Weibchen brachte gar nur achthundert. Ein schwarzer, weiblicher Panther fand nur zu sechzehnhundert Francs einen Abnehmer, eine javanische Tigerin zu zweitausendvierhundert, und eine große Löwenfamilie – der Vater, die Mutter, ein Onkel und zwei hoffnungsvolle junge Löwen – zu siebentausend Francs zusammen.«

»Das ist freilich so gut wie nichts!« meinte Banks.

»Was die Proboscidien betrifft . . .« fuhr Mathias van Guitt fort.

»Proboscidien?« fragte Kapitän Hod.

»Ja, mit diesem wissenschaftlichen Namen bezeichnen wir die Pachydermen, welche die Natur mit einem Rüssel ausstattete.«

»Also die Elefanten.«

»Jawohl, die Elefanten der quaternären Periode, die Mastodons der vorhistorischen Zeiten . . .«

»Ich danke verbindlichst«, fiel Kapitän Hod ein.

»Was die Proboscidien also angeht«, nahm Mathias van Guitt den Faden seiner Rede wieder auf, »so muß man von deren Fang jetzt fast ganz absehen, außer wo es sich um die Gewinnung ihrer Zähne handelt, denn der Elfenbeinkonsum hat sich nicht vermindert. Seitdem aber die am Ende ihres Latein angelangten dramatischen Autoren angefangen haben, jene in ihren Theaterstücken vorzuführen, reisen die Impresarios damit von Stadt zu Stadt, und ein einziger Elefant, der mit der wandernden Gesellschaft die Provinzen durchzieht, genügt, die Neugier eines ganzen Landes zu befriedigen. Elefanten sind jetzt auch weit weniger gesucht als früher.«

»Aber liefern Sie diese Vertreter der indischen Fauna«, fragte ich da, »nur in die Menagerien von Europa?«

»Sie verzeihen«, erwiderte Mathias van Guitt, »wenn ich, ohne besonders neugierig zu sein, erst eine bescheidene Frage an Sie richte.«

Ich verbeugte mich zustimmend.

»Sie sind Franzose, mein Herr«, begann der Händler. »Das erkennt man nicht allein an Ihrem Akzent, sondern auch an Ihrem aus dem gallo-romanischen und keltischen gemischten Typus. Als Franzose nun werden Sie keine Vorliebe für weite Reisen haben und z. B. noch nicht um die Erde gekommen sein?«

Hierzu beschrieb Mathias van Guitt mit den Händen

einen weiten Kreis in der Luft.

»Ich hatte noch nicht das Vergnügen!« antwortete ich.

»Ich richte an Sie«, fuhr der Händler fort, »nicht die Frage, ob Sie nach Indien gekommen sind, denn Sie befinden sich ja ebenda, wohl aber die, ob Sie die indische Halbinsel gründlich kennen?«

»Nur zum Teile«, gestand ich. »Ich habe indes Bombay, Kalkutta, Benares, Allahabad und das Tal des Ganges besucht. Ich sah dabei die Baudenkmäler, bewunderte . . .«

»Ah, was soll das bedeuten!« unterbrach mich Mathias van Guitt, den Kopf abwendend, während er mit einem Zeichen der Hand seine Geringschätzung ausdrückte.

Dann ging er zur Hypotypose über, d. h. er begann mit lebhaften Redewendungen.

»Ja, was soll das bedeuten, wenn Sie die Menagerien der mächtigen Rajahs noch nicht kennenlernten, welche es sich angelegen sein lassen, die prächtigen Tiere, den Stolz und Schmuck Indiens, zu erhalten! O, dann nehmen Sie nur den Wanderstab wieder zur Hand! Gehen Sie nach Guicowar, um den König von Baroda ehrfurchtsvoll zu begrüßen! Bewundern Sie seine Menagerie, die den größten Teil ihrer Insassen an Löwen aus Kattyvar, an Bären, Panthern, Tchitas, Luchsen und Tigern meiner Person zu danken hat! Wohnen Sie einmal der Hochzeit der sechzigtausend Tauben bei, welche jedes Jahr mit großem Pompe gefeiert wird. Bewundern Sie die fünfhundert ›Boulbouls‹, die Nachtigallen der Halbinsel, auf deren Erziehung so viel Sorgfalt verwendet wird, als wären sie die Erben des Thrones! Sehen Sie sich die Elefanten an, von denen einer, als Vollstrecker der Todesurteile, auf dem Hinrichtungsblocke den Kopf des Verdammten mit einem Fußtritte zermalmt! Dann begeben Sie sich nach den Anlagen des Rajah von Maissour, des reichsten Souveräns von Asien. Besuchen Sie den Palast, in dem die Rhinozerosse, Elefanzen, Tiger und Tiere von hohem Range, welche zur animalischen Aristokratie Indiens gehören, zu Hunderten vertreten sind. Wenn Sie das gesehen haben, mein Herr, dann wird man Sie wenigstens nicht mehr der völligen Unkenntnis der Wunder dieses unvergleichlichen Landes beschuldigen können!«

Ich erwiderte Mathias van Guitt nur durch eine stumme Verbeugung. Seine leidenschaftliche Darstellungsweise schnitt ja von vornherein jede Diskussion ab.

Kapitän Hod konnte es aber doch nicht unterlassen, einige, speziell die Fauna von Tarryani betreffende Fragen an jenen zu richten.

»Ich möchte Sie noch um einige Aufklärung über die Raubtiere bitten, die ich in diesem Teile Indiens aufzufinden hoffe. Da ich nur Jäger bin, werde ich Ihnen, Herr van Guitt, keine Konkurrenz machen, im Gegenteile, wenn ich mich bei dem Fange einiger Tiger, welche noch an Ihrer Sammlung fehlen, nützlich machen könnte, würde ich es gerne tun. Ist Ihre Menagerie aber vollzählig, so werden Sie es nicht übel deuten, wenn ich mir zum persönlichen Vergnügen mit der Vertilgung dieser Bestien die Zeit vertreibe!«

Mathias van Guitt nahm die Haltung eines Mannes an, der sich in das Unvermeidliche fügt, das er nicht zu ändern vermag. Er gab übrigens auch zu, daß Tarryani eine große Menge schädlicher Tiere beherberge, nach welchen auf europäischen Märkten keine besondere Nachfrage herrsche, und deren Ausrottung ihm erlaubt erscheine.

»Schießen Sie die Eber, da habe ich nichts einzuwenden«, antwortete er. »Obschon diese Vertreter der Schweinefamilie keine Fleischtiere sind . . .«

»Keine Fleischtiere?« bemerkte Kapitän Hod verwundert.

»Ich verstehe darunter, daß sie Herbivoren sind, so sind sie doch wild genug, um den Jäger, der sie kühn angreift, zu gefährden.«

»Und die Wölfe?«

»Ach, Wölfe gibt es auf der Halbinsel genug, und dazu sind sie, wenn sie sich in großer Zahl auf eine einsame Farm stürzen, nicht wenig zu fürchten. Die hiesigen gleichen ganz und gar dem wilden Wolfe Polens, und für mich haben sie nicht mehr Wert als Schakale und wilde Hunde. Ich leugne übrigens keineswegs, daß sie mancherlei Verwüstungen anrichten, da sie aber keinen Handelswert haben und nicht würdig sind, unter den höheren Klassen der Zookraten zu figurieren, so überlasse ich diese Ihnen ebenfalls, Herr Kapitän.«

»Wie steht es mit den Bären?« fragte ich.

»O, die Bären haben ihre guten Seiten«, erklärte der Händler mit zustimmendem Kopfnicken. »Wenn die von Indien auch nicht so stark begehrt sind, wie einige andere Arten, so besitzen sie dennoch einen gewissen Handelswert, der ihnen die wohlwollende Beachtung der Kenner sichert. Man kann zweifelhaft sein, welche der beiden Abarten man vorziehen soll, ob die aus den Tälern von Kaschmir, oder die aus den Berggegenden von Raymahal. Die Tiere sind aber, außer wenn sie im Winterschlafe gestört werden, ganz unschuldiger Natur und können eigentlich die cygenetischen Begierden eines wahren Jägers, wie ich einen solchen in der Person des Herrn Kapitäns vor mir habe, nach keiner Seite erregen!«

Jetzt verneigte sich der Kapitän, obwohl man dabei erkannte, daß er bei solchen speziellen Fragen mit oder ohne Erlaubnis Mathias van Guitts nur sein eigenes Urteil zu Rate ziehen werde.

»Übrigens«, nahm der Händler das Wort wieder auf, »sind die Bären nur Botanophagen . . .«

»Botanophagen?« sagte der Kapitän.

»Jawohl«, meinte Mathias van Guitt, »sie leben nur von Vegetabilien und haben nichts mit den wilden Raubtieren zu tun, deren sich die Halbinsel mit vollem Rechte rühmt.«

»Rechnen Sie den Leoparden zu den Raubtieren?« fragte Kapitän Hod.

»Ohne Widerrede. Diese Katze ist behend, kühn, mutig, erklettert die Bäume und wird dadurch manchmal fast gefährlicher als der Tiger . . .«

»Oho«, ließ Kapitän Hod sich vernehmen.

»Mein Herr«, erwiderte Mathias van Guitt darauf sehr trockenen Tones, »sobald ein Jäger nicht mehr sicher ist, in den Bäumen Zuflucht zu finden, kommt sehr bald die Reihe an ihn, gejagt zu werden!«

»Und der Panther?« fragte Kapitän Hod weiter, um die Belehrung kurz abzuschneiden.

»Das ist ein prächtiger Kerl«, antwortete Mathias van Guitt, »und Sie können sich selbst überzeugen, welch' schönes Exemplar ich besitze! Wunderbare Tiere das, die in Folge eines seltsamen Widerspruches, einer Antilogie, um ein weniger gebräuchliches Wort zu verwenden, sogar selbst zur Jagd abgerichtet werden können! Gewiß, meine Herren, vorzüglich in Guicowar erziehen die Rajahs ihre Panther zu dieser vornehmen Passion. Man nimmt sie in einem Palakin mit hinaus, den Kopf verbunden wie ein Geier oder Lerchenfalke. Wahrlich, das sind richtige vierfüßige Falken. Sobald die Jäger einer Herde Antilopen ansichtig werden, wird dem Panther seine Maske abgenommen und er stürzt sich auf die furchtsamen Wiederkäuer, deren schnelle Beine sie doch nicht vor seinen furchtbaren Tatzen retten können! Ja, ja, Herr Kapitän, so ist es! Panther werden Sie in Tarryani genug antreffen, vielleicht mehr, als Ihnen lieb ist; ich mache Sie aber freundschaftlich darauf aufmerksam, daß dieselben gewöhnlich keine Futtervorräte haben . . .«

»Das hoffe ich wenigstens«, sagte Hod.

»So wenig wie die Löwen«, fügte der Händler, von dieser Antwort betroffen, hinzu.

»Ah, die Löwen!« wiederholte Kapitän Hod, »plaudern wir ein wenig von den Löwen!«

»Nun«, antwortete Mathias van Guitt, »meiner Ansicht nach stehen die hiesigen sogenannten Könige des Tierreiches weit unter ihren Stammverwandten im alten Libyen. Hier schmückt die männlichen Tiere nicht die stattliche Mähne, das Erbteil des afrikanischen Löwen, im Gegenteile erscheinen sie mir wie klägliche geschorene Simsons! Aus Zentral-Indien sind sie auch gänzlich ausgewandert und haben sich nach Kattyawar nach der Wüste von Theil und nach Tarryani zurückgezogen. Diese entarteten Katzen leben jetzt als Eremiten, als Einsiedler und können kaum noch aus dem Umgang mit ihresgleichen frische Lebenskräfte schöpfen. Bei mir stehen sie auf der Stufenleiter der Vierfüßler auch keineswegs im ersten Rang. Ja, meine Herren, einem Löwen kann man entgehen, einem Tiger niemals!«

»Ah, der Tiger!« rief Kapitän Hod.

»Ja, der Tiger!« wiederholte Fox.

»Dem Tiger allein gebührt die Krone!« fuhr Mathias van Guitt lebhafter werdend fort. »Man spricht vom ›Königstiger‹, nicht vom Königslöwen, und das ist auch ganz richtig. Ihm gehört ganz Indien. War er nicht der erste Besitzer des Bodens? Ist er nicht berechtigt, nicht allein die angelsächsischen Eroberer, sondern auch die Kinder der Sonne als fremde Eindringlinge zu betrachten? Er allein ist ja das erste Kind des heiligen Bodens von Argavarta. Man begegnet diesen prächtigen Raubtieren auch auf der ganzen Halbinsel, und vom Kap Camorin bis zum Wall der Himalayaberge haben sie kein Stückchen Gebiet, das ihre Vorfahren inne hatten, verlassen!«

Mathias van Guitts Arme beschrieben dazu, nachdem

er zuerst ein Vorgebirge im Süden bezeichnet, eine ganze Reihe von Bergspitzen.

»In Sunderbund«, fuhr er fort, »sind sie vor allem zu Hause! Da spielen sie die Herren, und wehe dem, der ihnen dieses Gebiet streitig zu machen suchte! In den Nilgheries streifen sie in Massen umher, gleich wilden Katzen.«

Si parva licet componere magnis!

»Sie werden also begreifen, daß diese prächtigen Katzen auf den Märkten von Europa besonders gesucht sind. Welche Anziehung äußern die öffentlichen und privaten Menagerien durch den Tiger! Wann fürchten Sie für das Leben des Tierbändigers? Nur, wenn er den Käfig des Tigers betritt. Welches Tier bezahlen die Rajahs mit gleichem Gewichte an Gold zum Schmucke ihrer fürstlichen Gärten? Den Tiger! Wer erzielt den höchsten Preis an den zoologischen Börsen von London, Antwerpen und Hamburg? Der Tiger! Durch welche Art von Jagd erwerben sich die Jäger Indiens, die Offiziere der königlichen oder der Natifs-Armee den höchsten Ruhm? Durch die Jagd auf den Tiger! Wissen Sie, meine Herren, welche Unterhaltung die unabhängigen Fürsten Indiens ihren Gästen bieten? Man sperrt einen Königstiger zunächst in einen Käfig. Der letztere wird inmitten einer weiten Ebene aufgestellt. Der Rajah, seine Gäste, Offiziere und Leibwache sind alle mit Lanzen, Revolvern und Flinten bewaffnet, meist reiten sie auf flüchtigen Einhufern.«

»Auf Einhufern?« fiel Kapitän Hod ein.

»Nun ja, auf Pferden, wenn Sie dieses vulgäre Wort vorziehen. Schon da bäumen sich aber, beunruhigt durch die Nähe der Katze, ihre Ausdünstung und durch die Blitze, welche aus den Augen zucken, die Einhufer gewaltig, und die Reiter haben alle Mühe, dieselben zu halten. Plötzlich wird die Türe geöffnet. Das Ungeheuer stürzt heraus, es springt, fliegt, wirft sich auf vereinzelte

Gruppen und bringt seiner Wut ganze Hekatomben zum Opfer. Wenn es ihm auch zuweilen gelingt, den umschließenden Ring von Eisen und Feuer zu durchbrechen, so unterliegt es doch gewöhnlich – eines gegen hundert! Jedenfalls stirbt es einen Tod, den es schon im voraus gerächt hat!«

»Bravo, Herr Mathias van Guitt«, rief Kapitän Hod, der nun auch selbst wärmer wurde. »Wahrlich, das muß ein herrliches Schauspiel sein! Ja, ja, der Tiger ist doch der König der Tiere!«

»Ein König, der jede Empörung verachtet!« fügte der Händler hinzu.

»Und wenn Sie solche gefangen haben, Herr van Guitt«, begann jetzt Kapitän Hod, »so habe ich schon verschiedene erlegt, und ich hoffe stark, Tarryani nicht zu verlassen, bevor nicht der fünfzigste von meiner Hand gefallen ist.«

»Herr Kapitän«, erwiderte der Händler, die Stirn runzelnd, »ich habe Ihnen die Eber, die Wölfe, Bären und Büffel überlassen. Befriedigt das Ihre Jagdlust noch nicht?«

Ich bemerkte, daß unser Freund Hod dieser heiklen Frage gegenüber nicht weniger in Feuer geriet, als Mathias van Guitt.

Hatte der eine mehr Tiger gefangen, als der andere getötet? Welch' unerschöpflicher Redestoff. Was verdiente den Vorzug: jene einzufangen oder sie zu erlegen? Welches herrliche Thema!

Schon begannen beide, der Kapitän und der Händler, kurze, flüchtige Sätze zu wechseln, und, gerade herausgesagt, zu gleicher Zeit zu reden, so daß keiner den andern verstehen konnte.

Banks versuchte eine Vermittlung.

»Die Tiger sind die Könige der Schöpfung, meine Herren«, sagte er, »darüber herrscht kein Zweifel, doch erlaube ich mir hinzuzufügen, daß es für ihre Untertanen sehr gefährliche Herrscher sind. Im Jahre 1862, wenn ich nicht irre, haben diese prächtigen Katzen alle Telegraphenbeamten auf der Insel Sangor – aufgefressen. Man erzählt auch von einer Tigerin, daß sie binnen drei Jahren nicht weniger als hundertachtzehn Opfer verschlungen habe, und von einer anderen, welche in derselben Zeit gar hundertsiebenundzwanzig Menschen verzehrt habe! Das ist zu viel, selbst für Königinnen! Seit der Entwaffnung der Sipahis sind übrigens in einem Zeitraume von drei Jahren 12.554 Individuen unter den Zähnen der Tiger gefallen.«

»Gewiß, mein Herr«, antwortete Mathias van Guitt, »doch Sie scheinen ganz zu vergessen, daß diese Tiere Omophagen sind.«

»Omaphagen?« warf Kapitän Hod ein.

»Ja, Rohfleischfresser, und die Hindus behaupten, daß jene, welche einmal Menschenfleisch gekostet haben, gar kein anderes mehr mögen!«

»Nun, und was will das sagen . . .?« fragte Banks.

»Ei, weiter nichts«, erwiderte Mathias van Guitt lachend, »als daß sie eben ihrer Natur gehorchen . . .! Sie müssen doch Nahrung haben!«

Viertes Kapitel

Eine Königin von Tarryani

Die letztere Bemerkung beschloß unseren Besuch im Kraal; es war jetzt Zeit, nach dem Steam-House zurückzukehren.

Kapitän Hod und Mathias van Guitt schieden eigentlich nicht als die besten Freunde voneinander. Wenn der eine die wilden Tiere von Tarryani vernichten wollte, wollte der andere sie nur fangen, und doch waren ja genug vorhanden, um beide zu befriedigen.

Man verabredete inzwischen, daß der Kraal und das Sanatorium in engerer Verbindung bleiben sollten. Man wollte sich gegenseitig benachrichtigen, sobald sich eine günstige Gelegenheit zur Jagd oder zum Fange böte. Die mit allen Wegen und Stegen vertrauten Chikaris Mathias van Guitts konnten Kapitän Hod recht wesentliche Dienste leisten, wenn sie ihn auf die Fährten von Tieren aufmerksam machten. Der Händler stellte ihm jene zuvorkommend zur Verfügung, und vorzüglich Kâlagani. Obschon dieser Hindu nur erst kurze Zeit dem Personal des Kraals angehörte, erwies er sich doch besonders geschickt und nach allen Seiten verläßlich.

Als Gegendienst versprach Kapitän Hod, soweit ihm das möglich sei, beim Einfangen der wilden Tiere zu helfen, welche an Mathias van Guitts Sammlung noch fehlten.

Bevor er den Kraal verließ, wo er wahrscheinlich nicht sobald wieder vorsprechen würde, sprach Sir Edward Munro nochmals seinen Dank gegen Kâlgani aus, dessen entschlossenes Eingreifen ihn gerettet hatte, und erklärte, daß er im Steam-House stets willkommen sein werde.

Der Hindu verneigte sich sehr kühl. Ein Zeichen von Befriedigung, den Mann, der ihm sein Leben verdankte, so reden zu hören, ließ er in seinen Zügen nicht durchblicken.

Wir kamen zur Zeit des Essens zurück. Wie man sich denken kann, drehte sich unser Gespräch vorwiegend um Mathias van Guitt.

»Alle Wetter«, polterte der Kapitän heraus, »was für Gesten er fertigbringt, jener Händler! Welche Auswahl von Worten, welchen Wechsel von Ausdrücken er hat! Nur daß er in wilden Tieren bloß Objekte zur Schaustellung sieht, darin schießt er fehl.«

An den folgenden Tagen, am 27., 28. und 29. Juni, fiel

ein so gewaltiger Regen, daß unsere Jäger, so begierig sie auch waren, gar nicht daran denken konnten, das Steam-House zu verlassen. Bei solch' schrecklichem Wetter sind Spuren auch gar nicht zu erkennen, und die Raubtiere, welche, wie die Katzen alle, keine besonderen Freunde des Wassers sind, verlassen dann ihre Höhlen nicht gern.

Am 30. stellte sich besseres Wetter mit heiterem Himmel ein. Am nächsten Tage rüsteten wir, d. h. Kapitän Hod, Fox, Goûmi und ich, uns rechtzeitig, nach dem Kraal hinunterzugehen.

Schon am Morgen stellten sich einige Bergbewohner bei uns ein. Sie hatten davon reden gehört, daß eine wunderbare Pagode im Himalayagebiete erschienen sei, und nun trieb die Neugier sie nach dem Steam-House.

Es ist ein schöner Menschenschlag, diese Bewohner der tibetanischen Grenze, ausgezeichnet durch kriegerische Tugenden, unerschütterliche Loyalität und Gastfreiheit, und den Hindus der Ebenen moralisch und physisch unzweifelhaft überlegen.

Wenn die angebliche Pagode ihre Verwunderung erregte, so machte der Stahlriese auf sie einen noch weit tieferen Eindruck. Und doch verhielt sich dieser jetzt ruhig. Was würden die braven Leute erst gesagt haben, wenn sie gesehen hätten, wie er rauch- und flammenspeiend mit sicherem Schritte die Bergabhänge emporklomm!

Oberst Munro empfing die Eingebornen, von denen einige das ganze Gebiet von Nepal bis zur indo-chinesischen Grenze öfter zu durchstreifen pflegten, mit aller Freundlichkeit. Das Gespräch kam auch einmal auf jenen Teil der Grenze, wo Nana Sahib nach der Niederlage der Sipahis Zuflucht gesucht hatte, als er sich überall in Indien verfolgt sah.

Die Bewohner der Berge wußten übrigens nicht mehr als wir. Das Gerücht von seinem Tode war auch zu ihnen gedrungen und schien nicht angezweifelt zu werden. Um seine, ihn überlebenden Waffengefährten kümmerte sich niemand. Wahrscheinlich hatten diese tief im Innern von Tibet ein sicheres Versteck gefunden, wo sie jedenfalls nur sehr schwierig zu finden gewesen wären.

Wenn Oberst Munro, als er sich nach dem Norden der Halbinsel begab, den Gedanken gehabt hatte, alles ans Licht zu ziehen, was Nana Sahib näher oder ferner berührte, so mußte ihn diese Auskunft wohl davon abbringen. Als die Bergbewohner aber so sprachen, blieb er halb träumend in Gedanken versenkt und nahm am Gespräch keinen weiteren Anteil.

Nur Kapitän Hod richtete an diese einige Fragen, freilich ganz anderen Inhalts. Er vernahm dadurch, daß die wilden Tiere, vorzüglich die Tiger, in der unteren Zone des Himalaya wahrhaft entsetzliche Verwüstungen anrichteten. Einzelne Landgüter und ganze Dörfer waren deshalb schon von den Einwohnern aufgegeben worden. Herden von Ziegen und Schafen wurden vernichtet und auch nicht wenige Einwohner waren den Bestien zum Opfer gefallen. Trotz des von der Regierung ausgesetzten nicht unbeträchtlichen Preises – dreihundert Rupien für jeden Tigerkopf – schien die Zahl dieser Katzen nicht abzunehmen und es entstand schon die Frage, ob der Mensch nicht weichen und jenen das Feld überlassen solle.

Die Leute fügten auch hinzu, daß die Tiger sich jetzt gar nicht mehr auf Tarryani beschränkten, sondern daß man ihnen, wo hohes Gras, Dschungeln oder Gebüsche nur geeignete Verstecke böten, überall in der Ebene begegne.

»Es sind entsetzlich schädliche Tiere!« meinten sie.

Die braven Leute huldigten, und das mit gutem Grunde, bezüglich der Tiger also keineswegs derselben Anschauung wie der Händler Mathias van Guitt und unser Freund, der Kapitän Hod.

Die Landsleute zogen sich, hoch erfreut über den gefundenen Empfang, zurück und versprachen gelegentlich wieder nach dem Steam-House zu kommen.

Als sie fort waren, machten wir, Kapitän Hod, unsere zwei Begleiter und ich, uns wohl bewaffnet und auf jeden Zwischenfall vorbereitet auf den Weg nach Tarryani hinunter.

An der Waldblöße mit jener Falle angelangt, aus der wir Mathias van Guitt glücklicherweise befreit hatten, trat dieser uns, nicht ohne gewisse Feierlichkeit entgegen.

Fünf bis sechs seiner Leute, darunter auch Kâlagani, waren eben beschäftigt, einen Tiger, der sich während der Nacht gefangen hatte, aus der Falle in einen fahrbaren Käfig zu schaffen.

Es war wirklich ein prächtiges Tier, dessen Anblick in Kapitän Hod ein gewisses Gefühl von Neid erwachen ließ.

»Wieder einer weniger in Tarryani«, murmelte er mit einem leisen Seufzer, der in Fox' Herzen ein Echo fand.

»Und einer mehr in der Menagerie«, meinte dagegen der Händler. »Noch zwei Tiger, einen Löwen und zwei Leoparden, und ich werde im Stande sein, meinen eingegangenen Verpflichtungen noch vor der bedungenen Zeit nachzukommen. Kommen Sie mit nach dem Kraal, meine Herren?«

»Wir danken bestens«, antwortete Kapitän Hod, »heute denken wir auf eigene Rechnung zu jagen.«

»Kâlagani steht Ihnen zur Verfügung, Herr Kapitän«, erwiderte der Händler, »er kennt den Wald sehr gut und kann Ihnen von Nutzen sein.«

»Er wird uns ein willkommener Führer sein.«

»Nun denn, meine Herren«, fuhr Mathias van Guitt fort, »viel Glück auf den Weg! Aber versprechen Sie mir, nicht alles niederzumetzeln!«

»Wir lassen Ihnen noch etwas übrig!« versicherte Kapitän Hod.

Sich mit einer gewählten Geste empfehlend, verschwand Mathias van Guitt schnell unter den Bäumen und folgte seinem Käfige.

»Nun vorwärts«, rief Kapitän Hod, »vorwärts, meine Freunde! Es gilt meinen zweiundvierzigsten!«

»Meinen achtunddreißigsten!« ließ Fox sich vernehmen.

»Und meinen ersten!« fügte ich hinzu.

Der Ton, mit welchem ich diese Worte hervorbrachte, nötigte dem Kapitän ein Lächeln ab. Offenbar fehlte mir die richtige heilige Glut.

Hod hatte sich zu Kâlagani gewendet.

»Du kennst Tarryani gut?«

»Ich bin wohl zwanzigmal, am Tage und in der Nacht nach allen Richtungen durch dasselbe gekommen«, antwortete der Hindu.

»Hast du davon reden gehört, daß sich in der Nachbarschaft des Kraal ein Tiger gezeigt habe?«

»Gewiß, dieser Tiger ist aber eine Tigerin. Man hat sie etwa zwei Meilen von hier im Hochwalde gesehen und sucht sie schon seit mehreren Tagen zu fangen. Wollen Sie etwa . . .«

»Ob wir wollen!« rief Kapitän Hod, ohne dem Hindu zur Vollendung seines Satzes Zeit zu lassen.

Wir konnten in der Tat nichts Besseres tun, als Kâlagani zu folgen, und das geschah denn auch.

Wilde Tiere sind in Tarryani ohne Zweifel sehr häufig, und sie brauchen wöchentlich nicht weniger als zwei Ochsen zur Nahrung. Es ist leicht zu berechnen, wie viel deren »Unterhalt« also die ganze Halbinsel kosten mag!

Aber wenn Tiger auch in großer Anzahl vorkommen, so darf man doch nicht glauben, daß sie ohne Not umherschweifen. Wenn sie der Hunger nicht drängt, bleiben sie ruhig in ihrem Verstecke, und es wäre ein großer Irrtum, zu glauben, daß man ihnen auf Tritt und Schritt begegnete. Wie viele Reisende sind durch Wälder und Dschungel gekommen, ohne nur einen zu Gesicht bekommen zu haben! Auch wenn eine Jagd veranstaltet wird, muß man zunächst die gewöhnliche Fährte des Tieres und vorzüglich den Bach oder die Quelle aufzufinden suchen, wo es seinen Durst zu löschen pflegt.

Doch auch das genügt noch nicht, man muß sie auch noch anlocken. Das erreicht man sehr bequem durch Befestigung eines Rinderviertels an einem Pfahle und an einer von Bäumen oder Felsblöcken umgebenen Stelle, wo die Jäger leicht Schutz finden können. So verfährt man wenigstens im Walde.

In der Ebene liegt die Sache anders; da wird der Elefant der nützlichste Bundesgenosse des Menschen bei diesen gefährlichen Parforcejagden. Diese Tiere müssen dazu jedoch besonders abgerichtet sein. Trotzdem packt sie zuweilen Schrecken und Furcht, was die auf ihren Rücken sitzenden Jäger leicht in Gefahr bringt. Der Tiger springt nämlich ohne Zögern auf den Rücken eines Elefanten. Da wird der Streit zwischen ihm und dem Menschen auf dem Nacken der riesigen, selbst wütend werdenden Pachyderme ausgekämpft, und dieser endet nur selten zum Nachteile des Raubtieres.

So gestalten sich die Jagden der Rajahs und reichen Sportsmen von Indien, welche einen Platz in den zygentischen Annalen mit Recht verdienen.

Kapitän Hod freilich verfuhr auf andere Weise. Er spürte dem Tiger zu Fuße nach, er pflegte zu Fuß mit ihm anzubinden.

Wir folgten also Kâlagani, der raschen Schrittes voranging. Zurückhaltend, wie die Hindus im allgemeinen, sprach er nur wenig und begnügte sich, an ihn gerichtete Fragen kurz zu beantworten.

Eine Stunde später machten wir in der Nähe eines reißenden Baches halt, an dessen Uferwand sich noch die frischen Spuren von Tieren zeigten. In der Mitte einer kleineren Lichtung erhob sich ein Pfahl, an dem ein großes Rinderviertel hing.

Die Lockspeise war nicht ganz unberührt. Die Zähne von Schakalen, diesen Spitzbuben der Fauna Indiens, hatten sie benagt; jene schweifen ja Tag und Nacht nach Beute umher – hier sollte sie ihnen nicht zu Teil werden. Ein Dutzend jener feigen Räuber flohen bei unserer Annäherung und überließen uns den Platz.

»Herr Kapitän«, begann Kâlagani, »hier wollen wir die Tigerin erwarten. Sie sehen, daß der Ort zu einem Hinterhalte ganz passend ist.«

Es bot in der Tat keine Schwierigkeit, sich in den Bäumen oder hinter den Felsblöcken so zu verbergen, daß der Pfahl in der Mitte der Waldblöße unter Kreuzfeuer zu nehmen war.

Das geschah denn auch sofort. Goûmi nahm mit mir auf demselben Aste Platz. Kapitän Hod und Fox richteten sich beide, auf den Zweigen der ersten Gabelung zweier großer, üppig grüner Eichen ein.

Kâlagani selbst hatte sich hinter einem hohen Felsblocke versteckt, den er, wenn es not tat, erklimmen konnte.

Das Tier konnte somit in einen Kreis von Feuer genommen werden, aus dem an kein Entrinnen zu denken war. Alles lag für jenes so ungünstig als möglich, obwohl wir immer auf unvorhergesehene Zwischenfälle gefaßt sein mußten.

Nun hieß es geduldig warten.

Die nach allen Seiten auseinandergestäubten Schakale ließen im benachbarten Gebüsch noch immer ihr heiseres Bellen hören, wagten sich aber an das Rinderviertel nicht wieder heran.

Eine Stunde mochte verflossen sein, als das Bellen plötzlich schwieg. Fast in dem nämlichen Augenblicke sprangen zwei oder drei Schakale aus dem Dickicht, jagten über die Lichtung und verschwanden im dunkleren

Walde.

Ein Zeichen Kâlaganis, der sich anschickte, den Felsen zu ersteigen, ermahnte uns, jetzt auf der Hut zu sein.

Die urplötzliche Flucht der Schakale konnte wirklich nur durch die Annäherung eines größeren Raubtieres – ohne Zweifel der Tigerin – veranlaßt sein, und wir durften jeden Moment erwarten, sie irgendwo in die Lichtung heraustreten zu sehen.

Unsere Waffen waren bereit. Schon richteten sich die Gewehre Kapitän Hods und Fox' nach der Stelle des Gebüsches, aus dem die Schakale hervorgebrochen waren; ein Fingerdruck und die Schüsse krachten!

Bald bemerkte ich in den höheren Zweigen des Dickichts eine leise Bewegung; gleichzeitig hörte man das dürre Holz brechen. Irgendein Tier bewegte sich vorsichtig, offenbar ohne Übereilung, darunter hin. Von den Jägern, die ihm im dichten Laub auflauerten, konnte es sicherlich nichts bemerken. Dennoch schien ihm der Instinkt zu sagen, daß der Ort nicht ganz geheuer sei. Wenn es nicht der Hunger trieb, wenn nicht die Ausdünstung des Fleisches jenes angelockt hätte, würde es schwerlich weitergegangen sein.

Doch – da erschien es zwischen den Zweigen eines Gebüsches und blieb, wie mißtrauisch, einen Augenblick stehen.

Es war eine Tigerin von mächtigem Wuchs, prächtigem Kopfe und geschmeidigem Körper. Sie bewegte sich schleichend vorwärts wie ein Reptil, das sich auf der Erde hinwindet.

Wir ließen sie nach Verabredung bis an den Pfahl herankommen. Sie schnüffelte auf dem Boden hin, erhob sich wieder und krümmte den Rücken hoch auf, wie eine gewaltige Katze, welche eben nicht springen will.

Plötzlich krachten zwei Gewehrschüsse.

»Nummer zweiundvierzig!« rief Kapitän Hod.

»Nummer achtunddreißig!« ließ Fox sich vernehmen.

Der Kapitän und sein Diener hatten zu ganz gleicher Zeit und so sicher geschossen, daß die Tigerin, von einer, wenn nicht gar von zwei Kugeln im Herzen getroffen, tot zusammenbrach.

Kâlagani sprang zuerst auf das Tier zu. Wir selbst kletterten sofort zur Erde.

Die Tigerin zuckte nicht mehr.

Wem kam jedoch die Ehre zu, sie tödlich getroffen zu haben? Dem Kapitän oder Fox? Man begreift, daß diese Frage hier von Bedeutung war. Das Tier wurde geöffnet. Zwei Kugeln hatten das Herz getroffen.

»Ei nun«, begann der Kapitän, doch nicht ohne einiges Bedauern, »so zählt sie für jeden von uns zur Hälfte!«

»Zur Hälfte, Herr Kapitän!« wiederholte Fox im nämlichen Tone.

Ich glaube bestimmt, daß keiner den ihm gebührenden Anteil abgegeben hätte.

Das war also die Wundertat, deren erfreulichstes Resultat darin lag, daß das Tier ohne Kampf unterlegen war und die Jäger nicht im geringsten in Gefahr kamen, was übrigens bei derartigen Jagden nur selten der Fall ist.

Fox und Kâlagani blieben auf dem Schlachtfelde, um das prächtige Fell abzuziehen, während Kapitän Hod und ich nach dem Steam-House zurückkehrten.

Es liegt nicht in meiner Absicht, alle die kleinen Erlebnisse bei unseren Zügen in Tarryani einzeln aufzuzählen, wenn sie nichts besonders Charakteristisches bieten. Es genügt also die Bemerkung, daß Hod und Fox sich in keiner Weise zu beklagen hatten.

Am 18. Juli begünstigte sie das Glück bei einer sogenannten »Houddi«, d. h. Hüttenjagd, ganz ausnehmend, so daß sie einer ernstlichen Gefahr ohne Unfall entgingen. Solch' ein Houddi ist übrigens zur Jagd auf wilde Tiere recht vorteilhaft eingerichtet. Er bildet ein kleines, creneliertes Fort, dessen Mauern nach einem Bache zu, wo die Tiere zur Tränke zu gehen pflegen, mit Schießscharten versehen wird. Da jene an diese kleinen Bauwerke gewöhnt sind, kommen sie ohne Mißtrauen heran und laufen so geradenwegs ins Feuer. Doch hier wie allenthalben kommt es darauf an, sie mit dem ersten Schuß tödlich zu treffen, sonst geht die Sache ohne gefährlichen Kampf nicht ab, da der Houddi den Jägern nicht immer gegen die, in Folge einer Verwundung nur noch wütenderen Tiere hinlänglich Schutz gewährt. So kam es denn auch, wie wir gleich sehen werden, bei der Gelegenheit, von der hier die Rede ist.

Mathias van Guitt leistete uns Gesellschaft. Vielleicht hegte er die Hoffnung, einen nur leicht verletzten Tiger nach dem Kraal schaffen und dort pflegen und wieder heilen zu können.

An genanntem Tage kamen unseren Jägern nun drei Tiger auf einmal in den Weg, welche die erste Gewehrsalve nicht hinderte, auf die Mauern des Houddi loszustürzen. Die beiden ersten wurden zum großen Leidwesen des Händlers durch eine zweite Kugel hingestreckt, als sie schon die Mauer erklommen. Der dritte gelangte bis ins Innere desselben, blutete zwar an der Schulter, war aber nicht tödlich getroffen.

»Hei, den fangen wir!« rief Mathias van Guitt, der bei diesen Worten einige Schritte vortrat, »den kriegen wir lebendig . . .!«

Er hatte seinen voreiligen Satz noch nicht vollendet, als das Tier schon auf ihn zusprang und ihn niederwarf, so daß es um den Händler ohne Zweifel geschehen wäre, hätte Kapitän Hod dem Tiger nicht noch eine Kugel durch den Kopf gejagt, die ihn niederstreckte.

Schwerfällig erhob sich Mathias van Guitt wieder.

»Aber, lieber Kapitän«, sagte er, statt sich bei unserem Freunde zu bedanken, »Sie hätten auch noch ein bißchen warten können . . .!«

»Warten . . .? Auf was denn . . .?« antwortete Kapitän Hod, »etwa bis der Tiger Ihnen mit einem Tatzenschlage die Brust zerfleischt hätte?«

»Von einem Tatzenschlage stirbt man auch noch nicht . . .!«

»Nun, meinetwegen«, erwiderte Kapitän Hod sehr trocken, »ein andermal werde ich warten!«

Das Tier konnte nun einmal nicht die Menagerie des Kraals vermehren und diente also nur dazu, eine Decke vor das Bett zu liefern; diese glückliche Jagd brachte aber auf zweiundvierzig die Zahl der vom Kapitän, auf achtunddreißig der vom Diener erlegten Tiger, ohne die halbe Tigerin zu rechnen, welche jeder in seine Aktiva eingetragen hatte.

Man darf nun aber nicht glauben, daß diese großen Jagden uns die kleineren hätten vergessen lassen. Monsieur Parazard würde das nimmer zugegeben haben. Antilopen, Gemsen, große Trappen, welche sich in der Nachbarschaft der Steam-Houses zahlreich vorfanden, boten unserer Tafel eine fortwährende Abwechslung an Wild.

Wenn wir durch Tarryani streiften, schloß sich Banks nur selten an uns an. Während mich diese Züge zu interessieren begannen, langweilten sie ihn offenbar. Ihn reizten mehr die oberen Zonen des Himalaya, wohin er sich gern begab, vorzüglich wenn Oberst Munro ihn begleitete.

Das kam indes nur ein- bis zweimal vor. Banks hatte die Bemerkung gemacht, daß Sir Edward Munro seit Erreichung unseres Sanatoriums wieder mehr und mehr nachdenklich geworden war. Er sprach nur wenig, hielt sich abseits und verhandelte mehrfach mit dem Sergeant Mac Neil. Brüteten die beiden über ein neues Projekt, das sie selbst vor Banks zu verheimlichen suchten?

Am 13. Juli erhielten wir den Besuch Mathias van

Guitts. Vom Glücke weniger begünstigt als Kapitän Hod, hatte er seiner Menagerie noch keine weitere Erwerbung zuführen können. Weder Tiger, noch Leoparden oder Löwen schienen Lust zu haben, in die Fallen zu gehen. Ohne Zweifel reizte sie der Gedanke, sich im äußersten Westen zum Angaffen ausstellen zu lassen, nicht im mindesten. Das wurmte den Händler natürlich mit Recht und er machte auch gar keinen Hehl daraus.

Kâlagani und zwei Chikaris aus seinem Personal begleiteten Mathias van Guitt bei diesem Besuche.

Die Einrichtung des Sanatoriums in der herrlichen Umgebung gefiel ihm außerordentlich. Oberst Munro lud ihn ein, zu Tische dazubleiben. Er nahm das ohne zögern an und versprach, der Tafel alle Ehre anzutun.

In der Zeit vor dem Mittagsessen wollte Mathias van Guitt das Steam-House genauer in Augenschein nehmen, dessen luxuriöse Ausstattung mit der Einfachheit seines Kraals allerdings nicht wenig kontrastierte. Die beiden fahrbaren Häuser fanden seine volle Anerkennung, ich muß aber gestehen, daß der Stahlriese seine Bewunderung nicht erregte. Ein Naturforscher seines Schlages mußte ja wohl diesem Meisterwerke der Mechanik gegenüber unempfindlich bleiben. Wie hätte er auch die Erzeugung dieses künstlichen Tieres, so merkwürdig das auch war, jemals billigen können?

»Denken Sie nicht so gering von unserem Elefanten, Herr Mathias van Guitt!« sagte Banks zu ihm. »Das ist ein mächtiges Tier, und im Notfalle würde es ihm gar nicht schwerfallen, neben unseren beiden Wagen Ihre ganze fliegende Menagerie mit fortzuziehen.«

»Ich habe meine Büffel«, antwortete der Händler, »und lobe mir deren ruhigen und sicheren Schritt.«

»Der Stahlriese fürchtet aber weder die Tatzen noch die Zähne des Tigers!« rief Kapitän Hod dazwischen.

»Das glaube ich, meine Herren«, erwiderte Mathias van Guitt, »aber warum sollten ihn diese auch anfallen!

Sie machen sich aus stählernem Fleische verteufelt wenig!«

Wenn der Naturforscher seine Gleichgültigkeit gegenüber unserem Elefanten nicht verhehlte, so konnten seine Hindus, und vorzüglich Kâlagani, gar nicht müde werden, ihn mit den Augen fast zu verschlingen. Man merkte leicht genug heraus, daß ihre Bewunderung für das riesige Tier auch eine gewisse Portion abergläubischen Respekts beigemischt war.

Kâlagani schien höchst erstaunt über die wiederholte Versicherung des Ingenieurs, daß der Stahlriese mehr Kraft habe als alle Zugtiere des Kraals zusammen. Das war auch Wasser auf Kapitän Hods Mühle, der die Gelegenheit nicht vorbeiließ, nicht ohne einen gewissen Stolz unser Abenteuer mit den drei »Proboscidien« des Prinzen Gourou Singh zu erzählen. Auf den Lippen des Händlers spiegelte dabei zwar ein etwas ungläubiges Lächeln, er ging aber nicht weiter auf die Sache ein.

Das Diner verlief in wünschenswerter Weise. Mathias van Guitt tat ihm wirklich alle Ehre an. Freilich strotzte unsere Küche eben von der Jagdbeute der letzten Tage und Monsieur Parazard hatte offenbar gestrebt, sich selbst zu übertreffen.

Der Keller des Steam-Houses lieferte auch verschiedene Getränke, die unserem Gaste recht gut zu munden schienen, vorzüglich zwei bis drei Gläser französischen Weines, die er mit einem unvergleichlichen Schnalzen der Zunge schlürfte.

Nach dem Essen, als wir uns trennen sollten, merkte man sogar an der Unsicherheit der Pendelschwingungen seiner Beine, daß der Wein, wenn er ihm zu Kopfe gestiegen war, auch die Beine schwer gemacht hatte.

Mit einbrechender Nacht schieden wir als die besten Freunde der Welt, und Mathias van Guitt konnte auch, dank seinen Begleitern, ohne Unfall wieder nach dem Kraal gelangen.

Am 16. Juli entstand zwischen dem Händler und Kapitän Hod aber doch eine kleine Mißhelligkeit.

Der Kapitän hatte einen Tiger gerade in dem Augenblicke geschossen, wo dieser in eine der Klappenfallen gehen wollte, und zwar zum dreiundvierzigsten für jenen, aber nicht zum achten für den Händler wurde.

Nach ziemlich lebhaften Auseinandersetzungen traten indes die alten guten Beziehungen wieder ein, was vorzüglich der begütigenden Einmischung des Oberst Munro zu verdanken war, indem Kapitän Hod sich verpflichtete, diejenigen Raubtiere zu schonen, welche »die Absicht zu erkennen gäben«, sich in eine der Fallen Mathias van Guitts fangen zu lassen.

Während der nächsten Tage herrschte geradezu abscheuliches Wetter. Wir mußten wohl oder übel im Steam-House bleiben. Unsere Zeit war kurz, denn schon währte die Regenperiode über drei Monate, und wenn unser Reiseprogramm in der von Banks entworfenen Weise durchgeführt werden sollte, hatten wir für den Aufenthalt im Sanatorium nur etwa noch sechs Wochen übrig.

Am 23. Juli wiederholten einige Bergbewohner von der Grenze ihren Besuch bei Oberst Munro. Ihr Dorf, Souari mit Namen, befand sich nur fünf Meilen von unserem Halteplatze, nahe der obersten Grenze von Tarryani.

Einer derselben teilte uns mit, daß eine Tigerin seit sechs Wochen in ihrer Nachbarschaft furchtbar wüte. Die Herden wurden fast dezimiert und man sprach schon davon, das unbewohnbar gewordene Souari gänzlich zu verlassen, da es weder für Tiere noch für Menschen hinlängliche Sicherheit mehr bot. Fallen, Schlingen, Hinterhalte, nichts hatte Erfolg gehabt, und die Tigerin galt schon für eines der furchtbarsten Raubtiere, von denen auch alte Bergbewohner je reden gehört.

Diese Mitteilung war, wie man sich leicht denken

kann, Wasser auf Kapitän Hods Mühle. Er erbot sich gegenüber den Landleuten sofort, sie nach dem Dorfe Souari zu begleiten, mit seiner Erfahrung als Jäger und seinem sicheren Auge den wackeren Leuten beizuspringen, die, wie mir dünkte, auf dieses Anerbieten rechneten.

»Gehen Sie mit, Maucler?« fragte mich Kapitän Hod, aber in einem Tone, der es mir völlig freistellte, ja oder nein zu sagen.

»Natürlich«, gab ich zur Antwort, »bei einer so interessanten Expedition möchte ich nicht fehlen.«

»Auch ich werde Sie diesmal begleiten«, sagte der Ingenieur.

»Das ist ja ein herrlicher Gedanke, Banks.«

»Ja, lieber Hod, es verlangt mich danach, Sie in Tätigkeit zu sehen.«

»Und ich, soll ich nicht mit dabei sein, Herr Kapitän?« fragte Fox.

»Ah, der Schlaukopf!« rief der Kapitän, »er wäre nicht böse darüber, seine halbe Tigerin voll zu machen! – Jawohl, Fox, du wirst dabei sein!«

Da wir das Steam-House voraussichtlich auf drei bis vier Tage verließen, fragte Banks auch den Oberst, ob es ihm recht sei, uns bis nach Souari zu begleiten.

Sir Edward Munro lehnte das dankend ab. Er hatte sich vorgenommen, während unserer Abwesenheit die mittlere über Tarryani gelegene Zone des Himalaya zu besuchen und Goûmi nebst dem Sergeanten Mac Neil mitzunehmen.

Banks beruhigte sich damit.

Es wurde nun bestimmt, daß wir noch an demselben Tage nach dem Kraal aufbrechen und uns von Mathias van Guitt einige Chikaris erbitten wollten, welche gewiß sehr ersprießliche Dienste leisten konnten.

Binnen einer Stunde, gegen Mittag, erreichten wir unser Ziel. Der Händler wurde von dem Vorhaben unterrichtet. Er verhehlte keineswegs seine geheime Befriedigung, als er von den kühnen Raubzügen der Tigerin hörte, »welche«, sagte er, »dazu geschaffen scheine, bei den Kennern die Achtung vor den Katzen der Halbinsel zu erhöhen«.

Er stellte uns drei seiner Hindus zur Verfügung, ohne Kâlagani, der stets bereit war, wo es galt, einer Gefahr entgegenzugehen.

Mit Kapitän Hod traf jener nur das Abkommen, daß die Tigerin, wenn sie unerwarteter Weise sollte lebendig gefangen werden können, der Menagerie Mathias van Guitts angehöre. Welches Zugmittel, wenn eine an den Balken des Käfigs hängende Notiz in beredten Worten gesprochen hätte, »von den Großtaten einer der Königinnen Tarryanis, die nicht weniger als hundertachtunddreißig Personen beiderlei Geschlechts aufgefressen hatte«.

Unsere kleine Gesellschaft verließ den Kraal gegen zwei Uhr nachmittags. Vor vier Uhr noch gelangten wir, eine östliche Richtung bergaufwärts einhaltend, ohne Zwischenfall nach Souari.

Hier war der Schrecken auf seinem Höhepunkt. Am nämlichen Morgen hatte die Tigerin ein unglückliches Hinduweib, das sich unbedachtsam nach einem Bache begeben, gepackt und in den Wald geschleppt.

Das Haus eines Bergbewohners, eines reichen englischen Bodenpächters, nahm uns gastfrei auf. Unser Wirt hatte mehr als alle anderen Ursache, sich über das unergreifbare Raubtier zu beklagen, dessen Fell er gern mit einigen tausend Rupien bezahlt hätte.

»Herr Kapitän Hod«, begann er, »vor mehreren Jahren zwang eine Tigerin in den Zentralprovinzen die Bewohner von dreizehn Dörfern zur Flucht, wodurch zweihundertfünfzig Quadratmeilen des besten Bodens ungenutzt liegen blieben. Wenn das hier so fortgeht, wie in der letzten Zeit, muß die ganze Provinz aufgegeben werden.«

»Und Sie haben schon alle Mittel versucht, der Tigerin habhaft zu werden?« fragte Banks.

»Alle, Herr Ingenieur, Fallen, Gruben, selbst mit Strychnin vergiftete Köder! Nichts hat Erfolg gehabt!«

»Lieber Freund«, sagte Kapitän Hod, »ich verspreche zwar nicht bestimmt, daß wir Ihnen Vergeltung schaffen, aber daß wir alles tun werden, was in unseren Kräften steht!«

Sobald wir in Souari vollständig untergebracht waren, wurde noch für denselben Tag ein Treibjagen verabredet. Uns, unseren Leuten und den Chikaris aus dem Kraal schlossen sich etwa zwanzig Landleute an, welche das Terrain, auf dem wir operieren wollten, gründlich kannten.

Obwohl Banks nichts weniger als Jäger war, schien dieser Ausflug doch sein Interesse zu erregen.

Während der drei Tage des 24., 25. und 26. Juli durchstreiften wir weite Strecken des Gebirges ganz erfolglos, außer daß zwei Tiger, an die man gar nicht gedacht, der Kugel des Kapitäns erlagen.

»Den fünfundvierzigsten!« begnügte sich Hod anzumelden, ohne darauf besonderes Gewicht zu legen.

Am 27. endlich verriet die Tigerin ihre Gegenwart durch eine neue Übeltat. Ein unserem Wirte gehöriger Büffel verschwand von einer Weide dicht neben Souari, und eine Viertelmeile vom Dorfe fand man nur wenig Überreste von demselben wieder. Die Freveltat – ein Mord mit Vorbedacht, würde ein Jurist sagen – war offenbar vor Tagesanbruch geschehen. Der Mörder konnte nicht fern sein.

War der eigentliche Urheber jenes Verbrechens aber wirklich jene schon so lange vergeblich gesuchte Tigerin?

Die Hindus aus Souari hegten darüber keinen Zweifel.

»Das ist mein Onkel gewesen, es kann kein anderer gewesen sein, der den Streich verübt hat!« erklärte einer der Bergbewohner.

Mein Onkel! So bezeichnen die Hindu nämlich im größten Teile der Halbinsel den Tiger ganz allgemein. Es kommt das daher, daß sie die Seele eines ihrer Vorfahren in dem Körper eines Mitglieds der Katzenfamilie vermuten.

Hier hätten sie freilich richtiger sagen sollen: Das ist meine Tante!

Sofort wurde der Entschluß gefaßt, dem Tiere vor Einbruch der Nacht nachzuspüren, weil jenes sich im Dunklen jeder Nachstellung leichter zu entziehen vermochte. Jetzt mußte es stark gesättigt sein und verließ seinen Schlupfwinkel unter zwei bis drei Tagen voraussichtlich nicht wieder.

Wir brachen also auf. Von der Stelle, wo der Büffel geraubt worden war, bezeichneten Blutspuren den von der Tigerin eingeschlagenen Weg. Diese Spuren führten nach einem kleinen Gehege, das freilich schon mehrmals abgesucht worden war, ohne etwas darin zu finden. Jetzt sollte das Dickicht dadurch umzingelt werden, daß man einen Kreis bildete, aus dem das Tier wenigstens nicht ohne gesehen zu werden entwischen konnte.

Die Einwohner stellten sich in der Weise auf, daß sie nach und nach durch Verengung des Kreises dem Mittelpunkte näher kamen. Kapitän Hod, Kâlagani und ich, wir befanden uns auf der einen Seite, Banks und Fox auf der anderen, immer aber in einer Stellung, um mit den Leuten aus dem Kraal und jenen aus dem Dorfe Fühlung zu behalten. Offenbar war jeder Punkt des Ringes mit gleicher Gefahr bedroht, da niemand wissen konnte, wohin die Tigerin ausbrechen würde. Daß das Tier sich in dem Wäldchen befand, stand außer Zweifel. Die Spuren, welche an einer Seite des Gehölzes ausliefen, waren nirgends anders wieder aufzufinden. Man konnte eben nicht behaupten, ob hier sein gewöhnliches Lager war, da man den Ort schon wiederholt vergeblich durchsucht hatte; für den Augenblick sprachen jedoch alle Voraussetzungen dafür, daß es sich in dem Wäldchen verborgen hielt.

Es war jetzt gegen acht Uhr morgens. Nachdem alle Maßregeln getroffen, gingen wir langsam, geräuschlos vorwärts, indem wir den einschließenden Ring enger zusammenzogen. Eine halbe Stunde später stießen wir auf die Linie der ersten Bäume.

Bis jetzt regte sich nichts; nichts verriet die Anwesenheit des Raubtieres, und ich fragte mich schon, ob wir uns nicht ganz zwecklos abmühten.

Augenblicklich konnte man nur diejenigen sehen, welche ein sehr beschränktes Stück des Bogens einnahmen, und doch lag sehr viel daran, ganz gleichmäßig vorzudringen.

Aus diesem Grunde waren wir übereingekommen, daß der zuerst in den Wald Eindringende einen Gewehrschuß als Signal abgeben sollte.

Dieses Signal erfolgte durch Kapitän Hod, der immer voraus war, und wir drangen durch den Waldrand ein. Ich sah nach meiner Uhr; sie zeigte acht Uhr fünfunddreißig Minuten.

Nach einer weiteren Viertelstunde war der Kreis so eng geworden, daß wir uns fast mit den Ellbogen berührten, und nun hielt alles vor der dichtesten Mitte des Gehölzes an – aber noch hatte sich nichts gezeigt.

Das rings herrschende Schweigen unterbrach nur das Knacken dürrer Äste, die trotz aller Vorsicht doch zuweilen zertreten wurden.

Da ließ sich ein dumpfes Geheul vernehmen.

»Dort steckt die Bestie!« rief Kapitän Hod und zeigte nach dem Eingange einer Felsenhöhle, über der sich eine Gruppe hoher Bäume erhob.

Kapitän Hod täuschte sich nicht. Mochte das auch

nicht der gewöhnliche Schlupfwinkel der Tigerin sein, so hatte sie doch, als sie sich von einer großen Gesellschaft von Jägern verfolgt sah, darin Schutz gesucht.

Hod, Banks, Fox, Kâlagani und einige Leute aus dem Kraal hatten sich dem engen Eingang genähert, zu dem auch einzelne Blutspuren hinführten.

»Wir werden da hineindringen müssen«, sagte Kapitän Hod.

»Das dürfte gefährlich werden«, meinte Banks, »der erste, welcher hineinkommt, könnte ohne schwere Verwundung kaum davonkommen.«

»Ich wags«, rief Hod, nachdem er sich überzeugt, daß seine Büchse gut in Stand war.

»Nach mir, Herr Kapitän«, erklärte Fox, der sich schon zu der engen Öffnung der Höhle niederbog.

»Nein, Fox, nimmermehr!« rief Kapitän Hod, »der kommt mir zu!«

»Aber, Herr Kapitän«, entgegnete Fox in sanftem Tone, »ich bin ja um sechs im Rückstand . . .!«

Beide hatten in dem Augenblicke nur die Liste der erlegten Tiger im Kopfe.

»Ihr werdet weder der eine noch der andere da hineingehen«, fiel jetzt Banks ein; »das lasse ich nimmer zu!«

»Vielleicht gibt es noch ein anderes Mittel«, unterbrach Kâlagani den Ingenieur.

»Und welches?«

»Nun, wir räuchern die Höhle aus«, antwortete der Hindu. »Das Tier muß dann zum Vorschein kommen. Wir laufen dabei weniger Gefahr und können es draußen leichter erlegen.«

»Kâlagani hat recht«, sagte Banks . . . »Wohlan, Leute, schafft trockenes Holz und dürres Laub herbei! Stopft mir die Öffnung gut zu. Der Wind wird Rauch und Flammen nach innen treiben, dann muß sich die Bestie entweder rösten lassen oder zu entfliehen suchen.«

»Die Tigerin wird das letztere wählen«, meinte der Hindu.

»Nach Belieben«, versetzte Hod, »wir werden zur Hand sein, sie im Vorübergehen zu begrüßen!«

Sofort wurde nun Laubwerk, vertrocknetes Gras, dürres Holz – daran fehlte es in dem Wäldchen nicht – kurz, ein großer Haufen von brennbarem Material vor der Öffnung der Höhle aufgestapelt.

Im Innern derselben blieb noch alles still. Nichts zeigte sich in dem dunklen Schlunde, der ziemlich tief zu sein schien. Doch hatten mich meine Ohren nicht betrogen. Das Geheul kam bestimmt von hier heraus.

Jetzt zündete man Feuer an. Bald stand alles in lichten Flammen. Ein scharfer, dichter Qualm stieg von dem Brandherd empor, den der Wind zurücktrieb und der die Luft im Innern völlig unatembar machen mußte.

Da hörte man ein zweites, aber weit wütenderes Geheul. Das Tier merkte, daß auch sein letzter Schlupfwinkel angegriffen wurde, und um nicht zu ersticken, mußte es wohl oder übel nach außen durchbrechen.

Wir warteten, längs der Seitenwand des Felsens aufgestellt und halb gedeckt durch Baumstämme, um dem ersten Ansturm auszuweichen.

Der Kapitän hatte sich einen anderen Platz erwählt, und ich muß gestehen, gerade den gefährlichsten. Dieser befand sich am Eingang zu einem Stege in dem Gehölz, dem einzigen, den die Tigerin einschlagen mußte, wenn sie durch das Dickicht entfliehen wollte. Hod kniete auf der Erde, um einen sicheren Standpunkt zu haben, und hatte die Büchse schon im Anschlag liegen; der ganze Mensch war unbeweglich wie Marmor.

Kaum drei Minuten verflossen seit der Anzündung des Holzhaufens, als ein drittes Geheul, oder diesmal vielmehr ein halb ersticktes Röcheln aus der Mündung der Höhlung heraustönte. Plötzlich wurde der brennende Haufen auseinandergerissen und ein riesiger Körper erschien in dem dicken Rauche.

Es war die gesuchte Tigerin.

»Feuer!« rief Banks.

Zehn Flintenschüsse krachten, wir überzeugten uns aber später, daß keine Kugel ordentlich getroffen hatte. Das Tier trat uns gar zu schnell vor die Augen. Wie hätte man auch bei den schwarzen Rauchwirbeln, die es verhüllten, richtig zielen können!

Die Tigerin berührte nach ihrem ersten Satze nur die Erde, um zu einem zweiten auszuholen und nach dem Dickicht zu stürzen.

Kapitän Hod erwartete das Raubtier mit größter Kaltblütigkeit, und indem er es gleichsam im Fluge aufs Korn nahm, jagte er demselben eine Kugel entgegen, welche es freilich nur an einer Schulter verwundete.

Mit der Schnelligkeit eines Blitzes hatte die Tigerin sich auf unseren Freund geworfen, ihn zu Boden gestreckt und wollte ihm eben den Kopf mit einem furchtbaren Tatzenschlage zerschmettern . . .

Da sprang Kâlagani hinzu, ein langes Messer in der Faust.

Der Aufschrei, der uns entfuhr, war noch nicht verhallt, als der mutige Hindu auf die Bestie losstürzte, diese gerade an der Kehle packte, als die rechte Tatze schon auf den Schädel des Kapitäns niederfallen sollte.

Gestört durch diesen unerwarteten Angriff, warf das Tier den Hindu durch eine Bewegung der Hüfte zu Boden und kehrte sich grimmig gegen diesen.

Kaptiän Hod aber hatte sich mit einem Satze erhoben, ergriff das von Kâlagani verlorene Messer und bohrte es mit sicherer Hand der Katze tief ins Herz.

Die Tigerin wälzte sich am Boden.

Höchstens fünf Minuten lang hatte die ganze aufregende Szene gewährt.

Kapitän Hod lag noch auf den Knieen, als wir zu ihm eilten. Kâlagani, an der Schulter blutend, erhob sich eben wieder.

»Bag mahryaga! Bag mahryaga!« rief der Hindu, was soviel bedeutet als: Die Tigerin ist tot!

Jawohl, sie war tot! Welch herrliches Tier! Zehn Fuß lang von der Schnauze bis zur Schwanzspitze, der Körper in passendem Verhältnis, mit ungeheueren, mit langen Krallen bewehrten Tatzen, die auf der Mühle des Schleifers zugeschärft schienen.

Während wir das Raubtier bewunderten, überhäuften es die Hindus, ihrem berechtigten Grolle Luft machend, mit Schmähungen aller Art. Kâlagani hatte sich dem Kapitän genähert.

»Ich danke, Herr Kapitän!« sagte er.

»Was hast du zu danken?« erwiderte der Kapitän, »ich, lieber Freund, stehe in deiner Schuld. Ohne deine Hilfe wäre es um einen der Kapitäne der ersten Schwadron von den Carabiniers der königlichen Armee geschehen gewesen!«

»Ohne Sie wäre ich jetzt tot!« antwortete kühl der Hindu.

»Aber, alle Wetter, sprangst du nicht mit dem Messer in der Hand auf die Tigerin zu, als sie mir eben die Hirnschale einhämmern wollte?«

»Sie haben ihr aber den Todesstoß gegeben, Herr Kapitän; sie bildet ihren siebenundvierzigsten!«

»Hurra! Hurra!« schrieen die Hindus. »Hurra dem Kapitän Hod!«

Der Kapitän war allerdings berechtigt, diese Tigerin auf sein Konto zu schreiben, aber er dankte auch Kâlagani durch einen warmen Händedruck.

»Kommt mit nach dem Steam-House«, wandte sich Banks an Kâlagani. »Euere Schulter ist durch einen Tatzenschlag zerrissen; in unserer Reise-Apotheke werden wir hoffentlich Mittel finden, diese Wunde zu heilen!«

Kâlagani verneigte sich zustimmend, und nachdem wir von den Bergbewohnern, welche uns mit Dankesbezeigungen überschütteten, Abschied genommen, begaben wir uns wieder nach dem Sanatorium zurück.

Die Chikaris verließen uns, um nach dem Kraal zu gehen. Auch diesmal kehrten sie mit leeren Händen zurück, und wenn Mathias van Guitt auf jene »Königin von Tarryani« gerechnet hatte, so blieb ihm nichts weiter übrig, als diese zu bedauern. Unter den gegebenen Verhältnissen war es wirklich unmöglich, dieselbe lebendig zu fangen.

Gegen Mittag trafen wir wieder bei dem Steam-House ein. Hier wartete unser eine unangenehme Überraschung. Zu unserem größten Bedauern waren Sir Edward Munro, Sergeant Mac Neil und Goûmi weggereist.

Ein an Banks gerichtetes Billett teilte diesem zur Beruhigung mit, Sir Edward Munro wolle, geleitet auch von dem Verlangen, einen Ausflug bis zur Grenze von Nepal vorzunehmen, dabei gewisse Zweifel, welche noch über die Genossen Nana Sahibs herrschten, aufklären und er werde sicherlich zurück sein, bevor die Zeit für die Abfahrt aus dem Himalaya herankäme.

Bei der Vorlesung dieser Zeilen schien es mir, als ob Kâlagani eine halb ärgerliche Bewegung machte.

Weshalb diese Bewegung? Ich täuschte mich wahrscheinlich.

Fünftes Kapitel

Nächtlicher Überfall

Die Reise des Oberst Munro erregte in uns doch eine lebhafte Unruhe. Er handelte offenbar in der Erinnerung an eine Vergangenheit, die wir längst für immer abgeschlossen glaubten. Doch was war zu tun? Den Spuren Sir Edward Munros nachzugehen? Wir wußten ja nicht, welche Richtung er zu erreichen sich vorgenommen habe. Andererseits konnten wir uns nicht verhehlen, daß, wenn er gegen Banks über nichts gesprochen hatte, er nur die Einwürfe seines Freundes fürchtete, denen er enthoben sein wollte. Banks bedauerte jetzt lebhaft, an unserer Expedition teilgenommen zu haben.

Wir mußten uns also zufriedengeben und den Lauf der Dinge abwarten. Oberst Munro wollte ja sicherlich vor Ende August zurück sein, da dieser Monat der letzte war, den wir im Sanatorium zuzubringen gedachten, um dann in südwestlicher Richtung den Weg nach Bombay einzuschlagen.

Kâlagani, dem Banks alle mögliche Sorgfalt widmete, blieb nur vierundzwanzig Stunden im Steam-House, seine Wunde schien sehr schnell zu vernarben, und er verließ uns, um seinen Dienst im Kraal wieder anzutreten.

Auch zu Anfang des August fiel reichlicher Regen – es war ein Wetter, bei dem sich »Frösche einen Schnupfen holen konnten«, wie Kapitän Hod sagte. Immerhin durfte man erwarten, daß dieser Monat weniger regenreich sein werde als der Juli und uns folglich auch mehr Ausflüge in die Umgegend gestatten würde.

Mit dem Kraal standen wir wie bisher in häufiger Beziehung. Mathias van Guitt war leider immer noch nicht zufriedengestellt. Auch er wollte sein Lager mit Anfang September aufgeben. Da ihm aber noch immer ein Löwe, zwei Tiger und zwei Leoparden fehlten, hegte er doch einige Zweifel, ob es bis dahin noch gelingen werde, seinen Tierbestand zu komplettieren,

Statt der Schauspieler, die er für Rechnung seiner Auftraggeber engagieren wollte, fanden sich in seiner Agentur andere ein, für die er kein Interesse hatte.

So fing sich z. B. am 24. August ein schöner Bär in einer der Fallen.

Wir befanden uns eben im Kraal, als die Chikaris in

einem fahrbaren Käfig einen Gefangenen von großem Wuchse, mit schwarzem Pelze, scharfen Krallen und langbehaarten Ohren – dem besonderen Kennzeichen für die Familie der Bären in Indien – zur Stelle schafften.

»Nun, was tue ich mit diesem unnützen Tardigraden!« rief der Händler achselzuckend.

»Bruder Ballon! Bruder Ballon!« ließen sich dagegen die Hindus vernehmen.

Es scheint fast, als ob die Hindus, wenn sie nur die Neffen der Tiger sind, sich als die Brüder der Bären betrachten.

Ungeachtet dieses Verwandschaftsgrades empfing Mathias van Guitt Bruder Ballon doch mit ganz unzweideutig schlechter Laune. Bären fangen, wo er Tiger brauchte, daran konnte ihm nicht viel liegen. Was sollte er mit dem lästigen Tiere beginnen? Er verspürte keine Lust, dasselbe zu füttern, ohne die Aussicht, auf seine Kosten zu kommen.

Der indische Bär ist auf den Märkten Europas nicht besonders gesucht. Er hat weder den Handelswert des amerikanischen Grizzly, noch den des Eisbären. Deshalb bekümmerte sich Mathias van Guitt als gewiegter Kaufmann nicht viel um ein so beschwerlich fortzuschaffendes Tier, das er nur schwierig wieder an den Mann bringen konnte.

»Wollen Sie ihn?« fragte er den Kapitän Hod.

»Was soll ich denn damit anfangen?« antwortete der Kapitän.

»Ei, Sie machen Beefsteaks davon«, sagte der Händler, »wenn ich mich dieser Katachrese bedienen darf.«

»Herr Mathias van Guitt«, bemerkte da Banks ganz ernsthaft, »die Katachrese ist eine in jedem Falle erlaubte Redefigur, wo sie, in Ermanglung eines anderen Ausdruckes, den Gedanken passend verdeutlicht.«

»Das war auch meine Absicht«, meinte der Händler.

»Nun, Hod«, fuhr Banks fort, »nehmen Sie den Bären des Herrn van Guitt oder nehmen Sie ihn nicht?«

»Meiner Treu, nein!« erklärte der Kapitän bestimmt. »Beefsteaks von einem erlegten Bären zu essen, das möchte zur Not noch angehen; aber einen Bären zu schlachten, um ihn zu Beefsteaks zu verarbeiten, das reizt meinen Appetit wahrlich nicht!«

»Nun, so setzt den Plantigraden wieder in Freiheit!« rief Mathias van Guitt seinen Chikaris zu.

Diese gehorchten dem Befehle. Der Käfig wurde aus dem Kraal hinausgeschafft. Einer der Hindus öffnete das Gitter desselben.

Bruder Ballon, der seine beschämende Lage fühlte, ließ sich das nicht zweimal sagen. Er trabte ruhig durch die Tür des Gefängnisses, schüttelte ein wenig den Kopf, womit er vielleicht seinen Dank ausdrücken wollte, und trollte mit vergnügtem Grunzen seines Weges.

»Da haben Sie ein gutes Werk getan«, sagte Banks, »das wird Ihnen Glück bringen, Herr van Guitt!«

Banks sollte richtig prophezeit haben. Schon der Morgen des 6. August brachte dem Händler seine Belohnung, da er ihm eines der seiner Menagerie noch fehlenden Raubtiere in die Hand lieferte.

Das ging folgendermaßen zu.

Mathias van Guitt, Kapitän Hod und ich in Begleitung Fox', des Maschinisten Storr und Kâlaganis, durchsuchten seit der Morgendämmerung ein Kaktus- und Mastixdickicht, als wir plötzlich ein halbersticktes Brüllen vernahmen.

Sofort machten wir die Gewehre zum Feuern fertig, schlossen uns alle sechs dicht aneinander, um nicht einzeln überfallen werden zu können, und gingen nach der verdächtigen Stelle langsam vor.

Nach fünfzig Schritten ließ der Händler haltmachen. Aus der Art des Gebrülls schien er zu erkennen, um was es sich hier handle, und so bat er – womit er sich vor allem an Kapitän Hod wandte – darum, ja nicht unnötig zu schießen.

Dann ging er allein noch einige Schritte vorwärts, während wir zurückblieben.

»Richtig, ein Löwe!« rief er.

An dem Ende eines festen, an der Gabelung zweier starken Zweige angebrachten Strickes hing in der Tat ein gewaltiges Tier.

Es war ein Löwe, zwar ein Löwe ohne Mähne – wodurch die hiesigen sich von ihren Stammverwandten in Afrika unterscheiden – aber doch ein wirklicher Löwe, wie ihn Mathias van Guitt brauchte und längst suchte.

Das wilde Tier, das mit einer Vordertatze durch den Laufknoten des Strickes gehalten war, riß an diesem zwar heftig herum, konnte sich aber nicht davon befreien.

Kapitän Hod wollte doch schon, trotz der Ermahnung des Händlers, Feuer geben.

»Schießen Sie nicht, Kapitän!« rief Mathias van Guitt, »ich beschwöre Sie, schießen Sie nicht!«

»Aber . . .«

»Nein, nein, sage ich Ihnen! Dieser Löwe hat sich in einer meiner Schlingen gefangen, er gehört mir!«

Wir hatten freilich eine Schlinge – eine Hängeschlinge, möchte ich sagen, – von sehr einfacher und doch sinnreicher Konstruktion vor uns.

Ein tüchtiger Strick wird an einem starken, aber biegsamen Baumzweige befestigt. Dieser Zweig wird so zur Erde herabgebogen, daß der untere Teil des Strickes, dessen Ende einen Laufknoten bildet, in den Einschnitt eines fest in den Boden gerammten Pfahles geklemmt werden kann. An dem Pfahle selbst bringt man einen Köder in der Weise an, daß ein Tier, wenn es diesen herabholen will, entweder den Kopf oder doch eine Tatze durch die Schlinge stecken muß. Wenn es nun aber nur ganz wenig an der Lockspeise zerrt, zieht es auch den

Strick aus dem Einschnitte, der Zweig schnellt empor, das Tier wird mit in die Höhe gehoben und gleichzeitig gleitet ein schwerer Holzzylinder an dem Stricke herab, schließt dadurch die Schlinge fester und verhindert, daß diese sich durch die Anstrengung des hängenden Tieres wieder öffnet.

Diese Sorten Fallen trifft man in den Wäldern Indiens sehr häufig an, und Raubtiere fangen sich darin leichter, als man auf den ersten Blick glauben sollte. Meist wird das Tier dabei freilich am Halse eingeschnürt, wodurch es schnell erstickt, während das schwere Holzstück ihm auch den Schädel halb zerschmettert. Der Löwe aber, der sich vor unseren Augen wand, hatte sich nur mit einer Tatze gefangen. Er war also lebend und wert, unter den vierbeinigen Gästen des Kraals zu figurieren.

Erfreut über diesen Fang, sendete Mathias van Guitt Kâlagani nach dem Kraal, um den fahrbaren Käfig und einen Wagenführer herbeizuholen. Inzwischen konnten wir das Tier, dessen Wut unsere Anwesenheit verdoppelte, mit aller Muße beobachten.

Der Händler wendete kein Auge von demselben ab. Er umkreiste den Baum von allen Seiten, natürlich mit der Vorsicht, sich außer Schuß- oder eigentlich Hiebweite zu halten, da der Löwe mit den Tatzen gewaltig ausschlug.

Nach einer halben Stunde kam der von zwei Büffeln gezogene Käfig an. Man ließ den Gehängten hineinsinken, was kein so leichtes Stück Arbeit war, und wir schlugen wieder den Weg nach dem Kraal ein.

»Ich fing wirklich schon an zu verzweifeln«, äußerte Mathias van Guitt; »die Löwen sind nicht in zu großer Anzahl unter den Nemoralen Indiens vorhanden . . .«

»Was? Unter den Nemoralen?« fragte Kapitän Hod.

»Ja, d. h. unter den Tieren, welche durch die Wälder schweifen, und ich gratuliere mir, diesen Kerl, der meiner Menagerie Ehre machen wird, gefangen zu haben.«

Mathias van Guitt hatte sich von diesem Tage ab überhaupt nicht mehr über den frühern Unstern zu beklagen.

Am 11. August wurden zwei Leoparden zusammen in der nämlichen Falle gefangen, aus der wir den Händler befreit hatten.

Es waren das zwei Tchitas, ähnlich jenem, der in den Ebenen von Rohilkande den Stahlriesen so kühn angegriffen hatte und dessen wir damals nicht habhaft werden konnten.

Jetzt fehlten nur noch zwei Tiere, um den Stock Mathias van Guitts vollzählig zu machen.

Der 15. August kam heran. Oberst Munro war noch nicht wieder erschienen, ebensowenig erhielten wir Nachrichten von ihm. Banks war unruhiger, als er sich den Anschein gab. Er befragte Kâlagani, der ja die nepalische Grenze kannte, über die Gefahren, denen Sir Edward Munro ausgesetzt sein könne, wenn er sich in jene unabhängigen Gebiete hineinwagte. Der Hindu versicherte ihm, daß sich in der Nähe von Tibet kein einziger Parteigänger Nana Sahibs mehr aufhalte. Jedenfalls bedauerte er, daß der Oberst ihn nicht als Führer mitgenommen habe. Seine Dienste wären ihm in einem Lande, das er bis auf den einsamsten Fußsteg kannte, gewiß von Nutzen gewesen. Jetzt war ja aber gar nicht daran zu denken, jenen aufzusuchen.

Kapitän Hod und Fox setzten ihre Ausflüge durch Tarryani unermüdlich fort. Unterstützt von den Chikaris des Kraals, gelang es ihnen, drei weitere mittelgroße Tiger ohne große Gefahr zu erlegen. Zwei von diesen kamen auf Rechnung des Kapitäns, der eine auf Rechnung des Dieners.

»Achtundvierzig!« sagte Hod, der die runde Summe von fünfzig gern voll gemacht hätte, bevor er den Himalaya verließ.

»Neunundddreißig!« zählte Fox, ohne von einem gewaltigen Panther zu reden, der unter seiner Kugel gefallen war.

Am 20. August ging der vorletzte der von Mathias van Guitt gesuchten Tiger in eine der Fallen, der er aus Instinkt oder Zufall bisher ausgewichen war. Wie das gewöhnlich geschieht, verletzte sich das Tier durch den Fall, doch schien die Wunde keine schwere zu sein. Einige Tage Ruhe genügten zur Heilung derselben, und jedenfalls sah man zur Zeit der Ablieferung an Hagenbeck in Hamburg davon nicht mehr das Geringste.

Die Verwendung solcher Fallen wird von allen Kennern als eine barbarische Methode verurteilt. Handelt es sich nur darum, die Tiere zu vernichten, so mag wohl jedes Mittel gelten, beabsichtigt man aber, dieselben lebendig einzufangen, so verenden sie doch zu häufig in Folge des Sturzes, vorzüglich, wenn sie in jene fünfzehn bis zwanzig Fuß tiefen Gruben fallen, welche zum Fange der Elefanten bestimmt sind. Unter zehn findet man kaum eines, das nicht einen gefährlichen Knochenbruch erlitten hat. Selbst in Mysore, wo man diesem Verfahren mit Vorliebe huldigte, wird es, nach Aussage des Händlers, jetzt mehr und mehr verlassen.

Ein einziger Tiger fehlte also noch der Menagerie des Kraals, und Mathias van Guitt hätte diesen gar zu gern in seinem Käfig gesehen, denn es drängte ihn jetzt, nach Bombay aufzubrechen.

Dieser Tiger sollte nun zwar bald genug erlangt werden, aber freilich um welchen Preis! Ich muß hierüber etwas ausführlicher berichten, denn das Tier wurde teuer – sehr teuer – bezahlt.

Kapitän Hod hatte für die Nacht des 26. August einen Jagdausflug verabredet. Alle Vorzeichen ließen auf einen günstigen Erfolg rechnen, da der Himmel wolkenlos, die Luft ruhig und der Mond im Abnehmen war. Bei ganz tiefer Finsternis verlassen die Raubtiere nur ungern ihre Höhlen, während sie bei mäßigem Lichtschein desto lieber umherschweifen. Der »Meniscus« – ein Wort, womit Mathias van Guitt den sichelförmigen Mond zu bezeichnen pflegte – der Meniscus mußte also nach Mitternacht seine bleichen Strahlen herabsenden.

Kapitän Hod und ich, Fox und Storr, der an solchem Sport allmählich Gefallen fand, bildeten den Kern der Expedition, der sich der Händler, Kâlagani und einige Hindus anschließen sollten.

Nach beendigter Mahlzeit und nachdem wir uns von Banks, der eine Einladung, uns zu begleiten, abschlug, verabschiedet hatten, verließen wir das Steam-House gegen sieben Uhr abends und kamen gegen acht Uhr ohne bemerkenswerten Zwischenfall an.

Mathias van Guitt stand eben vom Abendessen auf. Er begrüßte uns in der gewohnten eigentümlichen Weise. Sofort traten wir zur Beratung zusammen und verabredeten alles Weitere bezüglich der anzustellenden Jagd.

Wir wollten uns in der Nähe eines Bergstromes auf die Lauer legen, der im Grunde einer jener Schluchten, welche man hier »Nullahs« nennt, zwei Meilen vom Kraal und an einer Stelle vorüberfloß, wohin ein Tigerpärchen jede Nacht zu kommen pflegte. Ein Köder war daselbst nicht angebracht worden, da das nach Aussage der Hindus überflüssig schien. Ein vor kurzer Zeit in diesem Teile Tarryanis abgehaltenes Treibjagen hatte den Beweis geliefert, daß die Tiger schon, um ihren Durst zu löschen, jene Schlucht regelmäßig aufsuchten. Es war auch bekannt, daß man sich dort günstig aufstellen konnte.

Den Kraal sollten wir vor Mitternacht nicht verlassen. Jetzt war es erst neun Uhr. Nun hieß es warten zu lernen, ohne sich dabei zu sehr zu langweilen.

»Meine Herren«, begann Mathias van Guitt, »meine Wohnung steht gänzlich zu ihrer Verfügung. Ich ersuche Sie, es wie ich zu machen und sich niederzulegen. Wir müssen noch vor dem frühen Morgen hinaus, und einige Stunden Schlaf werden uns für etwaige Strapazen stärken.«

»Haben Sie Lust, zu schlafen, Maucler?« fragte mich Kapitän Hod.

»Nein«, gab ich zur Antwort. »Ich werde lieber umherspazieren, bis wir fortgehen, als mich gerade dann wecken zu lassen, wenn ich im tiefsten Schlafe liege.«

»Wie es Ihnen beliebt, meine Herren«, bemerkte der Händler. »Ich für meinen Teil fühle schon jenes spasmodische Blinzeln der Augenlider, welches die Müdigkeit hervorbringt. Sie sehen, ich schwanke schon so zwischen Wachen und Schlafen!«

Mathias van Guitt erhob dabei die Arme, warf, wie durch unwillkürliche Muskelbewegung, den Kopf zurück und gähnte recht herzhaft.

Als er mit seinen Verrenkungen fertig war, winkte er uns noch ein Adieu zu und verschwand in der Hütte, wo er jedenfalls bald in sanftem Schlummer lag.

»Und was beginnen wir nun?« fragte ich.

»Wir gehen spazieren«, antwortete Kapitän Hod, »wir gehen im Kraal auf und ab. Die Nacht ist schön und ich werde zur Zeit besser bereit sein, zu marschieren, als wenn ich jetzt zwei bis drei Stunden schliefe. Der Schlaf ist zwar unser bester Freund, leider läßt er aber manchmal lange Zeit auf sich warten!«

So trotteten wir also plaudernd und träumend, langsam durch den Kraal. Storr, »den sein bester Freund gewöhnlich nicht lange warten ließ«, lag am Fuße eines Baumes und schlief schon fest. Die Chikaris und die Wagenführer hockten ebenfalls in ihrer Ecke und überhaupt wachte sonst kein Mensch innerhalb der Einzäunung.

Es wäre das auch überflüssig gewesen, da der von einer Palisade umschlossene Kraal vollständig abgesperrt war.

Kâlagani hatte sich selbst noch überzeugt, ob das Tor gut verwahrt sei; nachdem das geschehen, wünschte er uns im Vorübergehen gute Nacht und begab sich nach dem Häuschen, das er mit seinen Gefährten bewohnte.

Kapitän Hod und ich, wir befanden uns nun ganz allein.

Nicht allein die Leute van Guitts, sondern auch die Haustiere und die Raubtiere schliefen alle, diese in ihren Käfigen, jene zusammen unter großen Bäumen am Ende des Kraals. Drinnen und draußen herrschte allgemeines Schweigen.

Unsere Promenade führte uns zunächst nach der Stelle, wo die Büffel lagen. Die schönen, sanften und gelehrigen Wiederkäuer waren nicht einmal eingeschlossen. Gewohnt, unter dem Blätterdache mächtiger Ahornbäume zu lagern, sahen wir sie gemächlich hingestreckt, die Hörner untereinander verwickelt, die Füße untergeschlagen, und man hörte nur das langsame, schnaufende Atmen der mächtigen Körper.

Auch unsere Annäherung störte sie nicht aus ihrer Ruhe. Nur einer derselben erhob ein wenig den dicken Kopf, glotzte uns mit dem unsteten Blicke an, der dieser Art von Tieren eigentümlich ist, und duckte sich dann wieder langsam nieder.

»Da sieht man, wie das Leben im Hause oder vielmehr die Zähmung sie verändern kann«, sagte ich zum Kapitän.

»Ja«, erwiderte dieser, »und doch sind gerade Büffel sehr gefährliche Tiere, wenn sie in der Wildnis hausen. Aber, wenn es ihnen nicht an Kräften fehlt, so geht ihnen dafür jede Gewandtheit ab, und was vermögen ihre Hörner z. B. gegen den Zahn der Löwen oder gegen die Tatze der Tiger? Offenbar sind diese Raubtiere ihnen gegenüber im Vorteil.«

In dieser Weise plaudernd, hatten wir uns den Käfigen genähert. Auch hier herrschte vollständige Ruhe. Tiger, Löwen, Panther und Leoparden schliefen in ihren abgesonderten Käfigen. Mathias van Guitt ließ sie nicht eher zusammen, als bis sie durch einige Wochen Gefangenschaft etwas mürber geworden waren, und daran tat er ganz recht. Während der ersten Tage der Einsperrung hätten die Bestien wahrscheinlich einander selbst aufgezehrt.

Vollkommen unbeweglich lagen die drei Löwen, großen Katzen gleich, krumm zusammengebogen. Den Kopf, der zwischen den dicht behaarten schwarzen Tatzen verschwand, sah man gar nicht; so schliefen sie den Schlaf des Gerechten.

In den Zellen der Tiger herrschte nicht derselbe Friede. Glühende Augen blitzten zuweilen durch das Dunkel auf, eine kräftige Tatze rüttelte wohl auch einmal an den eisernen Gitterstäben. Es war der Schlaf von Raubtieren, deren Grimm selbst der Schlaf nicht sänftigt.

»Sie haben böse Träume, das begreife ich wohl!« sagte der mitleidige Kapitän.

Einige Gewissensbisse oder wenigstens das Gefühl von Reue schien auch die drei Panther zu quälen. Um diese Stunde waren sie, frei von jeder Fessel, in den Wäldern umhergestrichen und hatten sich nach den Weideplätzen geschlichen, wo sie lebendes Fleisch witterten.

Den Schlaf der vier Leoparden störte offenbar kein Alpdrücken. Sie lagen friedlich und still. Zwei dieser Katzen, ein Männchen und ein Weibchen, besaßen ein gemeinsames Schlafzimmer und befanden sich darin ebenso wohl wie im Grunde ihrer Höhle.

Nur eine einzige Zelle stand noch leer – die, welche der sechste und gar nicht zu erlangende Tiger einnehmen sollte, den Mathias van Guitt sich noch beschaffen mußte, bevor er Tarryani verlassen konnte.

Unser Spaziergang mochte etwa eine Stunde gewährt haben. Nachdem wir an der inneren Seite der Kraal-Einfriedigung dahingegangen, ließen wir uns am Fuße einer mächtigen Mimose nieder.

Im ganzen Walde ringsum regte sich nichts, selbst der Wind, der gegen Abend noch durch die Bäume rauschte, hatte sich jetzt gelegt. Kein Blättchen rührte sich. Die Atmosphäre über der Erde war ebenso ruhig wie in den oberen Regionen, wo die Sichel des Mondes langsam heraufzog.

Kapitän Hod und ich saßen dich beieinander, sprachen aber kaum noch ein Wort. Der Schlaf überfiel uns nicht etwa, es machte sich vielmehr der mehr geistige als körperliche Einfluß der Stille in der Natur für uns geltend. Man denkt dann wohl, verleiht aber dem Gedanken keine Worte. Man träumt wie ein Mensch, der doch nicht schläft, und der Blick, den die Augenlider nicht verschleiern, verliert sich gern in einer phantastischen Vision.

Nur ein Umstand fiel dem Kapitän auf und mit leiser Stimme, wie man es unwillkürlich tut, wenn alles ringsumher schweigt, sagte er:

»Wissen Sie, Maucler, eine solche Stille setzt mich wirklich in Erstaunen. Gewöhnlich brüllen die Raubtiere im Dunklen und während der Nacht schallt es sonst durch den ganzen Wald. Fehlt es an Tigern oder Panthern, so hört man dafür die Schakale bellen. Dieser Kraal voll lebender Wesen sollte sie eigentlich zu Hunderten herbeilocken, und doch hört man nicht das Geringste, kein Knacken von dürrem Holz auf der Erde, kein einziges Geheul da draußen. Wenn Mathias van Guitt wach wäre, würde er sich ebenso darüber wundern wie ich und gewiß irgendein sonderbares Wort finden, sein Erstaunen auszudrücken!

»Sie haben recht, lieber Hod«, antwortete ich, »und ich weiß mir das Ausbleiben aller jener Nachtschwärmer auch nicht zu erklären. Doch, achten wir auf uns selbst, daß wir bei der Stille ringsum nicht zuletzt noch einschlafen.«

»Nein, nein, wir müssen aushalten«, meinte Kapitän Hod, indem er die Arme dehnte. »Die Stunde zum Aufbruch kommt bald heran!«

Wir fingen also wieder an zu plaudern, wenn auch mit längeren Pausen.

Wie lange das dauerte, vermag ich nicht zu sagen; plötzlich entstand aber eine dumpfe Bewegung, die mich aus diesem Zustande der Somnolenz weckte.

Kapitän Hod, der ebenfalls wieder völlig munter wurde, sprang gleichzeitig mit mir auf.

Der Lärm ging offenbar von den Käfigen der Raubtiere aus.

Löwen, Tiger, Panther und Leoparden, die noch eben ganz ruhig gelegen hatten, ließen ein heimliches Murren und Knurren hören. Sie hatten sich erhoben, trabten in ihren Zellen hin und her, schnüffelten hinaus, als wenn sie irgend etwas witterten, und richteten sich wutschnaubend an den Eisenstangen der Käfige empor.

»Was mögen sie nur haben?« fragte ich.

»Ich weiß es nicht«, erwiderte Kapitän Hod, »aber ich fürchte, sie wittern die Annäherung von ...«

Plötzlich entstand rings um den Kraal ein entsetzliches Gebrüll.

»Das sind Tiger«, rief Kapitän Hod, und eilte nach dem Hause Mathias van Guitts.

Der Höllenlärm hatte das ganze Personal des Kraals auf die Füße gebracht und der Händler erschien mit mehreren Leuten an der Tür.

»Ein Überfall ...!« rief er.

»Ich glaube, ja«, antwortete Kapitän Hod.

»Ich werde mich sofort überzeugen ...!«

Ohne ein weiteres Wort zu äußern, ergriff Mathias van Guitt eine Leiter, die er an die Palisade lehnte. In einem Augenblicke stand er auf der obersten Stufe.

»Zehn Tiger und ein Dutzend Panther!« rief er herab.

»Das mag ernsthaft werden«, meinte Kapitän Hod. »Statt daß wir jene jagen wollten, werden sie nun uns zu Leibe gehen!«

»Die Gewehre! Schnell die Gewehre her!« befahl der Händler.

Alle beeilten sich, dem Gebote zu folgen, und in zwanzig Sekunden waren wir fertig, Feuer zu geben.

Solche Überfälle einer ganzen Bande von Raubtieren sind in Indien übrigens nicht gar so selten. Wie oft wurden nicht die Bewohner solcher Gegenden, in denen Tiger hausen, vorzüglich die der Sunderbunds, in den Wohnungen geradezu belagert! Das sind kritische Stunden, und leider bleibt der Vorteil häufig genug auf Seite der Angreifer.

In das Geheul von draußen mischte sich nun auch noch das Gebrüll in den Behältern. Der Kraal schien dem Walde Antwort zu geben. Wir konnten kaum noch das eigene Wort hören.

»An die Palisaden!« rief Mathias van Guitt, der sich mehr durch Gesten als durch die Stimme verständlich machte.

Wir stürzten alle nach der Einfriedung.

Die Büffel packte der Schreck und sie erhoben sich eben, um den bisher innegehabten Platz zu verlassen. Vergeblich suchten die Wagenführer sie zurückzuhalten.

Plötzlich sprang das Tor, dessen Riegel doch nicht ordentlich geschlossen sein konnte, heftig auf und in tollen Sätzen stürzten eine Menge Bestien in den Kraal herein.

»Kâlagani hatte das Tor doch, wie er das immer tat, auch heute gut verwahrt.«

»Ins Haus! Ins Haus!« schrie Mathias van Guitt und eilte nach demselben hin, da dieses jetzt allein noch einigen Schutz gewähren konnte.

Blieb uns auch Zeit genug, dahin zu entfliehen?

Schon wälzten sich zwei von Tigern überfallene Chikaris auf der Erde. Die anderen, welche das Haus nicht erreichen konnten, eilten durch den Kraal, um irgendeinen Schlupfwinkel zu suchen.

Der Händler, Storr und sechs Hindus befanden sich schon in dem Hause, dessen Türe gerade in dem Moment zugeworfen wurde, als zwei Panther hineindringen wollten.

Kâlagani, Fox und die übrigen erkletterten die Bäume, um in deren Ästen Schutz zu suchen.

Kapitän Hod und ich fanden weder Zeit noch Gelegenheit, zu Mathias van Guitt zu gelangen.

»Maucler! Maucler!« rief Kapitän Hod, der von einem Tatzenschlage am Arme verwundet war.

Mich selbst hatte ein furchtbarer Tiger mit dem Schweife zu Boden geworfen. Ich raffte mich wieder auf und sprang, als das Tier eben auf mich losgehen wollte, dem Kapitän zu Hilfe.

Nur eine Zuflucht blieb uns noch; die leere Zelle des sechsten Käfigs. In einem Augenblicke hatten wir uns beide dahin geflüchtet und die schnell zugeschlagene Tür schützte uns einstweilen vor den Bestien, welche wütend an den Gitterstäben emporsprangen.

Die rasende Wut der Tiere im Hofe und der Tiger in den Zellen ging soweit, daß der auf den Rädern schwankende Käfig fast umgeworfen worden wäre.

Bald ließen die Tiger jedoch von demselben ab, um sich einer bequemeren Beute zuzuwenden.

Welch' entsetzlicher Anblick, von dem uns nichts entging!

»Das ist die verkehrte Welt!« rief Kapitän Hod, der sich kaum bemeistern konnte. »Sie draußen und wir drinnen!«

»Und Ihre Wunde?« fragte ich.

»Das hat nichts zu bedeuten!«

Jetzt krachten fünf oder sechs Schüsse. Sie blitzten aus dem Häuschen auf, in dem Mathias van Guitt sich befand und welches zwei Tiger und drei Panther bestürmten.

Eines der Tiere fiel von einer Explosionskugel, welche von Storrs Büchse herrühren mußte.

Die übrigen hatten sich gleich anfangs auf die Büffel gestürzt, die sich gegen solche Gegner freilich kaum zu verteidigen vermochten.

Fox, Kâlagani und die Hindus, welche, um die Bäume erklettern zu können, die Waffen hatten wegwerfen müssen, konnten sie nicht schützen.

Nun gab auch Kapitän Hod, die Büchse durch das Gitter unseres Käfiges steckend, Feuer. Trotz der halben Lähmung seines rechten Armes in Folge der Wunde, die ihn nicht so sicher wie gewöhnlich zu zielen erlaubte, gelang es ihm doch, seinen neunundvierzigsten Tiger zu erlegen.

Da sprangen die erschrockenen Büffel eben brüllend durch den Kraal. Vergebens versuchten sie, sich den Tigern zu widersetzen, die den Stößen der Hörner durch geschickte, gewaltige Sätze zu entgehen wußten. An einem derselben hatte sich ein Panther festgeklammert, der ihm mit den Tatzen den Nacken zerfleischte – vor Schmerz betäubt, rannte das arme Tier davon, erreichte das Tor des Kraals und flüchtete nach außen.

Fünf bis sechs andere, denen die Bestien ebenso zusetzten, folgten jenem und flohen gleichfalls.

Mehrere Tiger eilten denselben nach; die noch im Kraal befindlichen Büffel aber lagen schon mit zerbissener Kehle und aufgerissenem Leibe am Boden.

Aus den Fenstern des Häuschen dauerte das Gewehrfeuer fort. Kapitän Hod und ich suchten auch unser Bestes zu tun. Da schien noch eine neue Gefahr zu nahen.

Die in den Käfigen eingesperrten Tiere, welche das Getöse des Kampfes, der Blutgeruch und das Heulen der Bestien nur noch mehr erhitzte, schäumten geradezu vor unbeschreiblicher Wut. Sollte es ihnen gelingen, die

Gitterstäbe zu durchbrechen? Auf jeden Fall war das zu befürchten.

Schon kam es soweit, daß ein Tigerkäfig umstürzte. Einen Augenblick glaubte ich, dessen Wände könnten gebrochen sein, so daß den Insassen der Weg geöffnet wäre...

Zum Glück bestätigte sich diese Annahme nicht; ja, die Insassen konnten jetzt nicht einmal mehr sehen, was draußen vorging, da die vergitterte Seite des Käfigs auf die Erde zu liegen gekommen war.

»Wahrlich, das sind doch zuviel!« brummte Hod, während er die Büchse wieder lud.

Da machte ein Tiger einen furchtbaren Sprung, und mit Hilfe der Krallen gelang es ihm, die Baumgabelung zu erreichen, nach welcher sich zwei oder drei Chikaris geflüchtet hatten.

Einer der Unglücklichen, den jener an der Kehle packte, versuchte vergeblich, sich festzuhalten und stürzte zur Erde.

Gleich fiel ein Panther über den schon leblosen Körper her, dessen Knochen in einer breiten Blutlache knackten.

»So schießt doch! So schießt doch!« rief Kapitän Hod, als könne er sich Mathias van Guitt und dessen Leuten vernehmlich machen.

Wir selbst vermochten nichts mehr auszurichten; unsere Patronen waren zu Ende und wir sahen uns zu ohnmächtigen Zuschauern des entsetzlichen Gemetzels verurteilt.

Da gelang es einem Tiger in der Zelle neben uns, als er mit aller Macht an den Eisenstäben rüttelte, den Käfig aus dem Gleichgewichte zu bringen, der einen Augenblick hin und her schwankte und dann gänzlich umfiel.

Von dem Falle trugen wir nur leichte Verletzungen davon und erhoben uns wenigstens schnell wieder auf die Kniee. Die Wände hatten ausgehalten, aber auch wir konnten nun nicht mehr beobachten, was im Hofe geschah.

Doch wenn auch nichts zu sehen war, so hörte man ja genug. Welch' ein Hexensabbath von Gebrüll innerhalb der Planke des Kraals! Wie gewahrte man den Dunst von Blut in der Luft! Es schien, als ob jetzt der Kampf noch wütender entbrannt wäre. Was war wohl vorgegangen? Sollten die Gefangenen aus den anderen Käfigen entkommen sein? Griffen sie vielleicht Mathias van Guitts Hütte an? Kletterten Tiger und Panther etwa auf die Bäume, um die Hindus herabzureißen?

»Und aus diesem vermaledeiten Kasten nicht herauszukönnen!« rief Kapitän Hod in voller Wut.

So verging eine Viertelstunde – eine Viertelstunde, deren endlose Minuten wir beklommen zählten.

Dann legte sich allmählich das Getöse, das Gebrüll wurde schwächer. Die Tiger in den anderen Zellen unseres Käfigs sprangen nur seltener umher. War das Gemetzel zu Ende?

Da hörte ich, wie das Tor des Kraals heftig zugeworfen wurde. Kâlagani rief laut nach uns und Fox' Stimme hörten wir daneben, wie er immer »Herr Kapitän! Herr Kapitän!« halb jammernd wiederholte.

»Kommt hierher!« antwortete Hod.

Man hörte uns und ich fühlte sogleich, wie der Käfig langsam aufgerichtet wurde. Noch einen Augenblick und wir waren wieder befreit.

»Fox! Storr!« rief der Kapitän, dessen erster Gedanke seinen Gefährten galt.

»Hier!« erwiderten der Maschinist und der Diener.

Sie waren unverwundet. Auch Mathias van Guitt und Kâlagani heil und gesund. Zwei Tiger und eine Pantherin lagen leblos auf dem Boden. Die anderen waren lebendig aus dem Kraal entkommen, dessen Tor Kâlagani sofort sorgfältig verschloß. Wir waren in Sicherheit.

Keines der Tiere der Menagerie hatte während des

Kampfes entwischen können, der Händler zählte sogar einen Gefangenen mehr. Ein junger Tiger hatte sich unter dem umgestürzten kleineren fahrbaren Käfig wie in einer Falle gefangen.

Mathias van Guitts Stock war also vollzählig – aber wie teuer kam ihm das zu stehen! Fünf von seinen Büffeln waren erwürgt, die anderen entflohen und drei entsetzlich verstümmelte Hindus schwammen im Hofe des Kraals in ihrem Blute!

Sechstes Kapitel

Mathias van Guitts Abschied

Im Laufe der Nacht ereignete sich nichts mehr, weder im Kraal, noch in dessen Umgebung. Die Pforte war jetzt fest verriegelt. Wie hatte sie sich aber öffnen können, als die Bande Raubtiere die Palisade umschwärmte? Das erschien unerklärlich, da Kâlagani selbst die schweren Balken, welche gewöhnlich davor lagen, in die Einschnitte geschoben hatte.

Kapitän Hod litt von seiner Verletzung doch ziemlich stark, obwohl diese nur in einem Einrisse der Haut bestand. Dennoch fehlte nicht viel, so hätte er den Gebrauch des rechten Armes einbüßen können.

Ich für meinen Teil fühlte von dem heftigen Schweifschlage, der mich zu Boden streckte, gar nichts mehr.

Wir beschlossen also, noch vor Anbruch des Tages nach dem Steam-House zurückzukehren.

Bedauerte Mathias van Guitt den Verlust dreier seiner Leute gewiß ganz aufrichtig, so schien ihm doch der Vorgang nicht allzusehr zu Herzen zu gehen, obwohl er ohne Büffel, gerade im Moment der Abreise, in einige Verlegenheit geriet.

»Das gehört so zum Geschäft«, sagte er zu uns, »und ich ahnte fast, daß mir noch ein ähnliches Abenteuer bevorstand!«

Er ließ hierauf die drei Hindus begraben, deren Überreste in einer Ecke des Kraals so tief versenkt wurden, daß die wilden Tiere sie nicht wieder ausscharren konnten.

Das Morgengrauen drang indessen schon bis in die niedrigeren Teile Tarryanis und wir nahmen also nach vielen herzhaften Händedrücken von Mathias van Guitt Abschied.

Zur Begleitung, wenigstens auf dem Wege durch den Wald, stellte der Händler uns Kâlagani und zwei seiner Hindus zur Verfügung. Wir nahmen das Angebot an und verließen um sechs Uhr die Einfriedigung des Kraals.

Der Rückweg ging ohne Störung vonstatten. Von Tigern und Panthern keine Spur mehr. Die gesättigten Bestien mochten sich in ihre Höhlen zurückgezogen haben und jetzt erschien es nicht an der Zeit, sie dort aufzustören.

Was die aus dem Kraal entflohenen Büffel betraf, so waren diese entweder erwürgt und lagen irgendwo im hohen Grase, oder es war, da sie sich im anderen Falle nach allen Seiten zerstreut und verirrt haben mußten, gar nicht darauf zu rechnen, daß ihr Instinkt sie nach dem Kraal zurückführen werde. Für den Händler waren sie demnach als unwiederbringlich verloren zu betrachten.

Am Saume des Waldes verließen uns Kâlagani und die zwei Hindus. Eine Stunde später begrüßte Phanns und Blacks Gebell unsere Rückkehr zum Steam-House.

Ich erzählte Banks unser erlebtes Abenteuer. Selbstverständlich beglückwünschte er uns, demselben so leichten Kaufes entkommen zu sein. Bei nächtlichen Überfällen dieser Art kommt es nämlich gar zu häufig vor, daß keiner der Belagerten übrigbleibt, um die Großtaten der Angreifer zu schildern.

Kapitän Hod mußte wohl oder übel seinen Arm in der Binde tragen, der Ingenieur, der eigentliche Arzt unserer Expedition, erklärte die Wunde jedoch für nicht gefährlich und versicherte, daß sie binnen wenigen Tagen geheilt sein werde.

Kapitän Hod wurmte es vorzüglich, einen Schlag erhalten zu haben, ohne denselben erwidern zu können. Doch hatte er wenigstens zu den achtundvierzig Tigern, die sein Konto zählte, einen weiteren hinzugefügt.

Am nächsten Tage, am 27. August, hörten wir die Hunde wieder sehr laut, aber offenbar freudig anschlagen.

Oberst Munro, Mac Neil und Goûmi kehrten nach dem Sanatorium zurück. Ihr Wiedererscheinen nahm uns eine wahre Zentnerlast von den Schultern. Hatte Oberst Munro von seinem Zuge den erwarteten Erfolg gehabt? Noch wußten wir darüber nichts. Er kehrte ja heil und gesund zurück, das war die Hauptsache.

Banks lief ihm eilig entgegen, drückte ihm warm die Hand und fragte ihn nur durch einen Blick.

»Nichts!« antwortete Oberst Munro durch eine einfache Bewegung des Kopfes.

Das bedeutete für uns nicht allein, daß seine Nachforschungen an der nepalischen Grenze nicht nur fruchtlos geblieben waren, sondern auch, daß jedes weitere Gespräch über dieses Thema unerwünscht und nutzlos sei. Er schien uns zu verstehen zu geben, daß er die Sache nicht weiter erwähnt wissen wolle.

Mac Neil und Goûmi, welche Banks während des Abends fragte, erwiesen sich mitteilsamer. Sie gestanden zu, daß Oberst Munro vorzüglich habe jenen Teil von Hindostan sehen wollen, nach dem sich Nana Sahib vor seinem Wiedererscheinen in der Präsidentschaft Bombay geflüchtet hatte. Sich zu versichern, was aus den Genossen des Nabab geworden sei, nachzuforschen, ob von ihrem Übertritt über die indo-chinesische Grenze nicht noch Spuren aufzufinden wären, zu erfahren, ob, wenn nicht Nana Sahib, sich doch dessen Bruder Balao Rao in dieser der englischen Gewalt nicht unterworfenen Gegend verberge – das waren Sir Edward Munros Zwecke gewesen. Aus allem, was ich erfuhr, ging jedoch hervor, daß die Rebellen das Land verlassen haben mußten. Von ihrer Lagerstelle, wo jenes vorgebliche Begräbnis stattgefunden hatte, um den Glauben an den Tod Nana Sahibs zu verbreiten, fand sich kaum noch eine Spur. Von Balao Rao war nichts zu hören, so wenig wie von dessen Begleitern, deren Spur vollständig verwischt schien. Da der Nabab also in den Schlachten der Sautpourraberge gefallen, seine Spießgesellen wahrscheinlich über die Grenzen der Halbinsel hinaus vertrieben waren, so blieb für den Oberst als Rächer nichts mehr zu tun übrig. Wir dachten also nur daran, die Himalaya-Grenze zu verlassen, die Reise wieder nach Süden hin fortzusetzen und unseren beabsichtigten Zug von Kalkutta bis Bombay vollends abzuschließen.

Der Aufbruch wurde demnach für über acht Tage, d. h. für den 3. September, festgestellt. Wir mußten doch Kapitän Hod Zeit gönnen zur Vernarbung seiner Wunde. Übrigens schien auch der von seinem beschwerlichen Zuge angegriffene Oberst Munro dringend einiger Ruhe zu bedürfen.

Inzwischen traf Banks die nötigen Vorbereitungen. Er hatte mit Instandsetzung unseres Trains, der wieder in die Ebene hinab und vom Himalaya nach der Präsidentschaft Bombay dampfen sollte, die ganze Woche völlig zu tun.

Die Reiseroute sollte übrigens zum zweiten Male verändert werden, um die großen Städte des Nordwestens, wie Mirat, Delhi, Agra, Gwalior, Jansie und andere, in welchen die Empörung von 1857 zu viele Spuren der Zerstörung zurückgelassen hatte, zu umgehen. Mit den letzten Rebellen jener Erhebung sollte alles verschwinden, was Oberst Munros trübe Erinnerungen erwecken konnte. Unsere fahrbaren Wohnungen sollten also durch die Provinzen ziehen, ohne bei den Hauptstädten anzuhalten; die Landschaften verdienten einen Besuch übrigens auch schon allein um ihrer natürlichen Reize willen. Das ausgedehnte Königreich Sindia gerade steht in dieser Hinsicht keinem anderen nach. Unserem Stahlriesen sollten sich jetzt die herrlichsten Wege der Halbinsel eröffnen.

Der Mousson hatte mit dem Ende der Regenzeit, welche sich nicht über den August hinaus ausdehnt, aufgehört. Die ersten Tage des Septembers versprachen eine angenehme Temperatur, welche gegenüber dem ersten den zweiten Teil der Fahrt minder beschwerlich machen mußte.

Während der zweiten Hälfte unseres Aufenthaltes im Sanatorium lag es Fox und Goûmi ob, die Bedürfnisse der Küche zu decken. Von den beiden Hunden begleitet, durchstreiften sie die mittlere Gebirgszone, wo Rebhühner, Fasanen und Trappen in Menge umherflogen. Das im Eisbehälter aufbewahrte Geflügel lieferte unterwegs dann ein herrliches Wild.

Noch zwei- oder dreimal statteten wir dem Kraal einen Besuch ab. Hier war auch Mathias van Guitt beschäftigt, sich zur Abfahrt nach Bombay zu rüsten, wobei er seinen Kummer als Philosoph ertrug, der sich über die kleinen und großen Widerwärtigkeiten des Lebens erhaben fühlte.

Wir wissen schon, daß die Menagerie des Händlers durch den Fang des zehnten Tigers, der so teuer zu stehen kam, vollständig geworden war. Mathias van Guitt hatte also nur daran zu denken, wie er sich neue Büffelgespanne verschaffen konnte. Von den Wiederkäuern, die bei jenem Überfalle entflohen, war natürlich keiner wieder im Kraal erschienen; alle Umstände sprachen dafür, daß jene zerstreut im Walde einen gewaltsamen Tod gefunden hatten. Jetzt galt es also, sie zu ersetzen, was unter den gegebenen Verhältnissen immerhin seine Schwierigkeiten bot. In dieser Angelegenheit hatte der Händler Kâlagani ausgesendet nach den Farmen und benachbarten Flecken von Tarryani und erwartete seine Rückkehr mit einiger Ungeduld.

Die letzte Woche unseres Aufenthaltes im Sanatorium verlief ungestört. Kapitän Hods Wunde heilte allmählich. Er hegte zwar den Wunsch, seine Campagne noch mit einem Jagdzuge abzuschließen, mußte aber auf Bitten Oberst Munros davon absehen. Warum sollte er sich auch einer Gefahr aussetzen, da sein Arm den Dienst ja halb versagte? Kam uns während der Rückfahrt ein Raubtier in den Weg, so bot sich ihm ja ganz natürliche Gelegenheit, Revanche zu nehmen.

»Übrigens, lieber Kapitän«, bemerkte ihm Banks, »sind sie noch am Leben, während nuenundvierzig Tiger von ihrer Hand den Tod fanden – ohne die angeschossenen zu zählen. Die Bilanz schließt also sehr zu Ihren Gunsten ab.«

»Neunundvierzig, freilich«, erwiderte Kapitän Hod, »doch ich hätte den fünfzigsten gar zu gern hinzugefügt!«

Der 2. September kam heran, der Tag vor unserer Abreise.

Schon am Morgen meldete Goûmi einen Besuch des Händlers.

Wirklich kam Mathias van Guitt in Begleitung Kâlaganis nach dem Steam-House. Er wollte sich ohne Zweifel im letzten Augenblicke nach allen Regeln des Anstandes verabschieden.

Oberst Munro empfing ihn sehr herzlich. Mathias van Guitt erging sich selbstgefällig in den gewöhnlichen langen Redesätzen, die er mit allem Aufwand seiner merkwürdigen Phraseologie ausschmückte. Immerhin schien es mir, als ob seine Höflichkeiten noch einen Hintergedanken verbargen, dem er nur Worte zu leihen zögerte.

Da berührte Banks gerade den Kernpunkt seiner Beklemmungen, als er Mathias van Guitt fragte, ob es ihm gelungen sei, seine Büffelbespannung wieder zu ersetzen.

»Leider nein, Herr Banks«, antwortete der Händler, »Kâlagani hat sich vergebens in allen Dörfern darum bemüht. Obwohl ich ihm unbeschränkte Vollmacht erteilt hatte, vermochte er doch nicht ein einziges Paar jener nützlichen Wiederkäuer aufzutreiben. Ich muß also bekennen, daß es mir zur Beförderung meiner Menagerie nach der nächsten Station an einem Motor noch völlig fehlt; daß mir durch den unerwarteten Überfall in der Nacht vom 25. zum 26. August meine Büffel zerstreut wurden, hat mich in eine gewisse Verlegenheit versetzt ... meine Käfige sind schwer ... und ...«

»Ja, wie wollen Sie dieselben dann nach der Station schaffen?« fragte der Ingenieur.

»Das weiß ich eben noch nicht ... ich suche ... überlege ... zögere ... Inzwischen vergeht die Zeit, und am 20. September, d. h. in achtzehn Tagen, soll ich meine Katzen in Bombay abliefern ...«

»In achtzehn Tagen! Da haben Sie aber keine Stunde zu verlieren!«

»Freilich, Herr Ingenieur. Und doch steht mir nur ein Hilfsmittel, nur ein einziges zu Gebote ...!«

»Und das wäre?«

»Nun, ich müßte, in der Voraussetzung, dadurch nicht zu belästigen, eine vielleicht recht aufdringliche Frage an den Herrn Oberst wagen ...«

»Bitte, genieren Sie sich in keiner Weise, Herr van Guitt«, sagte Oberst Munro, »wenn ich Ihnen nützen kann, werde ich mit Vergnügen dazu bereit sein!«

Mathias van Guitt verneigte sich, führte die rechte Hand an die Lippen, bewegte langsam den Oberkörper und bot überhaupt das Aussehen eines Menschen, der sich von unerwartetem Wohlwollen überrascht sieht.

Die Frage des Händlers lief darauf hinaus, ob es, die große Zugkraft des Stahlriesen vorausgesetzt, nicht ausführbar wäre, seine fahrbaren Käfige hinter unsere Häuser anzuschließen und sie bis Etawah, der nächsten Station an der Bahn von Delhi nach Allahabad, mitzunehmen.

Es handelte sich hierbei um eine Entfernung von etwa dreihundert Kilometern auf bequemer Fahrstraße.

»Sind wir im Stande, Herrn Mathias van Guitts Wunsche zu entsprechen?« fragte der Oberst den Ingenieur.

»O gewiß, ohne alle Schwierigkeit«, erklärte Banks, »der Stahlriese wird diese Vermehrung der Last kaum wahrnehmen.«

»Also zugestanden, Herr van Guitt«, sagte Oberst Munro. »Wir befördern Ihr Material bis Etawah. Nachbarn sollen einander aushelfen, auch im Himalaya.«

»Herr Oberst«, antwortete Mathias van Guitt, »ich kannte ja Ihre Freundlichkeit, und ganz offen gestanden, rechnete ich in meiner Verlegenheit ein wenig auf Ihre bereitwillige Hilfe.«

»Daran taten Sie ganz recht!« erwiderte Oberst Munro.

Nachdem alles geordnet war, schickte Mathias van Guitt sich zur Heimkehr nach dem Kraal an, um einen Teil seines nun überflüssig gewordenen Personals zu verabschieden. Er wollte nur die zur Besorgung der vier Käfige notwendigen Chikaris ferner beibehalten.

»Also morgen auf Wiedersehen«, sagte Oberst Munro.

»Auf morgen, meine Herren«, antwortete Mathias van Guitt, »ich sehe dem Eintreffen Ihres Stahlriesen bei dem Kraal mit Vergnügen entgegen.«

Sehr zufrieden mit dem Erfolge seines Besuches im Steam-House, zog der Händler sich zurück, aber ganz wie ein Schauspieler, der nach allen Regeln der modernen Kunst hinter den Kulissen verschwindet.

Kâlagani wendete keinen Blick von Oberst Munro, dessen Reise nach der Grenze von Nepal ihm so sehr im Kopfe herumgegangen war.

Unsere letzten Vorbereitungen waren bald beendigt. Alles lag und stand wieder am rechten Ort, nichts erinnerte mehr an einen längeren Aufenthalt an diesem Platze. Die fahrbaren Häuser harrten nur noch des Stahlriesen. Der Elefant sollte nun zunächst bergabwärts bis zur Ebene gehen und sich dann nach dem Kraal wenden, wo der ganze Zug geordnet werden sollte, um nachher auf geradem Wege durch die Ebenen von Rohilkande zu dampfen.

Am folgenden Tage, dem 3. September, sieben Uhr morgens, war der Stahlriese bereit, seine bisher tadellos erfüllten Funktionen wieder aufzunehmen. Da erlebten wir noch ein ganz unerwartetes Ereignis, das alle erstaunen machte.

Der Rost des in den Weichen des Tieres enthaltenen Kessels war schon mit Brennmaterial beschickt worden. Kâlouth hatte dasselbe eben angezündet, als es ihm einfiel, den Rauchkasten zu öffnen – an dessen Rückwand sich die, zur Abführung der Verbrennungsprodukte durch den Kessel führenden Flammenrohre anschließen – um nachzusehen, ob kein Hindernis für den Zug vorhanden sei.

Kaum hatte er aber die Türen jenes Raumes aufgeschlagen, als er entsetzt zurückwich und etwa ein Dutzend Riemen mit seltsamem Pfeifen herausschossen.

Banks, Storr und ich sahen den Vorgang mit an, ohne dafür eine Erklärung zu finden.

»He, Kâlouth, was gibt es denn?« fragte Banks.

»Einen Regen von Schlangen, Herr Ingenieur!« rief der Heizer.

Was wir für Riemen ansahen, waren wirklich Schlangen, die sich in den Flammenrohren aufgehalten hatten, wahrscheinlich um ungestörter zu schlafen. Das Feuer auf dem Roste mochte sie wohl unsanft aufgestört haben. Einige jener Amphibien fielen halbverbrannt zu Boden, und hätte Kâlouth den Rauchkasten nicht geöffnet, so wären wohl alle schnell zu Asche verbrannt worden.

»Was?« rief Kapitän Hod, der eiligst herbeilief, »unser Stahlriese beherbergt auch Schlangen im Leibe?«

Ja, in der Tat, und darunter auch die giftigsten, wie einige »Whip snakes« (Peitschenschlange), »Goulabis«, schwarze Kobras und Brillenschlangen, lauter höchst gefährliche Arten.

Gleichzeitig steckte eine prächtige Python- (Tiger-) Schlange, aus der Familie der Boas, ihren spitzigen Kopf aus der oberen Mündung des Kamins, d. h. aus dem Rüssel des Elefanten hervor, die sich inmitten der ersten dichten Rauchwolken wand.

Die lebend aus den Rohren entkommenen Schlangen zerstreuten sich schnell unter dem nächsten Gebüsche, so daß wir nicht Zeit genug fanden, sie unschädlich zu machen.

Die Pythonschlange konnte freilich nicht so leicht aus dem engen Stahlzylinder entwischen. Kapitän Hod ergriff schnell die Büchse und zerschmetterte ihr mit einer Kugel den Kopf.

Goûmi stieg nachher auf den Stahlriesen, kletterte bis zur oberen Mündung des Rüssels und es gelang mit Hilfe Kâlouths und Storrs, das gewaltige Reptil herauszuziehen.

Die Boa mit ihrer grünen, bläulich gefleckten Haut, die mit regelmäßigen Ringen verziert ist, als wäre sie aus dem Felle eines Tigers geschnitten, war wirklich ein prächtiges Exemplar. Sie maß nicht weniger als fünf Meter in der Länge und hatte etwa den Durchmesser eines Menschenarmes.

Dieses Musterstück der Ophidien Indiens hätte der Menagerie Mathias van Guitts gewiß zur Zierde gereicht, vorzüglich da sie den Beinamen Tigerschlange hat. Kapitän Hod sah aber trotzdem davon ab, sein Register damit zu bereichern.

Kâlouth schloß nun den Rauchkasten wieder, der Zug kam in Gang, das Feuer auf dem Roste prasselte bei der reichlich zuströmenden Luft, so daß es im Kessel bald zu brodeln anfing, und drei Viertelstunden später zeigte der Manometer schon genügende Dampfspannung an. Wir konnten nun abreisen.

Die beiden Wagen wurden miteinander verkuppelt und der Stahlriese kam heran, um sich an die Spitze zu stellen.

Noch einen Blick warfen wir über das herrliche Panorama, das sich nach Süden hin vor uns ausbreitete, einen letzten nach der wunderbaren Bergkette, deren zakkiges Profil den nördlichen Horizont einnahm, noch einmal grüßten wir den Dawalagiri, dessen Gipfel stolz auf das ganze nördliche Indien niederschaut – ein kurzer Pfiff und der Zug setzte sich in Bewegung.

Das Herabsteigen auf der vielgewundenen Straße ging ohne Schwierigkeiten vonstatten. Die Luftbremse hielt die Räder fest, wenn die Straße zu steil abfiel. Eine Stunde später hielt der Zug an der Grenze Tarryanis, am Anfang des ebenen Landes.

Der Stahlriese ward nun abgespannt und verschwand unter Führung Banks', des Maschinisten und des Hlizers, langsam auf einer der breiten Straßen des Waldes.

Zwei Stunden nachher hörten wir ihn wieder schnaufen, und bald kam der Stahlriese, die sechs Käfige der Menagerie im Schlepptau, aus dem Walde hervor.

Gleich nach seinem Eintreffen wiederholte Mathias van Guitt seine Danksagungen gegen Oberst Munro. Die Käfige, und vor diesen ein als Wohnung für den Händler und dessen Leute dienender Wagen wurden an unseren Zug gehängt – ein wirklicher Train, bestehend aus neun Wagen.

Ein neues Zeichen von Banks, ein darauf antwortendes vorschriftsmäßiges Pfeifen und der Stahlrise schritt majestätisch auf der schönen Straße dahin, die nach Süden hinabführte. Das Steam-House und die mit Tieren gefüllten Käfige Mathias van Guitts schienen für denselben nicht mehr zu wiegen als ein gewöhnlicher Möbelwagen.

»Nun, mein lieber Herr Lieferant, was meinen Sie hierzu?« fragte Kapitän Hod.

»Ei, Herr Kapitän«, antwortete Mathias van Guitt nicht ganz mit Unrecht, »ich denke, wenn dieser Elefant von Fleisch und Bein wäre, würde er noch merkwürdiger sein!«

Wir fuhren nicht auf der nämlichen Straße, die uns nach dem Fuße des Himalaya geführt hatte. Die jetzt erwählte verlief nach Südwesten gegen Philibit, eine kleine Stadt, hundertfünfzig Kilometer von unserem Halteplatz.

Die Fahrt ging ruhig, mäßig schnell und ohne Hindernis vonstatten.

Mathias van Guitt war ein täglicher Gast an der Tafel des Steam-Houses, und sein gesunder Appetit tat der Küche Monsieur Parazards alle Ehre an.

Die Bedürfnisse der Speisekammer setzten die gewohnten Lieferanten von Zeit zu Zeit in Bewegung, und der wiedergenesene Kapitän Hod – der Schuß auf die Pythonschlange lieferte den Beweis – ergriff wieder die Jagdflinte.

Dabei mußte, ebenso wie das Personal, auch für die Insassen der Menagerie gesorgt werden, eine Pflicht, welche den Chikaris oblag. Unter Anführung Kâlaganis, der selbst ein sicherer Schütze war, ließen es die gewandten Hindus nicht dahin kommen, daß es an Bison- oder Antilopenfleisch gefehlt hätte. Dieser Kâlagani war wirklich ein ganz außerordentlicher Mann. Obwohl er sich meist zurückhielt, behandelte ihn Oberst Munro, der einen geleisteten Dienst nicht so leicht vergaß, doch stets mit großer Freundlichkeit.

Am 10. September bewegte sich unser Zug um Philibit herum, ohne daselbst anzuhalten, doch lief eine ziemliche Anzahl Hindus zusammen, um jenen zu sehen.

Die Raubtiere Mathias van Guitts erregten, obwohl es sehr schöne Exemplare waren, beiweitem nicht das Aufsehen wie der Stahlriese. Die Leute gaben sich gar nicht die Mühe, jene durch die Gitterstäbe in Augenschein zu nehmen, sondern bewunderten einzig und allein den mechanischen Elefanten.

Der Train zog nun durch die ausgedehnten Ebenen des nördlichen Indiens weiter hinab und ließ Bareilli, eine der bedeutendsten Städte von Rohilkande, einige Meilen westlich liegen. Er dampfte zuweilen durch dichte, reich von Vögeln bevölkerte Wälder, wobei Mathias van Guitt unsere Aufmerksamkeit auf das »eklatante Gefieder« der umherflatternden Bewohner lenkte, zuweilen wieder durch Dickichte von stachligen, zwei bis drei Meter hohen Akazien, welche die Engländer »Wait a bit-bush« nennen. Hier tummelten sich viele Eber umher, die nach den gelben Beeren dieser Büsche sehr lüstern sind. Einige Verwandte der Familie Sus wurden, wenn auch nicht ohne Gefahr, erlegt, denn diese Eber sind sehr wild und mutig. Kapitän Hod und Kâlagani fanden wiederholt Gelegenheit, ihre Kaltblütigkeit und Geschicklichkeit zu beweisen, denen sie ihren Ruf als ausgezeichnete Jäger verdankten.

Zwischen Philibit und der Station Etawah mußte unser Zug einen Arm des oberen Ganges, und bald nachher einen seiner mächtigsten Nebenflüsse, den Kali-Nadi, überschreiten.

Das ganze rollende Material der Menagerie wurde nun vom Steam-House abgekuppelt, letzteres selbst aber schwamm in Folge seiner früher beschriebenen Einrichtung von einem Ufer zum anderen.

Mit Mathias van Guitts Zuge ging das freilich nicht so leicht vonstatten. Hierzu mußte eine Fähre benutzt werden, mittels der die Käfige einer nach dem anderen über die beiden Flüsse geschafft wurden. Wenn diese Überführung auch einige Zeit in Anspruch nahm, so verursachte sie wenigstens keine Schwierigkeiten. Der Händler befand sich nicht zum ersten Male in ähnlicher Lage, und seine Leute hatten schon auf dem Wege zur Himalaya-Grenze verschiedene Flüsse überschreiten müssen.

Kurz, wir erreichten ohne nennenswerten Zwischenfall am 17. September die Eisenbahn von Delhi nach Allahabad, etwa hundert Schritte von der Station Etawah.

Hier sollte der ganze Zug in zwei Teile zerlegt werden, die jeder einen eigenen Weg einschlagen sollten.

Während der erste die Richtung nach Süden weiter innehielt, um durch das ausgedehnte Gebiet des Königreichs Scindia nach den Vindhyas und der Präsidentschaft Bombay zu gelangen, sollte der andre Teil auf die Frachtwagen der Bahn verladen, erst nach Allahabad geschafft und von da auf der Eisenbahn nach Bombay nach der Küste des Indischen Meeres befördert werden.

Wir hielten also an und bereiteten uns vor, die Nacht an jener Stelle zuzubringen. Am nächsten Tage, wenn der Händler sich nach Südosten wendete, sollten wir, jenen Weg ziemlich in rechtem Winkel durchschneidend, etwa längs des 77. Meridians weiterziehen.

Zu derselben Zeit, als Mathias van Guitt sich von uns trennte, entließ er auch einen Teil seines jetzt nicht mehr erforderlichen Personals. Mit Ausnahme zweier Hindus zur Besorgung der Käfige während einer zwei bis drei Tage nicht überdauernden Reise, brauchte er ja niemand mehr. Im Hafen von Bombay, wo ihn ein für Europa segelfertiges Schiff erwartete, angekommen, mußte er seine Ware ja durch die gewöhnlichen Hilfsarbeiter an Bord bringen lassen.

Hierdurch wurden also einige der Chikaris dienstfrei und unter anderen auch Kâlagani.

Der Leser weiß, wie und warum wir mit diesem Hindu besonders verknüpft waren, da er sowohl dem Oberst Munro, wie dem Kapitän Hod so ersprießliche Dienste geleistet hatte.

Als Mathias van Guitt nun seine Leute verabschiedet, glaubte Banks zu bemerken, daß Kâlagani nicht recht wußte, was er beginnen sollte, und er fragte denselben also, ob es ihm passen könne, uns bis Bombay zu begleiten?

Nach kurzer Überlegung nahm Kâlagani das Anerbieten des Ingenieurs an und Oberst Munro drückte jenem seine Befriedigung darüber aus, daß er ihm jetzt doch ein wenig nützen könne. Der Hindu trat demnach in das Personal des Steam-Houses ein, was uns, bei seiner Kenntnis dieses Teiles von Indien, nur von Vorteil sein konnte.

Am nächsten Morgen wurde das Lager aufgehoben. Wir hatten ja keine Ursache, hier länger zu weilen. Der Stahlriese stand unter Dampf. Banks gab Storr Anweisung, sich bereitzuhalten.

Jetzt war nichts mehr zu tun übrig, als von unserem Freunde, dem Lieferanten, Abschied zu nehmen. Von unserer Seite ging das ziemlich einfach, von der seinigen natürlich weit theatralischer zu.

Die Dankesbezeugungen Mathias van Guitts für den Dienst, den Oberst Munro ihm geleistet, nahmen notwendigerweise eine möglichst erweiterte Form an. Er »spielte« diesen letzten Akt ganz vorzüglich und war in der großen Abschiedsszene geradezu vollkommen.

Durch eine Bewegung der Muskeln des Vorderarmes versetzte er seine rechte Hand in Pronation, so daß die Hohlhand nach der Erde gerichtet war. Damit wollte er ausdrücken, daß er hienieden niemals vergessen werde, was er Oberst Munro verdanke, und daß, wenn die Dankbarkeit auch aus dieser Welt verbannt würde, diese doch noch ein letztes Asyl in seinem Herzen finden solle.

Mittels einer entgegengesetzten Bewegung brachte er die Hand wieder in die Supination, d. h. er wendete die Hohlhand nach oben und streckte diese nach dem Zenit empor. Das bedeutete, daß selbst dort oben diese Gefühle nie in ihm erlöschen würden und keine Ewigkeit im Stande sei, ihn von seiner eingegangenen Verbindlichkeit zu befreien.

Oberst Munro dankte Mathias van Guitt nach Gebühr, und wenige Minuten später war der Lieferant für die Häuser von Hamburg und London unseren Augen entschwunden.

Siebtes Kapitel

Der Übergang über die Betwa

Heute, am 18. September, war unsere Position in bezug auf den Punkt der Abreise, den Halteplatz und unser Ziel genau folgende:

1. Von Kalkutta tausenddreihundert Kilometer.
2. Vom Sanatorium im Himalaya dreihundertachtzig Kilometer.
3. Von Bombay tausendsechshundert Kilometer.

Bezüglich der Entfernung hatten wir also kaum die Hälfte der Reise hinter uns; berücksichtigt man aber die sieben Wochen, welche das Steam-House an der Himalaya-Grenze verweilt hatte, so war schon weit mehr als die Hälfte der für dieselbe bestimmten Zeit verflossen.

Wir hatten Kalkutta am 6. März verlassen. Vor Ablauf zweier Monate gedachten wir, wenn nichts dazwischen käme, die Westküste von Hindostan zu erreichen.

Unsere Reiseroute erfuhr übrigens einige Abänderungen. Da man dahin übereinkam, die von der Revolution von 1857 betroffenen großen Städte zu umgehen, waren wir genötigt, eine mehr südliche Richtung einzuhalten. Durch die herrlichen Provinzen des Königreichs Scindia führen schöne fahrbare Straßen, so daß der Stahlriese, wenigstens bis zu den Gebirgen des Zentrums hin, nicht auf bemerkenswerte Schwierigkeiten stoßen konnte. Die Fahrt versprach also unter den günstigsten Bedingungen zu verlaufen.

Der Eintritt Kâlaganis unter das Personal des Steam-Houses konnte hierzu nur noch weiter beitragen. Der Hindu kannte diesen Teil der Halbinsel ganz genau, wovon sich Banks noch an diesem Tage überzeugte. Nach dem Frühstück, als Oberst Munro und Kapitän Hod Siesta hielten, fragte er ihn, unter welchen Verhältnissen und als was er durch diese Provinz gekommen sei.

»Ich war«, antwortete Kâlagani, »bei einer der zahlreichen Karawanen von Banjaris angestellt, welche für Rechnung der Regierung, wie für Privatleute, Zerealien gewöhnlich mittels Büffeln befördern. So bin ich doch wenigstens zwanzigmal durch die Gebiete der Zentralstaaten und des Nordens von Indien hinaufgezogen oder herabgekommen.«

»Ziehen jene Karawanen noch immer durch diesen Teil der Halbinsel?« fragte der Ingenieur.

»Gewiß«, versicherte Kâlagani, und gerade in der jetzigen Jahreszeit sollte es mich sehr wundernehmen, wenn wir nicht einer Truppe nach dem Norden reisender Banjaris begegneten.

»Nun, Kâlagani«, fuhr Banks fort, »Ihre genaue Kenntnis des Landes wird uns von großem Nutzen sein. Statt durch die großen Städte des Königreichs Scindia zu gehen, ziehen wir quer durch das Land und Sie werden uns als Führer dienen.«

»Mit Vergnügen!« antwortete der Hindu mit jenem kalten Tone, der ihm von jeher eigen war, an den ich mich aber noch immer nicht gewöhnen konnte.

Dann fügte er hinzu:

»Darf ich Ihnen da im voraus die Richtung andeuten, der wir im allgemeinen zu folgen haben?«

»Recht gern, ich höre!«

Mit diesen Worten breitete Banks auf dem Tische eine im großen Maßstabe entworfene Karte dieses Teiles von Indien aus, um zu vergleichen, wie weit Kâlaganis Angaben damit übereinstimmten.

»Die Sache ist höchst einfach«, begann der Hindu. »Eine gerade Linie führt uns von der Delhi-Bahn nach der von Bombay, die sich in Allahabad vereinigen. Von der Station Etawah aus, die wir nahe der Grenze von Bundelkund eben verließen, ist nur ein unbedeutender Wasserlauf, die Jumna, zu überschreiten, und von dieser Grenze bis zu den Vindhyabergen ein zweiter, die Betwa. Selbst wenn diese Flüsse in Folge der Regenzeit jetzt aus den Ufern getreten sein sollten, wird das, wie ich glaube, dem Zuge kein besonderes Hindernis bieten, von einem Ufer zum anderen zu gelangen.«

»Das wird keine erheblichen Schwierigkeiten machen«, erwiderte der Ingenieur, »nun, und wenn wir nach den Vindhyas kommen . . .«

»Dann wenden wir uns ein wenig nach Südost, um einen bequemen Paß aufzusuchen. Auch das dürfte unsere Fahrt nicht wesentlich behindern. Ich kenne z. B. den Paß von Sirgur, den man gewöhnlich mit Wagen und Pferden überschreitet.«

»Kann aber unser Stahlriese«, sagte ich, »auch überall da fortkommen, wo es Pferden noch möglich ist?«

»Daran zweifle ich keinen Augenblick«, versicherte Banks; »aber jenseits des Passes von Sirgur ist das Land sehr bergig. Könnten wir nicht längs der Vindhyas durch Bhopal fahren?«

»Gewiß; doch da finden sich sehr viele Städte«, antwortete Kâlagani, »denen man kaum aus dem Wege gehen könnte; gerade diese waren übrigens der Hauptsitz der Sipahis während des Unabhängigkeitskrieges.«

Ich verwunderte mich nicht wenig über diese Bezeichnung »Unabhängigkeitskrieg«, welche Kâlagani für die Empörung von 1857 gebrauchte. Doch man durfte ja nicht vergessen, daß es ein Hindu und kein Engländer war, der hier sprach. Allem Anscheine nach hatte Kâlagani übrigens an der Erhebung nicht teilgenommen, mindestens hatte er niemals etwas verlauten lassen, was dafür gezeugt hätte.

»Nun gut«, fuhr Banks fort, wir lassen also die Städte von Bhopal westlich liegen, und wenn Sie überzeugt sind, daß der Paß von Sirgur uns nach einer gangbaren Straße führt . . .«

»O, diese Straße habe ich oft genug kennengelernt; sie biegt um den Puturia-See und mündet vierzig Meilen von da, nahe Jubbulpore, an der Eisenbahn von Bombay nach Allahabad.«

»Richtig«, sagte Banks, der den Angaben des Hindus auf der Karte folgte; »aber von da aus?«

»Von da aus wendet sich die Hauptstraße nach Südwesten und läuft sozusagen neben der Bahnlinie bis Bombay.«

»Ja, ja, so ist es«, antwortete Banks; »ich finde also kein ernsthaftes Hindernis, durch die Vindhyas zu reisen, und wir können uns mit diesem Wege einverstanden erklären. Den Diensten, die Sie uns bisher geleistet haben, Kâlagani, reihen Sie hiermit einen neuen an, der Ihnen nie vergessen werden soll.«

Kâlagani verneigte sich und wollte eben weggehen, als er, sich besinnend, noch einmal auf den Ingenieur zutrat.

»Sie haben noch eine Frage an mich?« begann Banks.

»Jawohl«, antwortete der Hindu. »Darf ich wohl erfahren, warum Sie so geflissentlich die großen Städte von Bundelkund vermeiden wollen?«

Banks sah mich an. Wir hatten keinen Grund, Kâlagani zu verheimlichen, daß das aus Rücksicht auf Sir Edward Munro geschehe, und so teilten wir ihm denn das Nötigste darüber mit.

Kâlagani horchte gespannt auf die Worte des Ingenieurs. Dann sagte er mit einem gewissen eigentümlichen Tone:

»Der Oberst Munro hat von Nana Sahib nichts mehr zu fürchten, wenigstens nicht in diesen Provinzen.«

»Weder in diesen Provinzen, noch irgendwo anders«, bemerkte Banks dazu. »Warum sagen Sie gerade ›in diesen Provinzen‹?«

»Weil der Nabab, wenn er, wie man behauptet, vor einigen Monaten in der Präsidentschaft Bombay aufgetreten war, jedenfalls, da ja alle Nachforschungen vergeblich blieben, die indo-chinesische Grenze wieder überschritten hat.«

Diese Antwort bewies, das Kâlagani von den Ereignissen in den Sautpourra-Bergen nichts wußte und nicht erfahren hatte, daß Nana Sahib bei dem Pal von Tandit durch Soldaten der königlichen Armee getötet worden war.

»Ich sehe, Kâlagani«, sagte darauf Banks, »daß die Neuigkeiten, welche sich sonst durch ganz Indien verbreiten, bis in die Wälder des Himalaya nur mit Mühe hinaufdringen!«

Der Hindu sah uns, ohne zu antworten, ziemlich starr an, wie ein Mann, der nicht versteht, was er hörte.

»Ja«, fuhr Banks fort, Sie scheinen nicht zu wissen, daß Nana Sahib tot ist.«

»Nana Sahib ist tot?« rief Kâlagani.

»Gewiß«, versicherte Banks; »von der Regierung sind auch die näheren Umstände bekanntgemacht worden, unter denen er den Tod gefunden hat.«

»Das ist nicht möglich«, sagte Kâlagani den Kopf schüttelnd; »wo wäre Nana Sahib denn getötet worden?«

»Bei dem Pal von Tandit, in den Soutpourra-Bergen.«

»Und wann ...?«

»Schon etwa vor vier Monaten«, antwortete der Ingenieur, am 25. Mai!«

Kâlagani, an dem mir der Ausdruck seiner Augen hierbei auffiel, kreuzte die Arme und stand schweigend da.

»Haben Sie Gründe«, fragte ich ihn, »an den Tod Nana Sahibs nicht zu glauben?«

»O nein, meine Herren«, erwiderte Kâlagani, »ich glaube ja, was Sie mir sagen!«

Bald nachher, als wir allein waren, kam Banks noch einmal auf diesen Gegenstand zurück.

»Darin gleichen sich doch alle Hindus«, sagte er. »Der Anführer der rebellischen Sipahis ist zur sagenhaften Persönlichkeit geworden. Die abergläubischen Leute werden nimmermehr an seinen Tod glauben, da sie ihn nicht haben hängen sehen!«

»Sie erscheinen mir«, fügte ich hinzu, »wie die alten Grenadiere des Kaiserreiches, die zwanzig Jahre nach Napoleons Tode behaupteten, daß dieser noch immer am Leben sei!«

Seit der Überfahrt des oberen Ganges, den das Steam-House vierzehn Tage vorher passiert hatte, dehnte sich ein fruchtbares Land mit schönen Straßen vor dem Stahlriesen aus. Es war Doab, das zwischen dem Ganges und der Jumna liegt, bevor diese sich bei Allahabad vereinigen. Weite Alluvialebenen, zwanzig Jahrhunderte vor unserer Zeitrechnung von den Brahmanen urbar gemacht, sehr lückenhafte Kulturfortschritte bei den Bauern, große, durch englische Ingenieure ausgeführte Kanalisationsarbeiten, Baumwollanpflanzungen, welche hier ganz besonders gedeihen, das Knarren der Baumwollpressen, die man in jedem Dorfe findet, Gesang der Arbeiter, welche jene bedienen – das sind die Eindrücke, die ich von Doab, wo in der Urzeit die erste kirchliche Gemeinschaft gegründet wurde, zurückgehalten habe.

Unsere Fahrt ging ganz nach Wunsch vonstatten. Die Landschaften wechselten sozusagen nach den Launen unserer Phantasie. Unsere Wohnung zog ohne Anstrengung weiter zum Ergötzen unserer Augen. Stellte sie nicht, wie Banks im voraus behauptet hatte, die höchste Stufe der Vollkommenheit eines Transportmittels dar? Die Karren mit Ochsengespann, die Wagen mit Pferden oder Mauleseln, ja, die Waggons der Eisenbahnen, was waren sie gegen unsere dahinrollenden Häuser?

Am 19. September hielt das Steam-House am linken Ufer der Jumna an. Dieser bedeutende Fluß scheidet im mittleren Teile der Halbinsel das eigentliche Land der Rajahs oder Rajasthan, von Hindostan, dem engeren Vaterlande der Hindus.

Die Jumna hatte eben einen ziemlich hohen Wasserstand und in Folge dessen auch stärkere Strömungen als gewöhnlich, wodurch unser Übergang zwar ein wenig erschwert, aber doch keineswegs verhindert wurde. Banks vernachlässigte auch die nötige Vorsicht nicht. Zunächst mußte ein passender Landungsplatz gesucht werden; einen solchen entdeckten wir bald. Eine halbe Stunde später schon stieg das Steam-House am anderen Ufer des Flusses langsam empor. Für Eisenbahnzüge braucht man große, oft mit ungeheueren Kosten hergestellte Brücken, und eine solche – eine Röhrenbrücke – führte auch bei der Festung von Salimgarh, in der Nähe von Delhi, über die Jumna. Für unseren Stahlriesen samt den beiden von ihm gezogenen Wagen boten die Wasserläufe einen ebenso bequemen Weg, wie die schönsten makadamisierten Landstraßen der Halbinsel.

Jenseits der Jumna liegen in dem Gebiete von Rajasthan eine Anzahl Städte, welche der Ingenieur vorsichtigerweise bei unserer Fahrt nicht berühren wollte; so zur linken Hand z. B. Gwalior, an dem Flusse Rawunrika, auf hochaufstrebenden Basaltfelsen mit seiner prächtigen Moschee Musjid, dem Palaste Pal, dem merkwürdigen Elefantentore, dem berühmten Festungswerke und mit seiner Vihara von buddhistischem Ursprung; es ist eine uralte Stadt, der freilich das in einer Entfernung von zwei Kilometern angelegte neuere Laschkar eine recht ernsthafte Konkurrenz macht. Hier, im Herzen dieses Gibraltars von Indien, hatte die Rani von Jansi, Nana Sahibs ergebene Bundesgenossin, bis zur letzten Stunde wahrhaft heldenmütig gekämpft. Hier wurde sie auch, bei einem Treffen gegen die 2. Eskadron der Husaren der königlichen Armee, wie wir wissen, von der Hand des Oberst Munro getötet, der mit einem Bataillon seines Regimentes bei der Affäre beteiligt war. Von diesem Tage her schrieb sich, wie uns gleichfalls bekannt ist, der unauslöschliche Haß Nana Sahibs, den der Nabab bis zu seinem letzten Atemzuge zu befriedigen gesucht hatte. Ja, es war besser, daß Sir Edward Munros Erinnerungen unter den Toren von Gwalior nicht wieder wachgerufen wurden!

Nach Gwalior lag, westlich von unserer neuen Reiseroute, Antri mit seiner weit ausgedehnten Ebene, aus der da und dort, gleich den Inseln eines Archipels, spitze Einzelberge emporragen. Ferner Duttiah, das noch nicht fünf Jahrhundert alt ist und an dem man die zahlreichen Häuser ebenso bewundert wie das Festungswerk inmitten der Stadt, neben den Tempeln mit den verschiedenartigsten Türmen, den verödeten Palast Dirding Deos, das Arsenal Tope Oana – alles zusammen die Hauptstadt des Königreichs Duttiah bildend, das in der nördlichen Ecke von Bundelkund liegt und unter englischem Schutze steht. Ganz wie Gwalior, waren auch Antri und Duttiah von der Erhebung des Jahres 1857 ernsthaft berührt worden.

Endlich kamen wir am 22. September in einer Entfernung von wenigstens vierzig Kilometer bei Jansi vorüber. Diese Stadt bildet die wichtigste Militärstation von Bundelkund, während unter den niederen Volksschichten daselbst ein leicht erregbarer revolutionärer Geist herrscht. Jansi, eine verhältnismäßig neue Stadt, treibt bedeutenden Handel mit einheimischem Musselin und blauen Baumwollwaren.

Es findet sich hier kein Bauwerk aus der Zeit vor der Gründung, welche erst im 17. Jahrhundert stattfand. Immerhin ist es von Interesse, die hiesige Zitadelle zu besuchen, deren äußere Mauern die Geschosse der Engländer nich zu zerstören vermochten, und die Grabstätte der Rajahs, welche einen äußerst pittoresken Anblick bietet. Hier befand sich jedoch der Hauptwaffenplatz der aufrührerischen Sipahis Zentralindiens. Hier war es, wo die unerschrockene Rani die erste Erhebung entfachte, die sich bald über ganz Bundelkund ausbreiten sollte. Hier mußte Sir Hugh Rose eine Schlacht liefern, welche nicht weniger als sechs volle Tage dauerte und bei der er fünfzehn Prozent seiner Truppen einbüßte. Hier unterlagen endlich, trotz ihres Löwenmutes, Tantia Topi, Balao Rao, der Bruder Nana Sahibs, und die Rani, obschon sie eine Besatzung von 12.000 Sipahis zur Verfügung und eine Armee von 20.000 zur Unterstützung hatten, den überlegenen englischen Waffen. Hier hatte, wie Mac Neil seinerzeit erwähnte, der Oberst Munro seinem Sergeanten das Leben gerettet, indem er jenem mitleidig den letzten Tropfen Wasser überließ. Mehr als irgendeine andere jener Städte traurigen Andenkens mußte deshalb Jansi auf einer Reise vermieden werden, deren Richtung die besten Freunde des Obersten mit Rücksicht auf diesen bestimmt hatten.

Am nächsten Tage, am 23. September, bestätigte eine Begegnung, die unsere Fahrt um einige Stunden verzögerte, die früheren Aussagen Kâlaganis.

Es war gegen elf Uhr morgens. Nach dem Frühstück hatten wir alle ein bequemes Plätzchen aufgesucht, die einen auf dem Balkone, die anderen im Salon des Steam-Houses. Der Stahlriese trabte mit einer Geschwindigkeit von neun bis zehn Kilometern in der Stunde vorwärts. Vor ihm hin erstreckte sich zwischen Baumwoll- und Fruchtfeldern eine von schönen Bäumen beschattete herrliche Straße. Das Wetter war schön, die Sonne leuchtete in vollem Glanze. Eine »obrigkeitliche« Besprengung dieser Landstraße wäre freilich nicht zu verachten gewesen, angesichts des feinen weißen Staubes, den der Wind vor uns hertrieb.

In der Entfernung von zwei bis drei Meilen schien sogar die ganze Atmosphäre von solchen Staubwirbeln erfüllt, welche auch ein heftiger Samum in der Lybischen Wüste kaum in dichteren Wolken hätte erheben können.

»Ich begreife nicht, wie jene Erscheinung zu Stande kommen kann«, sagte Banks, »da nur ein leichter Wind weht.«

»Kâlagani wird das zu erklären wissen«, erwiderte Oberst Munro.

Man rief den Hindu, der nach der Veranda kam und einen Blick nach jener Stelle hinwarf.

»Das ist eine lange Karawane«, sagte er ohne Zögern, »die nach Norden hinauf zieht, wie ich Ihnen, Herr Banks, das schon vorher gesagt habe; wahrscheinlich ist es eine Karawane von Banjaris.«

»Nun, Kâlagani«, bemerkte Banks, »da werden Sie ohne Zweifel einige ihrer früheren Gefährten treffen?«

»Das wäre wohl möglich«, antwortete der Hindu, »da ich ziemlich lange unter jenen nomadisierenden Völkern verweilte.«

»Beabsichtigen Sie vielleicht, uns in diesem Falle zu verlassen und sich jenen wieder anzuschließen?« fragte Kapitän Hod.

»Nein, sicherlich nicht!« erwiderte Kâlagani.

Der Hindu hatte sich nicht getäuscht; eine halbe Stunde später mußte der Stahlriese trotz seiner Kraft alles Vorwärtsdringen gegen eine wahrhafte Mauer von Wiederkäuern aufgeben.

Wir sollten diese Verzögerung übrigens nicht zu bedauern haben. Das Schauspiel, welches sich unseren Blicken darbot, war unstreitig der Beobachtung wert.

Eine mindestens vier- bis fünftausend Ochsen zählende Herde bedeckte nach Süden zu die Straße auf eine Strecke von mehreren Kilometern. Wie Kâlagani vorausgesagt, bildete dieselbe eine Karawane von Banjaris.

»Die Banjaris«, erklärte uns Banks, »sind die wirklichen Zigeuner Hindostans. Mehr ein Volk als nur ein Stamm, ohne feste Wohnsitze, leben dieselben im Sommer unter Zelten, im Winter in Hütten. Sie sind die Lastträger der Halbinsel, und ich habe sie sogar während der Erhebung von 1857 in Tätigkeit gesehen. In Folge einer Art stillschweigender Übereinkunft zwischen den kriegführenden Teilen, ließ man ihre Züge unbehelligt durch die aufrührerischen Provinzen passieren. Sie waren die eigentlichen Lieferanten und beschafften die Nahrungsmittel ebenso für die königliche Armee wie für die Natifs. Wenn man einen Teil Indiens als die Heimat dieser Nomaden bezeichnen sollte, so wäre vielleicht Rapoutana, und speziell das Königreich Milwar zu nennen. Da sie aber bei uns vorbeidefilieren, so mache ich Sie, lieber Maucler, darauf aufmerksam, sich diese Banjaris genau anzusehen.«

Unser Zug stand jetzt längs der Seite der Landstraße. Es wäre auch unmöglich gewesen, einer solchen Lawine von gehörnten Tieren, vor der alle Raubtiere eiligst zu entfliehen pflegen, Widerstand zu leisten.

Wie mir Banks empfohlen, beobachtete ich aufmerksam den langen Zug; ich muß jedoch gestehen, daß das Steam-House unter den gegebenen Verhältnissen nicht seine gewohnte Wirkung hervorbrachte. Der Stahlriese, der sonst stets allgemeine Bewunderung erregte, zog kaum die Blicke dieser Banjaris auf sich, welche gewohnt zu sein schienen, über nichts zu erstaunen.

Die Männer wie die Frauen dieser Zigeuner-Rasse zeichneten sich gleichmäßig aus – die Männer waren groß, stark, hatten ausdrucksvolle Gesichtszüge, eine Adlernase, welliges Haar, die Hautfarbe ähnelte einer Bronze mit Überschuß von Kupfergehalt; sie trugen einen langen Überrock nebst Turban, als Waffen eine Lanze, einen runden Schild und einen langen Säbel an schräg über die Brust hängendem Lederzeug; – die Frauen waren ebenfalls hochgewachsen und gut proportioniert, wie die Männer stolz auf ihren Stamm, hatten den Oberkörper in einer Art Schnürleib eingezwängt, während der übrige Körper unter den Falten eines langen Rockes verschwand und die ganze Gestalt vom Kopfe bis zu den Füßen ein elegant drapiertes Oberkleid umhüllte; dazu trugen sie Edelsteine in den Ohren, glitzernde Halsbänder, Armspangen und Ringe von Gold, Elfenbein oder Muscheln um die Knöchel.

Neben den Männern, Frauen, Greisen und Kindern marschierten in friedlichem Schritt, ohne Sattel und Halfter, Tausende von Ochsen, ihre roten Troddeln schüttelnd, wobei die am Kopfe angebrachten Schellen erklangen, und trugen quer über den Rücken einen Doppelsack mit Getreide oder anderen Zerealien.

Wir hatten einen ganzen, zu einer Karawane vereinigten Stamm vor uns, der unter Führung eines gewählten Häuptlings, eines »Naik«, dahinzog, welcher für die Dauer der Fahrt unbeschränkte Machtvollkommenheit besitzt.

Die Spitze nahm ein besonders großer Stier ein, der in stolzer Haltung, geschmückt mit scharlachroten Stoffen, einer ganzen Garnitur von Schellen und Muscheln, voranschritt. Ich richtete an Banks die Frage, welche Bewandtnis es mit diesem prächtigen Tiere habe.

»Darüber wird Kâlagani uns gewiß aufklären können«, antwortete der Ingenieur. »Wo ist er denn?«

Kâlagani wurde gerufen. Er kam nicht, man suchte nach ihm. Er war nicht mehr im Steam-House.

»Er wird ohne Zweifel einen alten Bekannten getroffen haben«, meinte Oberst Munro, »aber jedenfalls wiederkehren, bevor wir weiterfahren.«

Eine solche Erklärung schien ganz natürlich, und wir brauchten uns über die augenblickliche Abwesenheit des Hindu wohl nicht zu beunruhigen; dennoch konnte ich mich eines unangenehmen Eindrucks dabei nicht ganz erwehren.

»Nun«, sagte Banks, »wenn ich nicht irre, repräsentiert dieser Stier bei den Karawanen der Banjaris deren Gottheit. Wohin er geht, gehen sie nach. Bleibt er stehen, so rastet man; ich glaube indes, der Naik wird dabei heimlich seine Hand mit ihm Spiele haben. Kurz, die ganze Religion jener Nomaden beruht in der Verehrung dieses Stiers.«

Erst zwei Stunden später vermochten wir das Ende des langen Zuges wahrzunehmen. Ich suchte unter den Nachzüglern Kâlagani und sah ihn wirklich im Gespräch mit einem Hindu, der nicht zu den Banjaris gehörte. Offenbar war es einer der Eingebornen, welche zeitweilig bei den Karawanen Dienste nehmen, wie es ja auch Kâlagani wiederholt getan. Beide sprachen heimlich miteinander. Von wem und wovon mochte die Rede sein? Wahrscheinlich von dem Gebiete, durch welches der wandernde Stamm eben gekommen war und das wir unter der Leitung unseres neuen Führers durchreisen sollten. Der Eingeborene, welcher sich am Ende der Karawane hielt, blieb auf einen Augenblick vor dem Steam-House stehen. Mit einem gewissen Interesse beobachtete er den Zug nebst dessen künstlichem Elefanten, obwohl er am meisten den Oberst Munro ins Auge zu fassen schien und uns übrigens nicht ansprach. Dann winkte er Kâlagani ein Lebewohl zu, schloß sich seinem Zuge wieder an und war bald in den dichten Staubwolken um denselben unseren Blicken verschwunden.

Als Kâlagani zu uns zurückkehrte, sagte er, ohne darum gefragt zu sein, zu Oberst Munro:

»Einer meiner alten Kameraden, der seit zwei Monaten angestellt ist.«

Das war alles. Kâlagani nahm seinen gewöhnlichen Platz wieder ein, und bald dampfte das Steam-House auf der von den Hufen der unzähligen Ochsen zertretenen Straße weiter.

Am nächsten Tage, am 24. September, hielt unser Train an, um fünf bis sechs Kilometer östlich von Ourtcha, am linken Ufer der Betwa, einem der Hauptzuflüsse der Jumna, die Nacht zu verbringen.

Von Ourtcha ist nichts zu sagen und war nichts zu sehen. Es ist die alte Hauptstadt von Bundelkund, welche in der ersten Hälfte des 17. Jahrhunderts noch ziemlich in Blüte stand. Unter den Einfällen der Mongolen von der einen und denen der Maharaten von der anderen Seite, litt sie aber so sehr, daß sie sich niemals ganz erholen konnte. Jetzt stellte die frühere große Stadt Zentral-Indiens nur noch einen elenden Flecken dar, der kaum einige hundert Bewohner beherbergt.

Ich sagte, daß wir am Ufer der Betwa haltmachten; eigentlich war das in einer gewissen Entfernung von demselben der Fall.

Der an sich bedeutende Fluß hatte jetzt nämlich Hochwasser und überschwemmte die Ufergelände in ziemlicher Breite. Dieser Umstand konnte unserem Übergange vielleicht einige Schwierigkeiten bereiten, doch konnten wir uns darüber erst morgen vergewissern. Die Nacht war zu dunkel, um irgend etwas zu sehen.

Nach der Abendmahlzeit suchte also jeder bald seinen Schlafraum auf.

Außer unter besonderen Umständen ließen wir unser Lager während der Nacht niemals bewachen. Was hätte das auch nützen sollen? Unsere fahrbaren Häuser konnte doch niemand wegtragen. Konnte es jemand einfallen, unseren Elefanten stehlen zu wollen? Gewiß nicht. Er hätte sich schon durch sein eigenes Gewicht verteidigt. Auch ein etwaiger Überfall von Landstreichern, welche wohl da und dort die Landstraßen unsicher machen, war nicht gerade wahrscheinlich. Wenn übrigens auch keiner unserer Leute während der Nacht Wache hielt, so hatten wir ja die beiden Hunde, Phann und Black, welche bei jeder verdächtigen Annäherung gewiß angeschlagen hätten.

Eben das kam nun in dieser Nacht vor. Gegen zwei Uhr morgens wurden wir von wütendem Gebell erweckt. Ich sprang vom Lager auf und fand die anderen schon auf den Füßen.

»Was gibt es?« fragte Oberst Munro.

»Die Hunde schlagen an«, antwortete Banks, »und gewiß nicht ganz ohne Ursache.«

»Es wird sich ein Panther in dem benachbarten Walde haben hören lassen«, sagte Kapitän Hod; »wir wollen den Saum des Holzes untersuchen und aus Vorsicht die Gewehre mitnehmen.«

Der Sergeant Mac Neil, Kâlagani und Goûmi waren schon herausgetreten, um zu lauschen, und erörterten untereinander, was im Dunklen vorgehen möge. Wir gingen zu ihnen hin.

»Meiner Ansicht nach«, sagte Kapitän Hod, »werden zwei oder drei Raubtiere in die Nähe gekommen sein, um im Flusse ihren Durst zu löschen.«

»Kâlagani glaubt das nicht«, antwortete Mac Neil.

»Und was ist Ihre Meinung?« fragte Oberst Munro den Hindu.

»Ich bin mir selbst noch nicht klar«, erwiderte Kâlagani, »es steht aber fest, daß es sich weder um Tiger oder

Panther, auch nicht um Schakale handelt. Ich glaube unter den Bäumen eine unbestimmte Masse zu sehen . . .«

»Das soll bald aufgeklärt sein!« rief Kapitän Hod, der immer den ihm noch fehlenden fünfzigsten Tiger im Gedanken hatte.

»Gedulden Sie sich, Hod«, ermahnte ihn Banks, »in Bundelkund ist es stets geraten, vor Landstreichern auf der Hut zu sein.«

»Wir sind in der Überzahl und wohlbewaffnet«, antwortete Kapitän Hod; »ich muß Gewißheit über die Sache haben!«

»Nun, meinetwegen!« sagte Banks.

Die beiden Hunde bellten zwar noch immer, offenbar aber nicht so wütend, wie sie es bei der Annäherung reißender Tiere zu tun pflegten.

»Du, lieber Munro«, fuhr Banks fort, »bleib' mit Mac Neil und den übrigen am Platze. Hod, Maucler, Kâlagani und ich werden inzwischen auf Kundschaft ausgehen.«

»Also vorwärts!« drängte Kapitän Hod, indem er Fox ein Zeichen gab, ihm nachzufolgen.

Phann und Black sprangen zwischen den Bäumen voraus und zeigten den Weg.

Kaum betraten wir den eigentlichen Wald, als sich ein auffälliges Geräusch vernehmen ließ. Offenbar trieb sich hier am Saume des Waldes eine ganze Bande lebender Wesen umher. Wir sahen auch undeutlich einige schweigsame Schatten, welche durch das Dickicht entflohen.

Die Hunde bellten, sprangen hin und her und immer tiefer in das Gehölz.

»Wer da?« rief Kapitän Hod.

Keine Antwort.

»Entweder wollen die Leute nicht Rede stehen«, meinte Banks, »oder sie verstehen kein Englisch.«

»Dann dürften sie die Sprache der Hindus kennen«,

bemerkte ich.

»Rufen Sie jene an, Kâlagani«, sagte Banks, »und wenn sie nicht antworten, geben wir Feuer.«

Kâlagani rief in seiner Muttersprache den schattenhaften Erscheinungen zu, hervorzutreten.

Es erfolgte ebenso wenig eine Antwort wie das erste Mal.

Da krachte ein Schuß. Der ungeduldige Kapitän Hod hatte nach einem Schatten geschossen, der sich zwischen den Bäumen hindurchwand.

Auf den Knall des Gewehres ward es plötzlich lebendig überall; nach links und rechts sahen wir eine große Menge Geschöpfe auseinanderstieben. Phann und Black, welche ein Stück voraus waren, kamen bald drauf ruhig wieder und überzeugten uns, daß alles geflohen sei.

»Ob das nun Landstreicher oder Nachzügler von der Karawane waren«, sagte Kapitän Hod, »jedenfalls haben sie sehr schnell Fersengeld gegeben!«

»Ja, es wird uns nichts anderes übrigbleiben, als in das Steam-House zurückzukehren. Ich will aber doch bis Tagesanbruch Wachen ausstellen.«

Kurze Zeit darauf waren wir bei den anderen zurück. Mac Neil, Goûmi und Fox übernahmen es, zu wachen, während wir unsere Lagerstätten wieder aufsuchten. Die Nacht verlief ohne weitere Störung. Es war also anzunehmen, daß die Unbekannten, als sie das Steam-House so vortrefflich verteidigt sahen, es vorgezogen hatten, zu verschwinden.

Am nächsten Tage, am 25. September, sollten wir, Oberst Munro, Kapitän Hod, Mac Neil, Kâlagani und ich, während schon die Abfahrt vorbereitet wurde, noch einmal den Saum des Waldes untersuchen.

Von der Bande, welche diese Nacht hier gewesen war, fand sich keine Spur mehr. Wir konnten uns also wohl jeder Besorgnis entschlagen.

Als wir zurückkamen, traf Banks eben Anstalt, über die Betwa zu gehen. Der stark geschwollene Fluß wälzte seine gelblichen Fluten auf beiden Seiten weit über den Ufern hin. Die Strömung erwies sich als so heftig, daß der Stahlriese ihr gerade entgegenarbeiten mußte, um nicht zu sehr talabwärts gezogen zu werden.

Der Ingenieur bemühte sich, zunächst eine geeignete Landungsstelle zu erspähen, und betrachtete deshalb mit dem Fernrohr das gegenüberliegende Ufer. Das Bett der Betwa mochte an der Stelle, wo wir uns befanden, augenblicklich wohl eine Meile in der Breite messen. Es war das also der bedeutendste Wasserübergang, den unser Zug bisher ausgeführt hatte.

»Aber«, fragte ich, »was beginnen die Reisenden oder Kaufleute, wenn sie an einen solchen, durch Hochwasser angeschwollenen Fluß kommen? Ich glaube kaum, daß man mit einer Fähre gegen eine solche Strömung, die schon mehr einer Stromschnelle gleicht, ankämpfen könnte.«

»Ei«, versetzte Kapitän Hod, »das ist sehr einfach – sie gehen eben nicht über das Wasser.«

»Und doch«, fiel Banks ein, »wenigstens, wenn sie Elefanten zur Hand haben.«

»Wie? Elefanten könnten eine so weite Strecke schwimmend zurücklegen?«

»Gewiß«, versicherte der Ingenieur, »und dabei verfährt man in der Weise, daß alles Gepäck auf den Rükken . . .«

»Dieser Proboscidien geschafft wird!« fuhr Kapitän Hod, in Erinnerung an seinen Freund Mathias van Guitt, fort.

»Die Mahouts«, erklärte Banks weiter, »treiben sie dann in die Strömung. Zuerst zögert das Tier, weicht zurück und gibt einige unwillige Laute von sich; bald besinnt es sich aber anders, tritt ruhig ins Wasser und überschreitet wacker schwimmend den Lauf des Flusses. Es kommt wohl vor, daß einmal einer von der Strömung fortgeführt wird, doch geschieht das unter der Hand eines geschickten Führers höchst selten.«

»Gut«, versetzte Kapitän Hod, »wenn wir auch nicht ›mehrere‹ Elefanten zur Hand haben, so besitzen wir doch einen . . .«

»Der uns nicht im Stiche lassen wird«, fiel Banks ein. »Gleicht er nicht jenem Oructor Amphibolis des Amerikaners Evans, der schon im Jahre 1804 auf der Erde hinrollte und auf dem Wasser schwamm?«

Jeder nahm nun seinen Platz im Zuge wieder ein; Kâlouth stand an der Feuertür, Storr saß in dem Türmchen und Banks, gleichsam als Steuermann, neben ihm.

Zuerst mußten wir gegen fünfzig Schritte durch das überschwemmte Uferland fahren und gelangten dann in die eigentliche Strömung. Der Stahlriese setzte sich langsam und sicher in Gang. Seine breiten Füße tauchten zwar schon in die Flut, doch schwamm er noch nicht auf derselben. Der Übergang von dem festen Boden in die dahineilende Flut erforderte einige Vorsicht.

Plötzlich schlug ganz dasselbe Geräusch, welches wir in der Nacht gehört hatten, an unser Ohr.

In den tollsten Sprüngen wälzten sich wohl hundert Gestalten aus dem Walde hervor.

»Alle Teufel«, rief Kapitän Hod, aus vollem Herzen lachend, »das sind also Affen gewesen!«

In der Tat stürzte eine dichte Gesellschaft jener possierlichen Geschöpfe auf das Steam-House zu.

»Was mögen die Kerle vorhaben?« fragte Mac Neil.

»Sie wollen uns sicherlich überfallen«, meinte Kapitän Hod, der immer zur Abwehr bereit war.

»O nein«, warf Kâlagani, der die Affengesellschaft beobachtet hatte, ein, »das ist nicht zu befürchten.«

»Nun, was haben sie dann vor?« fragte Mac Neil noch einmal.

»Sie wollen in unserer Gesellschaft über den Fluß setzen, weiter nichts!« antwortete der Hindu.

Kâlagani täuschte sich nicht. Wir hatten es hier weder mit jenen langarmigen, starkbehaarten Gibbons zu tun, welche unverschämt sind und sogar gefährlich werden können, noch mit »Mitgliedern der aristokratischen Familie«, die den Palast von Benares bewohnt. Es waren vielmehr sogenannte »Langours«, die größten Affen der Halbinsel, geschmeidige Vierhänder mit schwarzem Fell und glattem, von weißem Backenbarte umrahmten Gesichte, was ihnen das Ansehen alter Advokaten verlieh. Bezüglich ihrer bizarren Haltung und maßlosen Gestikulation hätte sogar Mathias van Guitt in ihnen seinen Meister gefunden. Ihr Chinchillapelz war auf dem Rükken grau, am Bauche fast weiß und den Schwanz trugen sie meist hoch.

Ich erfuhr bei dieser Gelegenheit, daß die Langours in ganz Indien als geheiligte Tiere betrachtet werden. Der Sage nach stammen sie von den Kriegern Ramas ab, welche die Insel Ceylon eroberten. In Amber haben sie einen Palast, den Zehnanah, inne, wo sie von Touristen vielfach aufgesucht werden. Sie zu töten, ist ausdrücklich verboten, und die Mißachtung dieses Gesetzes hat schon manchen englischen Offizier das Leben gekostet.

Diese Affen sind von sanftem Charakter und leicht zähmbar, dagegen äußerst gefährlich, wenn man sie angreift, und Louis Rousselet sagt von ihnen mit Recht, daß sie verwundet ebenso gefährlich wie Hyänen und Panther werden können.

Uns kam es jedoch gar nicht in den Sinn, die Langours anzugreifen, und Kapitän Hod setzte auch das Gewehr wieder beiseite.

Hatte Kâlagani recht, indem er behauptete, daß die ganze Gesellschaft, welche nicht über den Strom gelangen konnte, unseren schwimmenden Apparat zu benutzen gedachte, um die Betwa zu überschreiten?

Das war ja möglich, und wir sollten uns auch sogleich

davon überzeugen.

Der Stahlriese, der jetzt das Ufergelände überschritten hatte, erreichte eben das eigentliche Bett des Stromes. Bald schwamm der ganze Zug mit ihm. In Folge einer Biegung des Flusses stand das Wasser an eben dieser Stelle fast stille, so daß auch das Steam-House sich kaum fortbewegte.

Die Affenherde war inzwischen nahe herangekommen und plätscherte in dem seichten Wasser, welches das nächstliegende Land bedeckte.

Von feindseligen Absichten bemerkten wir nichts. Plötzlich aber fingen Männchen und Weibchen, Alte und Junge an zu hüpfen und zu springen, reichten einander die Hand und gelangten zuletzt bis an den Zug, der sie zu erwarten schien.

Binnen wenig Sekunden saßen gegen zehn auf dem Stahlriesen, etwa dreißig auf jedem Hause – eine ganze Gesellschaft lustiger Burschen, welche untereinander lebhaft zu plaudern schienen und offenbar ihre Befriedigung zu erkennen gaben, zu so gelegener Zeit einen schwimmenden Apparat angetroffen zu haben, der ihnen die Fortsetzung ihrer Wanderung ermöglichte.

Der Stahlriese trieb bald in die Strömung hinein und wendete sich dieser entgegen.

Banks hatte einen Augenblick gefürchtet, diese Überlastung mit Passagieren werde unseren Zug zu schwer machen; das war jedoch nicht der Fall. Die Affen hatten sich wirklich recht geschickt über denselben verteilt. Sie hockten da auf dem Rücken, dem Türmchen, Halse und dem Rüssel des Elefanten bis zur äußersten Spitze, wo sie nicht einmal der ausgestoßene Dampf erschreckte. Andere befanden sich auf den abgerundeten Dächern unserer Pagoden, die einen zusammengekauert, andere stehend, diese auf die Füße gestützt, jene sich auf dem Schwanze haltend – selbst unter der Veranda des Balkons.

Das Steam-House hielt sich also, in Folge seiner glücklich verteilten Luftkästen, in der richtigen Schwimmlinie, so daß auch diese Mehrbelastung keine Gefahr erzeugte.

Kapitän Hod und Fox waren höchst verwundert – vorzüglich der Diener. Es fehlte nicht viel, so hätte er das grimassenschneidende lustige Volk im Namen des Steam-Houses begrüßt. Er sprach wirklich mit den Langours, drückte ihnen die Hand und nahm den Hut vor denselben ab. Ja, er hätte gern alle Zuckervorräte der Speisekammer geplündert, wenn Monsieur Parazard, ungehalten, sich in solcher Gesellschaft zu befinden, nicht dagegen Einspruch erhob.

Der Stahlriese arbeitete rastlos mit seinen vier Füßen, welche gleich langen Pagaien wirkten. Immer zurückgedrängt, hielt er doch stets die schräge Linie nach dem Punkte ein, wo wir anlanden wollten.

Nach einer halben Stunde hatte er ihn erreicht; kaum berührte er aber das Ufer, als die ganze Gesellschaft vierhändiger Clowns ans Land sprang und unter tausend lustigen Sätzen verschwand.

»Sie hätten sich wenigstens bedanken können!« rief Fox, den diese Rücksichtslosigkeit der ungebetenen Teilnehmer an der Überfahrt verletzte.

Ein allgemeines Lachen antwortete ihm. Mehr verdiente ja wohl die Bemerkung des empfindlichen Dieners nicht.

Achtes Kapitel

Hod gegen Banks

Die Betwa war überschritten. Schon trennten uns hundert Kilometer von der Station Etawah.

Vier Tage verliefen ohne Zwischenfall, sogar ohne jedes Jagdabenteuer. In diesem Teile des Königreichs Scindia hielten sich nur wenige Raubtiere auf.

»Offenbar komme ich nach Bombay«, wiederholte Hod öfters nicht ohne einen gewissen Groll, »ohne meinen fünfzigsten erlegt zu haben!«

Kâlagani führte uns mit wunderbarer Sicherheit durch dieses nur ganz schwach bevölkerte Gebiet, dessen Topographie er aufs genaueste kannte, und am 29. September begann unser Zug den nördlichen Abhang der Vindhyas emporzusteigen, um durch den Paß von Sirgur zu gehen.

Bis hierher war unsere Fahrt durch Bundelkund ohne jede Belästigung verlaufen. Gerade dieses Land ist aber eines der unsichersten von ganz Indien. Hier suchen sich alle Verbrecher gern zu verbergen. Landstreicher gibt es in Mengen. Die Dacoits vorzüglich treiben hier ihr unheimliches Doppelgewerbe als Giftmischer und Räuber. Wer durch dieses Gebiet kommt, muß also immer sorgsam auf der Hut sein.

Den schlimmsten Teil von Bundelkund nun bildet die Berggegend der Vindhyas, welche das Steam-House eben betrat. Der Weg ist nicht lang – höchstens hundert Kilometer – bis nach Jubbulpore, der nächsten Station der Eisenbahn von Bombay nach Allahabad. Freilich durften wir nicht daran denken, hier so schnell und bequem fortzukommen wie in den Ebenen von Scindia. Steile Wegstrecken, schlecht unterhaltene Straßen, ein steiniger Boden, scharfe Biegungen und manchmal auch die ungenügende Breite des Weges, alles trug dazu bei, unsere mittlere Geschwindigkeit zu vermindern. Banks rechnete darauf, während der zehn Fahrtstunden jedes Tages nicht mehr als fünfzehn bis zwanzig Kilometer zurückzulegen. Tag und Nacht mußten wir übrigens die Umgebungen der Straße oder unseres Nachtquartiers scharf bewachen lassen.

Kâlagani hatte uns zuerst diesen Rat erteilt, obwohl wir uns ja in günstiger Lage zur Verteidigung befanden. Die beiden Häuser und das Türmchen – eine wirkliche Kasematte, welche der Stahlriese auf dem Rücken trug – boten ja, um einen beliebten Ausdruck dafür zu gebrauchen, eine gewisse »Widerstandsfläche« dar. Schwerlich würde es irgendwelchen Landstreichern, Dacoits oder anderen, nicht einmal Thugs, wenn in diesem Teile Bundelkunds noch solche umherlungerten, in den Sinn gekommen sein, uns anzugreifen. Vorsicht ist jedoch niemals vom Übel, und besser war es doch, für jeden Fall bereit zu sein.

Noch in den ersten Stunden dieses Tages erreichten wir den Paß von Sirgur, durch den sich unser Zug ohne größere Beschwerden dahinwand. Dann und wann, wenn die Steigung zu stark wurde, mußte wohl etwas mehr Dampf gegeben werden, der Stahlriese entwickelte aber unter Storrs Hand stets hinreichende Kraft, selbst wenn es galt, Steigungen von zwölf bis fünfzehn Zentimeter auf einen Meter zu überwinden.

An ein Abweichen vom richtigen Wege war wohl nicht zu denken. Kâlagani kannte alle Schluchten und Stege der Vindhyas, und vor allem des Passes von Sirgur. Er fand sich stets zurecht, selbst wenn mehrere Straßen an einer zwischen hohen Felsen verlorenen Stelle ausmündeten, trotz der dichten Wälder von Alpenbäumen, welche die Aussicht schon in einer Entfernung von zwei- bis dreihundert Schritten absperrten. Wenn er uns zuweilen verließ und entweder allein oder von mir, von Banks oder irgendeinem anderen begleitet, vorausging, so geschah das nicht, um sich über die Richtung des Weges, sondern nur über dessen Zustand aufzuklären.

Der viele Regen während der kaum beendeten nassen Jahreszeit hatte die Straßen selbstverständlich arg beschädigt und Furchen in dem Erdboden hinterlassen, ein Umstand, der nicht ganz unberücksichtigt bleiben durfte, da wir nicht gern Wege einschlugen, von denen wir schwierig hätten umkehren können.

Wir kamen also den Umständen nach ganz leidlich vorwärts. Der Regen hatte völlig aufgehört. Der von leichtem Gewölk, durch das zuweilen die Sonne blitzte, halb verschleierte Himmel drohte nicht mehr mit den schweren Unwettern, deren Heftigkeit man vorzüglich im Zentrum der Halbinsel fürchtet. Wenn die Hitze auch nicht bedeutend war, so machte sie sich doch noch während einiger Stunden des Tages bemerkbar, doch hielt sich die Temperatur im ganzen auf mittlerer Höhe, so daß sie Reisenden mit Schutzmitteln, wie sie uns zu Gebote standen, nicht eigentlich lästig wurde. An eßbarem Wild fehlte es nicht, und unsere Jäger beschafften leicht die Bedürfnisse für die Tafel, ohne sich vom Steam-House allzuweit zu entfernen.

Nur Kapitän Hod – und natürlich auch Fox – mochten das Nichtvorhandensein von Raubtieren, durch das sich Tarryani auszeichnete, bedauern. Konnten sie überhaupt darauf rechnen, Löwen, Tiger und Panther da anzutreffen, wo es diesen an Wiederkäuern, ihrer hauptsächlichsten Nahrung, fast vollständig mangelte?

Fehlten in der Fauna der Vindhya-Berge aber die Fleischfresser sehr auffallend, so fanden wir desto mehr Gelegenheit, die Elefanten Indiens kennenzulernen – ich meine die wilden Elefanten, von denen wir bisher nur sehr wenige Exemplare gesehen hatten.

Am 30. September gegen Mittag wurde ein Paar dieser herrlichen Tiere vor unserem Zuge sichtbar. Bei unserer Annäherung wichen sie nach der Seite der Straße aus, um das ihnen noch unbekannte Fuhrwerk, welches sie zu erschrecken schien, vorüberziehen zu lassen.

Was hätte es uns nützen können, sie ohne allen Grund, vielleicht nur um die Jagdlust zu befriedigen, zu töten? Selbst dem Kapitän Hod fiel das gar nicht ein. Er begnügte sich, in ihrer Freiheit die schönen Tiere zu bewundern, die hier in den oberen Bergschluchten hausten, wo Bäche und Weideplätze alle ihre Bedürfnisse decken mußten.

»Eine herrliche Gelegenheit für unseren Freund Mathias van Guitt«, bemerkte er, »um uns einen gelehrten Vortrag über Zoologie zu halten!«

Bekanntlich ist Indien vor allen anderen das Land der Elefanten. Diese Pachydermen gehören alle einer und derselben Art an, welche aber niedriger steht, als die der afrikanischen Elefanten, und zwar ebenso diejenigen, welche in den verschiedenen Provinzen der Halbinsel selbst umherschweifen, als auch die, deren Fährten man in Birma, im Königreiche Siam bis zu den östlich vom Busen von Bengalen gelegenen Gebieten verfolgt.

Wie man sie einfängt? Gewöhnlich in einem »Kiddah«, d. i. ein von Palissaden umschlossener Platz. Wenn es sich dabei um eine ganze Herde handelt, so treiben sie die in der Zahl von drei- bis vierhundert Mann zusammentretenden Jäger unter Führung eines »Djamadar«, d. i. ein darauf besonders eingeübter Eingeborner, in den Kiddah zusammen, schließen sie darin ein, suchen sie mit Hilfe gezähmter, speziell hierzu abgerichteter Elefanten voneinander zu trennen, fesseln sie dann an den Hinterbeinen und haben sie damit in ihrer Gewalt.

Diese Methode, welche Zeit und einen gewissen Kraftaufwand erfordert, erweist sich aber häufig nutzlos, wenn man große, starke Männchen einfangen will. Es sind das ziemlich bösartige Tiere, welche den Kreis der Treiber oft durchbrechen und sich nicht in den Kiddah hineindrängen lassen. Auch benutzt man wohl Weibchen, welche jenen Männchen tagelang folgen. Diese tragen in dunkle Stoffe gehüllte Mahouts auf dem Rücken, und wenn die Elefanten sich ahnungslos dem süßen Schlummer überlassen, werden sie von jenen mit Ketten gefesselt, ehe sie recht wissen, was mit ihnen vorgeht.

Ich erwähnte schon einmal, daß man Elefanten früher mittels tiefer, an den von ihnen gewöhnlich gewählten Wegen gelegener Gruben zu fangen pflegte; da diese fünfzehn Fuß tief ausgehoben wurden, so verletzte sich das Tier meist beim Hineinfallen oder fand dabei den Tod, so daß man dieses barbarische Mittel fast allgemein aufgegeben hat.

Endlich kommt in Bengalen wie in Nepal auch noch der Lasso zur Verwendung. Eine solche Jagd bietet dann die interessantesten Momente. Man benutzt dazu gut abgerichtete Elefanten, welche drei Mann tragen. Auf ihrem Halse sitzt ein Mahout, der sie führt, auf dem Rükken ein Hindu, der den mit einem Laufknoten versehenen Lasso zu werfen hat, und noch weiter rückwärts ein Treiber, der sie mit einem Schlägel oder scharfen Haken anspornt. So ausgerüstet verfolgen diese Pachydermen den wilden Elefanten, oft mehrere Stunden lang, weit hin über Ebenen, quer durch dichte Wälder, wobei die Leute auf dem Tiere nicht immer ohne Schaden davonkommen, endlich aber stürzt das einmal »lassierte« Tier in schwerem Fall zusammen.

Mittels dieser verschiedenen Methoden fängt man in Indien jährlich eine große Anzahl Elefanten. Es ist das auch kein schlechtes Geschäft. Ein Weibchen wird mit siebentausend, ein Männchen mit zwanzigtausend, und wenn es von »reinem Blute« ist, bis mit fünfzigtausend Francs bezahlt.

Wenn man für diese Tiere so hohe Summen anlegt, so müssen dieselben doch sehr nützlich sein. Das ist auch wirklich der Fall, wenn man sie genügend nährt, d. h. ihnen im Laufe eines Tages etwa sechzig bis siebzig Kilo grünes Futter verabreicht; sie dienen dann zum Transport von Soldaten, Proviant, von Artilleriematerial in bergigen Gegenden oder durch Dschungel, welche für Pferde unzugänglich sind, oder werden auch von einzelnen, welche sie als Zugtiere gebrauchen, zu besonders schweren Arbeiten benutzt. Diese mächtigen und gelehrigen, in Folge eines eigentümlichen Instinkts, der sie zum Gehorsam zu nötigen scheint, leicht zähmbaren und lenksamen Riesen werden in ganz Hindostan allgemein verwendet. Da sie sich in gezähmtem Zustande nicht vermehren (ganz neuerdings hat doch ein Elefantenweibchen in einer amerikanischen Menagerie ein Junges geworfen), so jagt man sie ohne Unterlaß, um den Bedarf der Halbinsel wie des Auslandes zu decken.

Man verfolgt sie, stellt ihnen nach und fängt sie fortwährend auf die oben angegebene Weise. Trotzdem scheint ihre Zahl nicht abzunehmen, denn sie streifen noch immer in vielköpfigen Herden in verschiedenen Teilen Indiens umher.

Ja, ich möchte fast sagen, in gar zu zahlreichen Herden, wie man bald erkennen wird.

Die beiden Elefanten traten, wie erwähnt, so zur Seite, daß unser Zug bequem vorüberpassieren konnte, und trotteten dann ruhig weiter. Da wurden hinter uns plötzlich noch andere Elefanten sichtbar, welche sich offenbar beeilten, das Pärchen, an dem wir eben vorübergekommen, einzuholen. Eine Viertelstunde später zählten wir schon ein ganzes Dutzend. Sie beobachteten das Steam-House und folgten uns in einer Entfernung von höchstens fünfzig Metern. Sie schienen eben nicht gewillt, uns zu überfallen, aber noch weniger, uns zu verlassen. Es wäre ihnen das um so leichter geworden, als der Stahlriese auf den bergigsten der Vindhya-Kämme kaum schneller fortzutreiben gewesen wäre.

Ein Elefant dagegen läuft schneller, als man glauben sollte, und legt, nach Sanderson, der in dieser Beziehung vielfache Erfahrung besitzt, sogar bis fünfundzwanzig Kilometer in der Stunde zurück. Es konnte also für die Tiere, welche hinter uns hertrabten, keine Schwierigkeiten haben, uns einzuholen oder sogar zuvorzukommen.

Das schien aber – wenigstens für den Augenblick – ihre Absicht nicht zu sein. Wahrscheinlich warteten sie nur, bis noch mehr dazu gekommen waren. Jetzt bildeten sie schon eine ganze Gesellschaft, die sich ebensogut noch weiter vergrößern konnte. Eine solche Herde von Pachydermen besteht gewöhnlich aus dreißig bis vierzig Individuen, welche eine Familie mehr oder weniger verwandter Glieder bilden; es kommt aber nicht selten vor, daß man Haufen von über hundert solcher Dickhäuter begegnet, was für die Reisenden, die ihnen in den Weg kommen, immer ziemlich mißlich, wenn nicht gar gefährlich wird.

Oberst Munro, Banks, Hod, der Sergeant, Kâlagani und ich hatten auf der Veranda des zweiten Wagens Platz genommen und beobachteten, was hinter uns vorging.

»Ihre Anzahl wächst noch immer«, sagte Banks, »und wird sich wahrscheinlich durch alle in der Umgegend zerstreuten Elefanten weiter vermehren.«

»Sie können sich aber«, bemerkte ich, »doch nicht auf so große Entfernungen hin verständigen?«

»Das nicht«, erwiderte der Ingenieur, »aber sie spüren einander; ja, ihr Geruchsinn ist so fein, daß z. B. zahme Elefanten das Vorhandensein von wilden sogar auf drei bis vier Meilen Entfernung wittern.«

»Das ist ja eine wahre Völkerwanderung!« sagte da Oberst Munro. »Seht nur da, hinter unserem Zuge, eine ganze Herde, verteilt zu Gruppen von zehn bis zwölf Elefanten, welche alle gleichmäßig einhertraben. Wir werden unsere Fahrt etwas beschleunigen müssen, lieber Banks.«

»Der Stahlriese leistet, was er kann, Munro«, entgegnete der Ingenieur. »Wir haben fünf Atmosphären und guten Zug, aber die Straße ist zu steil.«

»Weshalb sollen wir denn so besonders eilen?« meinte Kapitän Hod, den die ganze Geschichte weidlich amüsierte. »Die liebenswürdigen Tiere mögen uns doch begleiten, wenn ihnen dies Spaß macht. Das ist ja ein unseres Zuges ganz würdiges Gefolge. Rings war das Land verlassen – jetzt ist es das nicht mehr, und wir ziehen unter Eskorte dahin wie mächtige Rajahs!«

»Wir wollen sie gewähren lassen«, antwortete Banks, »ja, ich wüßte auch gar nicht, wie wir sie hindern könnten, uns nachzufolgen.«

»Das beunruhigt Sie doch nicht?« fragte Kapitän Hod. »Sie wissen ohne Zweifel, daß eine Herde Elefanten minder gefährlich ist als ein einziger Tiger. Jene dort sind ja prächtige Kerle . . .! Lämmer, große Lämmer mit Rüsseln, weiter nichts!«

»Aha, unser Freund Hod gerät wieder in Begeisterung!« sagte Oberst Munro. »Ich gebe gern zu, daß wir von jener Herde nichts zu fürchten haben, so lange sie sich in gebührender Entfernung hält; wenn es den Lämmern aber einfallen sollte, uns auf dieser schmalen Straße zu überholen, so dürfte das ohne Beschädigung für das Steam-House wohl nicht abgehen.«

»Vorzüglich«, fügte ich hinzu, »wenn sie alle ganz in die Nähe unseres Stahlriesen kämen, weiß ich doch nicht, wie sie diesem begegnen würden.«

»Sie würden ihn begrüßen, alle Wetter!« rief Kapitän Hod. »Sie würden ihn ebenso achtungsvoll begrüßen, wie seinerzeit die Elefanten des Prinzen Gouru Sing!«

»Ja, das waren aber zahme Elefanten«, bemerkte der Sergeant Mac Neil.

»Richtig«, erwiderte der Kapitän Hod, »jene werden, oder dürfen bei dem Anblick unseres Elefanten vielmehr so sehr erstaunen, daß sie ihn ehrfurchtsvoll respektieren!«

Offenbar hatte unseres Freundes Enthusiasmus für den künstlichen Elefanten, »das aus den Händen des englischen Ingenieurs hervorgegangene Meisterwerk der Mechanik«, sich noch nicht vermindert.

»Die Proboscidien übrigens – er hatte sich das Wort nun einmal angewöhnt – »diese Proboscidien«, fügte er hinzu, »sind sehr intelligent; sie überlegen, urteilen, vergleichen, sie verbinden ihre Gedanken und legen überhaupt fast eine menschliche Einsicht an den Tag.«

»Darüber ließe sich doch streiten«, antwortete Banks.

»Wie, darüber wäre noch zu streiten?« rief Kapitän Hod. »Da müßte man doch nicht in Indien gelebt haben, um so zu sprechen! Benutzt man denn nicht die schönen Tiere zu allerhand häuslichen Arbeiten? Gibt es einen zweibeinigen ungefiederten Diener, der ihnen gleichkäme? Ist der Elefant im Hause seines Herrn nicht zu jedem Dienste bereit? Ist Ihnen, Maucler, wohl bekannt, was die erfahrensten Schriftsteller über dieselben sagen? Wenn man denselben glauben darf, so ist der Elefant gegen diejenigen, welche er liebt, geradezu zuvorkommend aufmerksam; er nimmt ihnen jede Last ab, holt für sie Blumen und Früchte, er sammelt Geld ein, wie z. B. die Elefanten der berühmten Pagode von Willenoor bei Pondichery; in den Bazars bezahlt er das Zuckerrohr, die Bananen oder Mangofrüchte, die er für sich selbst einkauft; in Sunderbund verteidigt er die Herden und das Haus seines Herrn gegen reißende Tiere; er pumpt Wasser in die Zisternen und führt die ihm anvertrauten Kinder mit größerer Sorgfalt spazieren als die beste Bonne in ganz England! Er nähert sich dem Menschen durch seine Erkenntlichkeit, denn sein Gedächtnis ist vorzüglich, und so vergißt er niemals die Wohltaten, die man ihm zugewendet, freilich auch nicht die Neckereien oder üble Behandlung! Seht, meine Freunde, einen solchen Riesen an Humanität – ja, ich sage mit Absicht, an Humanität – könnte man nicht vermögen, ein unschuldiges Insekt zu töten. Einer meiner Freunde – das sind so Züge, die man nicht vergißt – hatte ein kleines Gotteskůchlein sich auf einen Stein setzen sehen und einen zahmen Elefanten geboten, dasselbe zu zerdrücken. Der herrliche Dickhäuter hob seine Tatze aber nur desto vorsichtiger über den Stein weg, und weder Zureden noch Schläge hatten ihn vermocht, dieselbe auf das Insekt zu legen. Als man ihm dagegen befahl, dasselbe wegzunehmen, faßte er es vorsichtig mit der wunderbaren Art von Hand, welche das Rüssel-Ende bildet, und gab ihm die Freiheit! Sagen Sie dann immer noch, lieber Banks, daß der Elefant nicht gut, edelmütig und überhaupt allen anderen Tieren, selbst dem Affen und dem Hunde geistig überlegen sei, oder muß man nicht vielmehr zugeben, daß die Inder recht haben, wenn sie ihm fast so viel Einsicht wie dem Menschen zuschreiben?«

Kapitän Hod wußte seine begeisterte Lobrede nicht besser zu schließen, als daß er den Hut vor der gewaltigen Herde zog, die uns gemessenen Schrittes folgte.

»Sehr schön, Kapitän Hod«, sagte Oberst Munro lachend. »Die Elefanten haben in Ihnen einen warmen Verteidiger!«

»Habe ich aber nicht vollkommen recht, Herr Oberst?« fragte der Kapitän.

»Es mag sein, daß Kapitän Hod mit dem, was er zum Besten gab, recht hat«, antwortete Banks, »aber ich glaube nur, ich gehe auch nicht fehl mit meinen Ansichten, die ich Sanderson, einem Elefantenjäger und mit allen einschlagenden Verhältnissen vertrauten Mann verdanke.«

»Und was sagt denn Ihr Sanderson?« fragte Kapitän Hod in etwas wegwerfendem Tone.

»Er behauptet, der Elefant besitze nur mittelmäßigen Verstand und die erstaunlichsten Handlungen, die man diese Tiere ausführen sieht, wären die Folgen einer willenlosen Unterwürfigkeit, so daß sie nur weniger bemerkbaren Winken ihres Cornacs nachkämen.«

»Das möchte ich bewiesen sehen!« versetzte Kapitän Hod, der allmählich wärmer wurde.

»Auch macht er darauf aufmerksam«, fuhr Banks fort, »daß die Inder den Elefanten auf ihren Denkmälern oder Bildern niemals als Symbol der Intelligenz benutzt haben, sondern daß sie dazu stets den Fuchs, den Raben oder den Affen wählen.«

»Dagegen protestiere ich!« rief Kapitän Hod, während er mit den Armen eine Bewegung gleich dem Schwingen eines Elefantenrüssels ausführte.

»Protestieren Sie nach Belieben, Herr Kapitän, aber hören Sie weiter!« erwiderte Banks. »Sanderson sagt ferner, der Elefant zeichne sich vorzüglich durch den phrenologisch nachweisbaren Sinn für Gehorsam aus – und der muß an seinem Schädel einen hübschen Höcker bilden! Er weist darauf hin, daß der Elefant sich in wahrhaft kindischen Fallen – das ist das richtige Wort – fangen lasse, wie in von Zweigen überdeckten Gruben, und daß er nicht einmal versuche, aus denselben zu entkommen. Er führt an, daß jener sich ohne zu große Schwierigkeiten in Umzäunungen treiben lasse, was mit anderen wilden Tieren niemals gelingen möchte. Er bestätigt endlich, daß gefangene Elefanten, welche etwa wieder entflohen, sich doch so leicht auch wieder fangen lassen, daß es ihrem Scharfsinn wahrlich nicht zur Ehre gereicht. Nicht einmal die Erfahrung vermag sie klüger zu machen!«

»Arme Tiere!« seufzte Kapitän Hod in komischem Tone, »dieser Ingenieur läßt auch kein gutes Haar an euch!«

»Endlich«, fuhr Banks fort, »und das ist ein weiterer Beleg für die Richtigkeit meiner Ansicht, widerstreben manche Elefanten, eben aus Mangel an Einsicht, jedem

Zähmungsversuche, und man hat oft große Mühe, jüngere Tiere oder auch Weibchen zur Vernunft zu bringen!«

»O, das ist wieder eine Ähnlichkeit mehr, die sie mit dem Menschen haben!« antwortete Kapitän Hod. »Sind nicht Männer auch eher zu leiten als Kinder und Frauen?«

»Lieber Kapitän«, antwortete Banks, »um darüber urteilen zu können, fehlt es uns wohl beiden zur sehr an Erfahrung aus der Ehe.«

»Sehr richtig!«

»Schließlich«, fügte Banks noch hinzu, »darf man ja nicht zu sehr auf die Gutmütigkeit jener Tiere bauen oder etwa glauben, man könne mit einer ganzen Herde jener Riesen fertig werden, wenn sie durch irgend etwas gereizt würden, und ich sähe es z. B. viel lieber, daß die, welche uns jetzt begleiten, nach Norden zu wanderten, während wir nach Süden fahren.«

»Ja, und das um so mehr«, sagte Oberst Munro, »als ihre Zahl während deines Streites mit Hod in wirklich bedrohlichem Grade zugenommen hat!«

Neuntes Kapitel

Hundert gegen einen

Sir Edward Murno täuschte sich nicht. Jetzt marschierte schon eine Truppe von fünfzig bis sechzig Elefanten hinter unserem Zuge her. Sie gingen in dichten Reihen, und schon trabten die Vordersten dem Steam-House nahe genug – kaum in einer Entfernung von zehn Metern –, um sie genau beobachten zu können.

An der Spitze marschierte der größte der ganzen Gesellschaft, obwohl seine lotrechte Höhe bis zur Schulter drei Meter gewiß nicht überschritt. Wie ich schon sagte, erreichen die hiesigen nicht die Größe der Elefanten in Afrika, unter denen man Exemplare von vier Meter Höhe antrifft. Seine Stoßzähne, welche ebenfalls kleiner bleiben als die der afrikanischen Rasse, messen an der äußeren Krümmung etwa hundertfünfzig Zentimeter bei einem Durchmesser von vierzig Zentimeter an dem Knochenzapfen, der ihre Basis bildet. Wenn man auf der Insel Ceylon eine gewisse Anzahl dieser Tiere findet, welche jener furchtbaren Waffen, der sie sich gegebenen Falles sehr geschickt bedienen, beraubt sind – ich meine die sogenannten »Muknas« –, so sieht man solche dafür im eigentlichen Hindostan ungemein selten.

Diesem Elefanten folgten mehrere Weibchen, die wirklichen Führer der Karawane. Wäre das Steam-House nicht auf der Straße gewesen, so würden diese den Vortrab gebildet haben, während jenes Männchen, unter den Übrigen eingereiht, bestimmt zurückgeblieben wäre. Die Männchen nämlich scheinen zur Anführung einer Herde völlig ungeeignet; sie bekümmern sich ebensowenig um die jungen Tiere, wissen nicht, wann es nötig ist, wegen der Bedürfnisse dieser »Babies« Halt zu machen, und verstehen sich auch kaum auf die Auswahl eines passenden Lagerplatzes. In der Tat sind es nur die Weibchen, welche sozusagen das erste Wort führen und die wandernden Herden leiten.

Die Frage, warum sich die ganze uns nachfolgende Gruppe in Bewegung gesetzt habe, ob sie bloß ihre erschöpften Weideplätze verließ, vor den Stichen einer sehr gefährlichen Fliegenart entfloh, oder ob sie nur die Neugier, unserem seltsamen Gefährt zu folgen, jetzt durch die Vindhya-Berge verlockte – das wäre vorläufig schwer zu sagen gewesen. Das Land lag jetzt offen vor uns, und die Elefanten zogen, wie sie es zu tun gewohnt sind, wenn sie sich nicht in bewaldeten Gegenden aufhalten, am hellen Tage weiter. Ob sie mit einbrechender

Nacht, so wie wir es gezwungen waren, Halt machen würden, mußte sich ja bald zeigen.

»Nun, Kapitän Hod«, fragte ich da unseren Freund, »sehen Sie, wie unser Nachtrab sich immer mehr vermehrt? Erweckt Ihnen das noch immer keine Besorgnis . . .?«

»Pah!« versetzte Kapitän Hod, »weshalb sollten die Tiere etwas gegen uns im Schilde führen? Es sind ja keine Tiger, nicht wahr, Fox?«

»Nicht einmal Panther!« antwortete der Diener, der natürlich immer mit seinem Herrn übereinstimmte.

Kâlagani schüttelte freilich den Kopf ein wenig bei diesen zuversichtlichen Behauptungen; er teilte die Ansicht der beiden Jäger offenbar nicht.

»Sie scheinen mir beunruhigt, Kâlagani«, sagte Banks, der jene Bemerkung gehört hatte, zu diesem.

»Könnten wir nicht etwas schneller vorwärts kommen?« antwortete der Hindu.

»Das dürfte seine Schwierigkeit haben«, antwortete der Ingenieur. »Doch wir wollen versuchen, was sich tun läßt!«

Banks verließ die Veranda und begab sich nach dem Türmchen, in welchem Storr seinen Platz hatte. Bald darauf pustete und schnaufte der Stahlriese stärker und in kürzeren Zwischenräumen, und unser Zug rollte etwas schneller dahin.

Es war nur wenig und bei dem beschwerlichen Wege nicht mehr zu erreichen. Doch auch die verdoppelte Geschwindigkeit unseres Zuges hätte an der Sachlage gewiß nichts Wesentliches geändert. Die Elefantenherde trabte eben etwas schneller mit. Das tat sie denn auch jetzt, so daß unser Steam-House einen Vorsprung nicht gewinnen konnte.

Ohne besondere Veränderung verliefen so mehrere Stunden. Wir nahmen nach dem Essen wieder auf der Veranda des zweiten Wagens Platz.

Jetzt dehnte sich die Straße hinter uns auf eine Strecke von mindestens zwei Meilen in gerader Richtung aus, so daß wir sie, durch Windungen derselben nicht mehr behindert, in der ganzen Ausdehnung überblicken konnten.

Da sahen wir denn mit Schrecken, daß die Zahl der Elefanten seit einer Stunde noch immer zugenommen hatte – es mochten ihrer jetzt mindestens hundert sein.

Die Tiere marschierten, je nach der Breite des Weges zu zweien, dreien, schweigend und gleichmäßigen Schrittes, die einen mit hoch erhobenem Rüssel, die anderen mit den Stoßzähnen hoch in der Luft. Das Ganze erschien wie das Wogen eines von Grundwellen bewegten Meeres. Noch zeigte sich – um die Metapher weiterzuführen – keine Brandung; welcher Gefahr waren wir aber preisgegeben, wenn ein Sturm diese dahinwogende Masse empörte?

Inzwischen sank die Nacht – eine mond- und sternenlose finstere Nacht – herieder. Durch die höheren Luftschichten wallte ein feiner Nebel daher.

Wie Banks vorausgesagt, konnten wir nach dem Eintritt völliger Finsternis gar nicht daran denken, auf dieser gefährlichen Straße weiterzufahren, sondern mußten wohl oder übel Halt machen. Der Ingenieur brachte also unseren Zug an einer breiteren Stelle des Tales zum Stehen, wo wir in eine kleinere Schlucht einfahren konnten, um der gefährlichen Herde Raum zu lassen, ihre Wanderung nach Süden fortzusetzen.

Freilich vermochte niemand vorherzusagen, ob die Herde nicht an derselben Stelle wie wir Halt machen würde.

Als es dunkler wurde, bemächtigte sich unserer Nachfolger eine gewisse Unruhe, von der wir vorher nichts bemerkt hatten. Sie brüllten gewaltig, aber dumpf, und dazu gesellten sich noch ganz eigentümliche, uns unbekannte Töne.

»Was hat das zu bedeuten?« fragte Oberst Munro.

»Das ist«, erklärte Kâlagani, »der Ton, den diese Tiere von sich geben, wenn sie einen Feind in der Nähe wittern.«

»Und als solchen betrachten sie augenblicklich offenbar uns, nicht wahr?« fragte Banks.

»Das fürchte ich leider auch!« antwortete der Hindu.

Jenes erwähnte Geräusch glich fast entferntem Donner. Es erinnerte an das, welches man hinter den Kulissen eines Theaters durch Erschütterung eines großen Stahlbleches zu erzeugen pflegt. Die Elefanten berührten mit den Rüsseln fast den Boden und trieben die durch tiefe Einatmung aufgesammelte Luft gegen denselben aus, wodurch jenes dumpfe rollende Geräusch zu entstehen schien.

Es war jetzt neun Uhr abends.

Wir befanden uns auf einer kleinen, etwa eine halbe Meile breiten offenen Ebene, an der die zu dem Puturia-See hinführende Straße ausmündete. An genanntem See hatte Kâlagani Halt zu machen vorgeschlagen, da jener aber noch gegen fünfzehn Kilometer von uns entfernt lag, mußten wir darauf verzichten, ihn noch heute zu erreichen.

Banks gab Befehl, den Dampf abzusperren. Der Stahlriese hielt an, wurde aber nicht abgespannt. Auch das Feuer sollte nicht gänzlich gelöscht werden. Storr erhielt Auftrag, stets Dampf zu halten, um in jedem Augenblick weiterfahren zu können. Wir mußten eben auf alles vorbereitet sein.

Oberst Munro zog sich in seine Kabine zurück. Banks und Kapitän Hod wollten sich nicht niederlegen, und ich beschloß auch, ihnen Gesellschaft zu leisten. Übrigens blieb das ganze Personal auf den Füßen. Was sollten wir aber beginnen, wenn es den Elefanten einfiel, das Steam-House zu überfallen?

Während der ersten Stunde dauerte rings um unseren

Halteplatz ein dumpfes Gemurmel fort. Allem Anschein nach betrat die vierbeinige Gesellschaft nach und nach die kleine Ebene. Ob sie wohl darüber hinwegziehen und ihren Weg weiter nach Süden fortsetzen würde?

»Das wäre wohl möglich«, meinte Banks.

»Sogar wahrscheinlich!« fügte Kapitän Hod hinzu, der noch immer an seiner optimistischen Auffassung festhielt.

Gegen elf Uhr wurde es stiller und zehn Minuten später herrschte ringsum das tiefste Schweigen.

Die Nacht war ruhig. Jedenfalls hätten wir das leiseste auffällige Geräusch wahrgenommen. Aber nichts ließ sich hören außer dem leisen Brodeln im Kessel des Stahlriesen. Nichts war zu sehen, außer dann und wann eine Garbe von Funken, welche aus dessen Rüssel emporstieg.

»Nun, hatte ich nicht recht?« begann da Kapitän Hod. »Sie sind abgezogen, die braven Elfanten!«

»Glückliche Reise!« sagte ich dazu.

»Abgezogen?« bemerkte Banks den Kopf schüttelnd. »Das werden wir sogleich sehen!«

Darauf rief er nach dem Mechaniker.

»Storr«, sagte er, »die Leuchtfeuer!«

»Sofort, Herr Banks!«

Zwanzig Sekunden später blitzten zwei elektrische Strahlenbündel aus den Augen des Stahlriesen hervor und beleuchteten, durch einen automatischen Mechanismus bewegt, allmählich jeden Punkt im Bereiche des Horizonts.

Da standen die Elefanten alle im großen Kreise rings um das Steam-House und unbeweglich wie eingeschlafen – vielleicht schliefen sie auch wirklich, die grellen Strahlen, welche ihre unförmigen Massen trafen, schienen ihnen aber ein übernatürliches Leben einzuhauchen. Durch eine einfache optische Täuschung nahmen diejenigen unter den Ungeheuern, auf welche die glänzenden Lichtbündel fielen, wahrhaft riesenmäßige Proportionen an, so daß sie an Größe mit unserem Stahlriesen wetteifern zu können schienen. Von den Lichtblitzen getroffen, erhoben sich dieselben plötzlich, so als hätte sie eine feurige Nadel gestochen. Sie streckten die Rüssel vor, als wollten sie sich schon auf unseren Train stürzen. Aus den gewaltigen Kinnladen drang ein heiseres Knurren hervor. Wie durch Ansteckung bemächtigte sich aller bald eine plötzliche Wut und rings um unser Lager ertönte ein drohendes Geräusch, als ob hundert Hornisten auf einmal Appell bliesen.

»Auslöschen!« rief Banks.

Der elektrische Strom wurde sofort unterbrochen und der Lärm legte sich augenblicklich wieder.

»Sie lagern im Kreise rund umher«, sagte der Ingenieur, »und werden bei Tagesanbruch auch noch da sein.«

»Hm!« brummte Kapitän Hod, dessen gutes Zutrauen doch ein wenig erschüttert schien.

Was war aber zu tun? Kâlagani wurde darum gefragt. Er machte kein Hehl daraus, daß er unsere Situation etwas beunruhigend fand.

Konnte man daran denken, den Lagerplatz in dieser pechschwarzen Nacht zu verlassen? Das war von vornherein unmöglich. Was hätte das auch nützen können? Die Elefantenherde wäre uns unzweifelhaft nachgefolgt und unsere Lage erschien dann eher schlimmer, als am hellen Tage. Wir kamen also dahin überein, erst mit dem Morgengrauen aufzubrechen, mit möglichster Vorsicht und Schnelligkeit weiterzudampfen, aber unser furchtbares Gefolge auf keine Weise zu reizen.

»Und wenn nun die Tiere nicht ablassen, uns zu folgen?« fragte ich.

»So werden wir versuchen, eine Örtlichkeit zu erreichen, wo das Steam-House vor ihrem Angriffe gesichert ist.«

»Werden wir eine solche aber innerhalb der Vindhya-Berge finden?« sagte Kapitän Hod.

»Doch, es gibt eine«, fiel der Hindu ein.

»Und welche?« fragte Banks.

»Den Puturia-See.«

»Wie weit ist er von hier?«

»Gegen neun Meilen.«

»Aber Elefanten schwimmen auch«, antwortete Banks, »und vielleicht besser als irgendein anderer Vierfüßler! Man hat schon beobachtet, daß sie sich einen halben Tag lang auf der Wasseroberfläche erhielten. Ist nicht auch zu fürchten, daß jene uns auf den Puturia-See nachfolgen, und das Steam-House damit in eine noch gefährlichere Lage käme?«

»Ich sehe keinen anderen Ausweg, einem Angriffe zu entgehen!«

»So werden wir ihn versuchen!« antwortete der Ingenieur.

Es blieb uns in der Tat nichts anderes übrig. Vielleicht wagten sich die Elefanten unter diesen Verhältnissen doch nicht ins Wasser, oder wir konnten sie wenigstens überholen.

Mit Ungeduld erwarteten wir den Tag. Bald fing der Morgen an zu grauen. Während der Nacht war es zu keiner feindlichen Demonstration gekommen, mit Sonnenaufgang zeigte es sich aber, daß auch kein Elefant von der Stelle gewichen und das Steam-House von allen Seiten umschlossen war.

Da entstand eine allgemeine Bewegung auf dem Ruheplatz. Es schien, als ob die Elefanten alle einem Kommando gehorchten. Sie schwangen die Rüssel, rieben die Stoßzähne am Boden, machten gleichsam Toilette, indem sie sich mit frischem Wasser bespritzten, und nagten endlich eine Portion des fetten Grases ab, an dem es dieser Stelle nicht fehlte. Endlich näherten sie sich dem Steam-House, manche derselben so weit, daß man sie aus dessen Fenstern schon mit Spießen hätte erreichen können.

Banks empfahl uns indessen ausdrücklich, ihnen auf keine Weise zu nahe zu treten. Es erschien zu wichtig, ihnen keine Veranlassung zu einem Angriffe zu bieten.

Einzelne von den Elefanten drängten sich jetzt immer mehr an unseren Stahlriesen heran. Offenbar wollten sie sehen, was an diesem gewaltigen, augenblicklich unbeweglichen Tiere sei. Erkannten sie in ihm wohl einen ihresgleichen? Vermuteten sie in ihm irgendwelche geheimnisvolle Kraft? Am vergangenen Tage hatten sie keine Gelegenheit gehabt, jenen in Tätigkeit zu sehen, da sich auch die ersten Reihen immer in einer gewissen Entfernung hinter unserem Zuge hielten.

Was würden sie aber beginnen, wenn sie ihn erst schnaufen hörten, wenn sein Rüssel Dampfwirbel ausstieß, wenn sie ihn seine großen, gegliederten Füße heben, sich in Bewegung setzen und unsere rollenden Wagen mitschleppen sahen?

Oberst Munro, Kapitän Hod, Kâlagani und ich hatten vorn auf dem Wagen Platz genommen. Der Sergeant Mac Neil und seine Genossen hielten sich auf dem hinteren Teile auf.

Kâlouth stand vor seiner Feuertür und beschickte den Rost noch immer mit Brennmaterial, obwohl der Dampf schon eine Spannung von fünf Atmosphären hatte.

Banks saß im Türmchen neben Storr, die Hand am Regulator.

Die Zeit zur Abfahrt war herangekommen. Auf ein Zeichen von Banks öffnete der Mechaniker den Hahn zur Dampfpfeife, die ihren schrillenden Laut ertönen ließ.

Die Elefanten erhoben die Ohren, dann wichen sie ein wenig zurück und räumten uns auf einige Schritte den Weg.

Jetzt strömte der Dampf in die Zylinder, eine Wolke

drang aus dem Rüssel hervor, die Räder begannen sich zu bewegen, wirkten auf die Füße des Stahlriesen und der ganze Zug rückte von der Stelle.

Meine Gefährten werden alle zustimmen, wenn ich sage, daß sich unter den Tieren der ersten Reihe zuerst eine gewisse Bestürzung bemerkbar machte. Sie wichen wenigstens auseinander und die Straße bot jetzt genügend Raum, um das Steam-House mit der Schnelligkeit eines in kurzem Trabe dahintrottenden Pferdes fortzutreiben.

Sofort aber setzte sich auch die ganze »proboscidische Masse« – ein Ausdruck des Kapitän Hod – vor und hinter uns mit in Bewegung. Die ersten Gruppen derselben nahmen die Spitze des Zuges ein, die letzten folgten dem Train. Alle schienen entschlossen, nicht von unserer Seite zu weichen.

Dabei begleiteten uns, da der Weg hier gerade breiter war, andere Elefanten noch an beiden Seiten, sowie etwa Reiter neben einem Wagen. Jetzt drängte sich alles durcheinander, Männchen und Weibchen, Tiere von jeder Größe und von jedem Alter, Jünglinge von fünfundzwanzig Jahren und »gemachte Männer« von sechzig, alte Pachydermen, welche vielleicht über hundert Jahre zählten, und Babies neben ihren Müttern, die Lippen – nicht, wie man früher meinte, den Rüssel – an deren Brust und unterwegs saugend. Die ganze Gesellschaft hielt eine gewisse Ordnung ein, drängte sich nicht mehr als nötig und regulierte ihren Schritt nach dem des Stahlriesen.

»Wenn sie uns in dieser Weise bis zum See begleiten«, bemerkte Oberst Munro, »so habe ich nichts dagegen . . .«

»Gewiß«, antwortete Kâlagani, »was wird aber geschehen, wenn die Straße sich wieder verengt?«

Hierin lag allerdings eine Gefahr.

Während der drei Stunden, welche wir brauchten, um

zwölf Kilometer von den fünfzehn zurückzulegen, welche zwischen dem letzten Halteplatz und dem Puturia-See lagen, ereignete sich nichts Besonderes. Nur zwei- bis dreimal stellten sich einige Elefanten quer auf die Straße, als wollten sie dieselbe sperren. Der Stahlriese schritt jedoch mit horizontal vorgestreckten Stoßzähnen auf sie zu, und spie ihnen heißen Dampf ins Gesicht, wodurch sie leicht veranlaßt wurden, den Durchgang freizugeben.

Um zehn Uhr morgens hatten wir also noch etwa drei Kilometer bis zum See vor uns. Da – so hofften wir wenigstens – mußten wir in verhältnismäßig sicherer Stellung sein.

Im Falle die ungeheuere Herde uns aber wirklich unbelästigt lassen sollte, beabsichtigte Banks, den Puturia-See, ohne daselbst zu halten, im Westen liegenzulassen, um am nächsten Tage schon aus den Vindhyas herauszukommen. Dann hatten wir bis zur Station Jubbulpore nur noch eine Fahrt von wenigen Stunden.

Ich bemerke hier, daß das Land um uns nicht nur sehr wild, sondern auch völlig verlassen war. Nirgends sah man ein Dorf, nirgends eine Farm – der Mangel an Weideland erklärte das genügend –, eine Karawane oder einen einzelnen Reisenden. Seit unserem Eintritt in die Gebirgslandschaft von Bundelkund waren wir noch keiner lebenden Seele begegnet.

Gegen elf Uhr begann das Tal, in dem das Steam-House hindampfte, sich allmählich zusammenzuziehen. Wie Kâlagani vorausgesagt, wurde die Straße bis zur Stelle, wo sie am See ausmündete, sehr schmal.

Unsere ohnehin beunruhigende Lage verschlimmerte sich dadurch natürlich noch weiter.

Wären die Elefanten nur vor oder hinter unserem Zuge hergetrabt, so hätte das ja keine besonderen Schwierigkeiten geboten. Aber die, welche uns zur Seite marschierten, konnten unmöglich länger daselbst bleiben. Entweder drängten uns diese gegen die Felsenwand neben der Straße, oder sie stürzten selbst in eine der Schluchten, die sich da und dort zwischen derselben öffneten. Instinkmäßig suchten die Tiere sich teils vor, teils hinter uns noch einen Platz zu erobern, wodurch wir so eingeengt wurden, daß unser Zug sich weder vor-, noch rückwärts bewegen konnte.

»Die Sache wird unangenehmer«, sagte Oberst Munro.

»Ja freilich«, erwiderte Banks, es wird nichts anderes übrigbleiben, als in die Masse einzudringen.«

»Nun dann, darauf zu, darauf zu!« rief Kapitän Hod. »Alle Teufel! Die stählernen Stoßzähne unseres Riesen werden doch gegen die Elfenbeinzähne jener dummen Tiere aufkommen!«

Für den launigen Kapitän waren die Proboscidien jetzt schon nichts mehr als »dumme Tiere«.

»O gewiß«, fiel der Sergeant Mac Neil ein, »wir sind aber einer gegen hundert!«

»Das gilt jetzt gleich«, rief Banks; »schnell vorwärts, sonst marschiert die ganze Herde da hinten über unsere Köpfe weg!«

Die Einlaßventile wurden weiter geöffnet und der starke Dampfdruck brachte den Stahlriesen in schnellere Bewegung. Seine Stoßzähne erreichten einen der Elefanten dicht vor ihm.

Das Tier schrie laut auf vor Schmerz und die ganze Truppe stimmte bald mit ein. Ein Kampf, dessen Ausgang nicht vorauszusehen war, schien nun unvermeidlich.

Wir hatten die Waffen ergriffen, die Büchsen mit Spitzkugeln, die Flinten mit explodierenden Geschossen geladen und die Revolver in Bereitschaft gesetzt, um jeden Angriff nachdrücklich abweisen zu können.

Ein gewaltiges männliches Tier wandte sich, die Zähne zum Stoße bereit und die Hinterbeine fest auf die

Erde gestemmt, zuerst in voller Wut gegen das Steam-House.

»Ein ›Gunesch‹!« rief Kâlagani.

»Ah, der hat ja nur einen Zahn!« meinte Kapitän Hod, verächtlich die Achseln zuckend.

»Dafür ist er um so gefährlicher!« erwiderte der Hindu.

Kâlagani hatte jenen Elefanten mit dem Namen bezeichnet, den die Jäger für die Männchen mit nur einem Stoßzahn gebrauchen. Die Inder zollen diesen Tieren ganz besondere Verehrung, vorzüglich, wenn jenen der rechte Zahn fehlt. Unser Feind gehörte zu dieser Art und war, wie Kâlagani gesagt hatte, nur um so mehr zu fürchten.

Das zeigte sich auch bald. Der Gunesch stieß einen langen Ton, wie von einem Horn, aus, schlug den Rüssel zurück, dessen sich die Elefanten übrigens nie im Kampf bedienen, und drang auf unseren Stahlriesen ein.

Der Stoßzahn traf geradlinig das Deckblech der Brust, brach aber, als er hinter diesem auf die feste Kesselwand traf, glatt weg.

Wir fühlten den Stoß im ganzen Zuge. Dennoch bewegte sich dieser nach vorwärts und drängte den Gunesch, der ihn noch immer aufzuhalten suchte, unwiderstehlich zurück.

Der Ruf des letzteren war jedoch verstanden worden. Die ganze Herde vor uns machte jetzt Halt und bildete ein unübersteigliches Hindernis von lebenden Massen. Gleichzeitig stießen die hinteren Gruppen, welche ihren Weg fortsetzten, heftig gegen die letzte Veranda. Konnten wir der drohenden Zermalmung entgehen?

Einige von ihnen, die uns sonst zur Seite marschierten, faßten die Trittbretter der Wagen und schüttelten sie gewaltig.

Hielten wir an, so war es um den ganzen Train geschehen – jetzt galt es, sich nach Kräften zu verteidigen.

Büchsen und Flinten wurden auf die Angreifer gerichtet.

»Daß kein Schuß verlorengeht!« rief Kapitän Hod. »Zielt nach dem Ursprung des Rüssels oder nach der Stelle unter den Augen; nur so ist etwas auszurichten!«

Wir taten wie Kapitän Hod gesagt. Mehrere Schüsse krachten schnell hintereinander – ein wütendes Schmerzgeheul antwortete darauf.

Drei oder vier gut getroffene Elefanten hinter und neben uns – ein glücklicher Umstand, da uns der Weg nicht versperrt wurde – stürzten zu Boden. Die ersten Gruppen wichen ein Stück zurück und der Zug konnte etwas vorwärts dringen.

»Wieder laden und abwarten!« befahl Kapitän Hod!«

Wenn er unter dem Abwarten verstand, daß wir es erst zu einem ernsten Angriff kommen lassen sollten, so dauerte das nicht eben lange. Die ganze Herde drängte sich jetzt gegen uns heran und wir schienen rettungslos verloren.

Ringsum ertönte ein wütendes Geheul und Gebrüll. Man hätte glauben können, Kriegs-Elefanten vor sich zu haben, welche die Hindus durch besondere Mittel zur höchsten Wut, die sie »Musth« nennen, anzustacheln verstehen. Man kann sich kaum etwas Entsetzlicheres vorstellen. In Guicowar bildet man »Elefantadors«, um gegen diese furchtbaren Tiere zu kämpfen; aber auch der verwegenste derselben wäre wohl vor den schrecklichen Feinden, welche das Steam-House bestürmten, zurückgewichen.

»Vorwärts!« rief Banks.

»Feuer!« kommandierte Hod.

Unter das beschleunigte Schnaufen der Maschine mischte sich der Knall der Gewehre. Auf diese sich hin und her schiebende Masse konnte man freilich nicht so sorgsam zielen, wie der Kapitän das empfohlen hatte. Jede Kugel fand zwar ein Stück Fleisch, um hineinzudringen, sie traf damit aber keineswegs immer tödlich. Die verwundeten Elefanten wurden nur um so wütender und antworteten auf unsere Flintenschüsse durch die Stöße ihrer gewaltigen Zähne, welche die Wände des Steam-Houses durchlöcherten.

Mit den Detonationen der Feuerwaffen, die man auf allen Seiten hörte, und dem Krachen der explodierenden Geschosse im Körper der getroffenen Tiere verband sich auch ferner das Zischen des durch künstlichen Zug noch mehr erhitzten Dampfes. Der Druck desselben nahm fortwährend zu. Der Stahlriese zwängte sich in den Haufen hinein, teilte ihn und drängte ihn zurück. Dazu arbeitete er mit dem beweglichen Rüssel, der gleich einer furchtbaren Keule auf die Fleischmassen niederfiel, die seine Stoßzähne zerrissen.

So kamen wir auf der engen Straße doch langsam vorwärts. Manchmal glitten wohl die Räder über dem Boden, griffen aber doch wieder mit ihren gefurchten Kränzen ein und wir näherten uns dem See mehr und mehr.

»Hurra!« rief Kapitän Hod, wie ein Soldat, der sich in das dichte Kampfgewühl stürzt.

»Hurra! Hurra!« riefen wir alle nach ihm.

Da senkte sich eben ein Rüssel auf die vordere Veranda nieder. Ich sah schon den Augenblick kommen, wo Oberst Munro von dem lebenden Lasso emporgehoben und unter die Füße der Elefanten geschleudert werden würde. Das wäre sicherlich so weit gekommen, wenn nicht Kâlagani noch rechtzeitig zugesprungen wäre und den Rüssel durch einen kräftigen Axthieb getrennt hätte.

Der Hindu verlor also, obgleich er sich an der allgemeinen Verteidigung beteiligte, Sir Edward Munro doch niemals aus den Augen. Diese Ergebenheit gegen die Person des Obersten, welche er niemals verleugnete, lehrte uns wiederholt, wie er sich bewußt war, unter uns gerade diesen vorzüglich beschützen zu müssen.

O, welche unwiderstehliche Macht entwickelte doch unser Stahlriese! Mit welcher Sicherheit drang er in die Masse der Feinde ein, gleich einem Keil, der ja zuletzt jedes Hindernis zu überwinden vermag. Da nun die hinter uns befindlichen Elefanten gleichzeitig nachdrängten, so kam unser Zug ohne Aufenthalt, wenn auch nicht ohne Erschütterungen, fast schneller vorwärts, als wir zu hoffen wagten.

Plötzlich entstand noch ein anderes Geräusch, das sich mitten unter dem allgemeinen Lärmen vernehmbar machte.

Eine Anzahl Elefanten zermalmte eben den zweiten Wagen, den sie an die Felswand drängten.

»Hierher zu uns! Schnell! Schnell!« rief Banks den Leuten zu, welche die Rückseite des Steam-Houses verteidigten.

Goûmi, der Sergeant und Fox hatten sich schon aus dem zweiten Wagen geflüchtet.

»Wo steckt aber Parazard?« fragte Kapitän Hod.

»Er will seine Küche nicht verlassen«, antwortete Fox.

»So holt ihn mit Gewalt!«

Unser Koch hielt es offenbar für unvereinbar mit seiner Ehre, den ihm anvertrauten Posten aufzugeben. Den starken Armen Goûmis, wenn diese einmal anfaßten, hätte jemand aber ebensowenig widerstehen können, wie den Backen einer Blechschere. Monsieur Parazard sah sich also plötzlich wider Willen in den Speisesaal versetzt.

»Seid ihr alle da?« rief Banks.

»Alle«, antwortete Goûmi.

»So trennt die Verkuppelung!«

»Die Hälfte unseres Zuges opfern . . .!« fuhr Kapitän Hod auf.

»Es muß sein!« erklärte Banks.

Die Ketten wurden gelöst, die Laufbrücke durch Axtschläge zertrümmert und unser zweiter Wagen blieb nun stehen.

Es war die höchste Zeit. Schon wurde der Wagen gepackt, emporgehoben und umgeworfen, und die Elefanten stürzten über denselben hin, um ihn durch ihr Gewicht vollends zu zerstören. Er bildete nur noch eine unförmige Ruine, welche jetzt die Straße hinter uns sperrte.

»Sehr schön!« bemerkte Kapitän Hod, aber in einem Tone, der uns alle zum Lachen reizte, »und da sagen die Leute noch, so ein Tier könne nicht einmal ein Gottesküchlein zertreten!«

Wenn die nun einmal wütenden Elefanten mit dem ersten Wagen ebenso verfuhren wie mit dem zweiten, konnten wir uns keiner Täuschung über das unser harrende Geschick mehr hingeben.

»Schüre das Feuer, Kâlouth!« rief der Ingenieur.

Noch einen halben Kilometer, eine letzte Anstrengung und wir hatten den Puturia-See erreicht.

Auch jetzt versagte der gewaltige Stahlriese unter der Hand Storrs, der die Ventile so weit als möglich öffnete, den verlangten Dienst nicht. Er erzwang sich den Durchgang durch diesen Wall von Elefanten, bohrte ihnen die Stoßzähne in den Rücken und sprühte ihnen kochenden Dampf entgegen, wie damals den Pilgern am Phalgou, oder übergoß sie mit Strahlen siedenden Wassers . . .! O, er tat mehr als seine Schuldigkeit!

Endlich wurde der See jenseits der letzten Krümmung des Weges sichtbar.

Wenn unser Zug noch zwei Minuten Widerstand leistete, so waren wir gerettet.

Die Elefanten ahnten das, wie es schien – ein Beweis ihrer Intelligenz, welche Kapitän Hod verteidigt hatte. Sie versuchten zum letzten Male, unseren Zug umzustürzen. Wir eröffneten dagegen das Feuer von neuem. Wie ein Hagel schlugen die Kugeln in die nächsten Reihen ein. Höchstens fünf oder sechs Elefanten sperrten uns noch den Weg. Die meisten fielen und die Räder knarrten über einen von Blut getränkten Boden.

Etwa hundert Schritte vom See mußten wir noch diese letzten Tiere zu verdrängen suchen.

»Noch einmal Dampf! Fest darauf!« rief Banks dem Mechaniker zu.

Der Stahlriese schnaubte, als würden noch ganz neue Maschinenkräfte in ihm geboren. Unter einem Drucke von acht Atmosphären zischte der Dampf aus den Sicherheitsventilen. Hätten wir diese nur im geringsten belastet, so mußte der Kessel, dessen Wände erzitterten, unbedingt springen. Es war unnötig. Nichts vermochte der Gewalt des Stahlriesen mehr zu widerstehen. Fast sprungweise stürmte das Ungetüm vorwärts. Was von unserem Zuge noch übrig war, folgte ihm polternd und schwankend und zermalmte, auf die Gefahr hin, selbst umzustürzen, die Glieder der gefallenen Elefanten. Wenn unser Wagen umfiel, wäre es freilich noch immer um alle Insassen desselben geschehen gewesen.

Dieses Unglück sollte uns erspart bleiben, wir erreichten das Ufer des Sees und bald schwamm der Zug auf dem ruhigen Wasser.

»Gott sei gelobt!« rief Oberst Munro.

Zwei oder drei in ihrer Wut verblendete Elefanten eilten in den See nach und versuchten noch auf der Wasserfläche die zu verfolgen, welche sie auf dem festen Lande nicht zu besiegen vermochten.

Die Tatzen des Stahlriesen taten jedoch ihre Schuldigkeit. Der Zug entfernte sich bald vom Ufer und einige wohlgezielte letzte Schüsse befreiten uns von den »See-Ungeheuern« gerade in dem Augenblicke, als sie die hintere Veranda mit den Rüsseln packen wollten.

»Nun, mein Herr Kapitän«, fragte Banks, »was halten Sie jetzt von der Sanftmut der indischen Elefanten?«

»Pah«, erwiderte Kapitän Hod, »gegen die Raubtiere ist das immer noch nichts! Setzen Sie nur dreißig Tiger an die Stelle der hundert Pachydermen, und ich wette, was Sie wollen, daß in diesem Augenblicke niemand von uns übrig wäre, das erlebte Abenteuer zu berichten!«

Zehntes Kapitel

Der Puturia-See

Der Puturia-See, auf dem das Steam-House vorläufig Zuflucht gefunden hatte, liegt etwa vierzig Kilometer östlich von Dumoh. Diese Stadt, der Hauptort der englischen Provinz, der sie den Namen gegeben, ist im erfreulichen Aufblühen und beherrscht mit ihren zwölftausend Einwohnern, welche noch eine kleine Garnison verstärkt, gewissermaßen den gefährlichsten Teil von Bundelkund. Jenseits ihrer Mauern, vorzüglich in den weiter östlich gelegenen Landschaften und in der verwahrlosten Gegend der Vindhya-Berge, deren Mittelpunkt der See etwa einnimmt, macht sich dieser Einfluß freilich kaum fühlbar.

Was konnte uns überhaupt aber noch Schlimmeres zustoßen, als dieses Zusammentreffen mit Elefanten, aus dem wir ja heil und gesund hervorgegangen waren?

Immerhin hatte unsere Lage etwas Beunruhigendes, da ein großer Teil unseres Materials verschwunden war. Der eine von den Wagen, welche unseren Zug bildeten, war ja vernichtet worden, ohne Aussicht, ihn wieder »flottzumachen«, um einen seetechnischen Ausdruck zu gebrauchen. Da die Elefanten denselben umgeworfen und gegen den Felsen gedrängt hatten, konnten von seinem Rumpfe, über den jene schwerfälligen Dickhäuter hinmarschierten, nichts anderes mehr als formlose

Trümmer übriggeblieben sein.

Ohne zu erwähnen, daß jener Wagen dem Personal der Expedition als Wohnung diente, enthielt er ja nicht allein die Küche, sondern auch die Vorratskammern und unser Munitionsmagazin. Wir besaßen jetzt kaum noch ein Dutzend Patronen, doch war nicht anzunehmen, daß wir deren vor der Ankunft in Jubbulpore bedürfen könnten.

Bezüglich der schwer zu ersetzenden Nahrungsmittel lag die Sache freilich anders.

Die Vorräte der Speisekammer waren vollständig verlorengegangen. Selbst wenn wir am nächsten Abend bei der noch gegen siebzig Kilometer entfernten Station eintrafen, mußten wir doch etwa vierundzwanzig Stunden lang fasten.

Nun, man lernt sich ja in alles fügen!

Natürlich erschien Monsieur Parazard unter diesen Verhältnissen der Unglücklichste von allen. Der Verlust seiner Speisekammer, die Zerstörung seines »Laboratoriums« und die Verstreuung seiner Vorräte gingen ihm gar sehr zu Herzen. Er machte auch kein Hehl aus seiner Verzweiflung, erwähnte der Gefahr, der wir alle wie durch ein Wunder entgangen, kaum mit einem Worte, sondern jammerte nur über das Mißgeschick, das ihn persönlich getroffen hatte.

Eben als wir im Salon zusammenkamen, um zu überlegen, was unter den jetzigen Umständen zu tun sei, betrat Monsieur Parazard mit gewohnter Feierlichkeit die Schwelle desselben und meldete sich »um uns eine Mitteilung von höchster Bedeutung« zu machen.

»Sprechen Sie, Monsieur Parazard«, sagte Oberst Munro, indem er jenem einzutreten winkte.

»Meine Herren«, begann unser Koch sehr ernst, »es wird Ihnen nicht unbekannt sein, daß der ganze Inhalt des zweiten Wagens vom Steam-House bei jener Katastrophe verlorengegangen ist. Aber selbst wenn wir noch einige Vorräte besäßen, wäre ich, in Ermanglung einer Küche, in der größten Verlegenheit, Ihnen auch nur die bescheidenste Mahlzeit zu bereiten.«

»Wir kennen das, Monsieur Parazard«, erwiderte Oberst Munro. »Es ist bedauernswert, doch wir müssen uns wohl in das Unvermeidliche fügen, und wenn wir fasten müssen, nun, so tun wir es eben.«

»Ja, meine Herren«, fuhr der Koch fort, »es ist um so bedauernswerter, als ich gegenüber jener großen Anzahl Elefanten, von denen mehr als einer unter ihren mörderischen Kugeln geendet hat . . .«

»Ein herrlicher Satz, Monsieur Parazard«, fiel Kapitän Hod ein. »Bei einiger Übung würden Sie bald dahin gelangen, sich nicht weniger elegant auszudrücken wie unser Freund Mathias van Guitt.«

Monsieur Parazard verneigte sich höflich und fuhr nach einem Seufzer also fort:

»Ja, ich wollte eben sagen, meine Herren, daß mir da eine Gelegenheit geboten wäre, Ihnen meine Geschicklichkeit im vollen Glanze zu zeigen. Das Fleisch des Elefanten ist, wie sich leicht denken läßt, nicht in allen Stükken brauchbar, denn es ist zum Teile abscheulich hart und zähe; es scheint jedoch, als habe der Schöpfer aller Dinge unter dieser Fleischmasse noch zwei Stücke besonders bevorzugt, zwei Stücke, welche wert sind, auf der Tafel des Vizekönigs von Indien zu erscheinen. Ich habe hierbei im Sinne erstens die Zunge dieses Tieres, ein ungemein wohlschmeckender Leckerbissen, wenn dieselbe nach einem mir allein bekannten Rezept zugerichtet wird, und zweitens die Füße der Pachyderme . . .«

»Pachyderme . . .? Sehr schön, obwohl der Proboscidie eleganter klingt«, sagte Kapitän Hod.

». . . die Füße also«, fuhr Monsieur Parazard fort, »aus denen man die besten Suppen bereitet, welche die Küchenkunst, deren Vertreter ich im Steam-House bin, jemals gekannt hat.«

»Sie machen mir den Mund wäßrig, Monsieur Parazard«, antwortete Banks. »Unglücklicherweise einerseits und glücklicherweise andererseits sind uns die Elefanten auf den See nicht nachgefolgt, und ich fürchte, wir werden wenigstens zur Zeit auf eine Klauensuppe und ein schmackhaftes Ragout von der Zunge jener Tiere verzichten müssen.«

»Wäre es nicht möglich«, begann der Koch noch einmal, »ans Land zurückzukehren und sich damit zu versorgen . . .«

»Nein, das geht nicht, Monsieur Parazard. So vortrefflich Ihre Zubereitungen auch sein möchten, so dürfen wir uns deshalb einer augenscheinlichen Gefahr nicht aufs neue aussetzen.«

»Nun denn, meine Herren«, sagte der Koch, »so genehmigen Sie den Ausdruck des aufrichtigen Bedauerns, das ich über diesen beklagenswerten Zwischenfall empfinde.«

»Wir nehmen das für geschehen an, Monsieur Parazard«, sagte Oberst Munro. »Was das Mittagessen und das Frühstück betrifft, so machen Sie sich darüber, bevor wir nach Jubbulpore kommen, keine weitere Sorge.«

»So darf ich mich wohl wieder zurückziehen«, erwiderte Monsieur Parazard mit einer Verbeugung, ohne die ihm angeborne Würde zu verlieren.

Wir hätten über die komische Erscheinung unseres Kochs fast laut aufgelacht, doch benahmen uns andere, sehr ernsthafte Fragen zunächst die Lust dazu.

Zu so vielen Verlegenheiten trat nämlich noch eine andere. Banks eröffnete uns, daß unter den gegenwärtigen mißlichen Umständen weder der Mangel an Nahrungsmitteln, noch der an Munition der schlimmste sei, wohl aber der Mangel an – Brennmaterial. Bei der Unmöglichkeit, während der letzten achtundvierzig Stunden frische Holzvorräte zum Betriebe der Maschine einzunehmen, erschien das nicht wunderbar. Bei der Ankunft am See besaßen wir davon fast gar nichts mehr. Hätte sich der Weg hierher nur um eine Stunde verlängert, so konnten wir das Wasser überhaupt nicht erreichen und der erste Wagen des Steam-Houses verfiel noch zuletzt demselben Schicksale wie vorher der zweite.

»Jetzt«, fügte Banks hinzu, »haben wir nichts mehr zu feuern; die Dampfspannung nimmt ab, sie ist schon bis auf zwei Atmosphären gesunken, und uns fehlt jede Möglichkeit, sie wieder zu steigern!«

»Ist unsere Lage wirklich so schlimm, wie du zu glauben scheinst, Banks?« fragte Oberst Munro.

»Wenn es sich nur darum handelte, nach dem Ufer, von dem wir noch nicht weit entfernt sind, zurückzukehren«, antwortete Banks, »so ließe sich das wohl ausführen. In einer Viertelstunde würden wir das erreichen. Es wäre aber zu unklug, nach der Stelle zu gehen, wo die Elefanten ohne Zweifel noch zusammen sind. Nein, wir werden über den Puturia-See fahren und an dessen südlichem Ufer einen Landungsplatz suchen müssen.«

»Wie breit mag der See in dieser Richtung sein?« fragte Oberst Munro weiter.

»Kâlagani schätzt die Entfernung auf etwa sieben bis acht Meilen. Unter den gegebenen Verhältnissen würden wir dazu gewiß mehrere Stunden brauchen, und ich sage im voraus, daß die Maschine in vierzig Minuten nicht mehr im Stande sein wird, zu arbeiten.«

»Nun wohl«, antwortete Sir Edward Munro, »so bringen wir die Nacht ruhig auf dem See zu. Wir sind hier ja in Sicherheit. Morgen findet sich schon Rat.«

Etwas anderes war offenbar nicht zu tun. Wir bedurften der Ruhe gar zu sehr. Auf dem letzten Halteplatz, wo uns die Elefanten umringten, hatte ja kein Mensch schlafen können.

Jetzt nahte eine dunkle Nacht – ja, eine dunklere, als

uns lieb war.

Gegen sieben Uhr entstand auf dem See ein leichter Nebel. Man erinnert sich, daß sich schon während der vergangenen Nacht dichte Dünste in der Höhe bildeten. Hier gestaltete sich, bei der Verschiedenheit des Ortes, auch die Erscheinung anders. Wenn die Dunstmassen über dem Elefantenlager einige hundert Fuß hoch dahinzogen, so wälzten sie sich hier, in Folge der Ausdünstung des Wassers, auf dem Puturia selbst hin. Nach dem ziemlich warmen Tage vermischten sich höhere und tiefere Luftschichten und der ganze See verschwand bald in einem zwar noch dünnen Nebel, der aber jede Minute an Dichtheit zunahm.

Hierdurch entstand, wie Banks schon vorher sagte, eine neue Schwierigkeit, der wir wohl Rechnung tragen mußten.

Mit seiner früheren Berechnung übereintreffend, ging dem Stahlriesen gegen siebeneinhalb Uhr der Dampf allmählich aus, die Kolben arbeiteten langsamer, die beweglichen Füße schlugen nicht mehr das Wasser und die Dampfspannung sank endlich unter eine Atmosphäre herab. Brennmaterial oder irgendein Mittel, diese wieder zu steigern, war nicht vorhanden.

Der Stahlriese und der einzige Wagen, den er noch zog, schwammen nun freilich auf dem stillen See, kamen aber nicht von der Stelle.

Bei dem herrschenden Nebel war es natürlich sehr schwer, unsere Lage einigermaßen sicher zu bestimmen. Während der kurzen Zeit, als unsere Maschine noch arbeitete, hatte sich der Zug nach dem südöstlichen Ufer des Sees zu bewegt, um da einen Landungsplatz aufzusuchen. Da der Puturia nun die Gestalt eines ziemlich langen Ovals besitzt, so konnte es ja möglich sein, daß das Steam-House sich gar nicht weit von dem einen oder anderen Ufer befand.

Das Gebrüll der Elefanten, die uns auch hier ziemlich

eine Stunde lang verfolgt hatten, war der großen Entfernung wegen nicht mehr zu hören.

Wir besprachen also, was unter den jetzigen Verhältnissen wohl am besten zu tun sei. Banks ließ auch Kâlagani rufen, dessen Ansicht er kennenlernen wollte.

Der Hindu kam sofort und wurde aufgefordert, seine Meinung auszusprechen.

Wir befanden uns in dem Speisesaale, der, da er seine Beleuchtung durch Oberlicht erhielt, gar keine Seitenfenster hatte. So konnte der Schein der Lampen nicht nach außen dringen. Das gewährte uns den Vorteil, die Lage des Steam-Houses etwaigen Landstreichern an den Ufern des Sees nicht zu verraten.

Auf die an ihn gerichteten Fragen schien Kâlagani – mir wenigstens kam es so vor – nicht ohne Zögern zu antworten. Es handelte sich darum, zu sagen, an welcher Stelle des Puturia-Sees sich das Steam-House befand, und ich gebe zu, daß eine Antwort darauf nicht eben leicht war. Vielleicht hatte eine schwache Brise aus Nordwesten unseren Zug ein wenig weiter abgetrieben; vielleicht führte uns auch eine leichte Strömung nach dem unteren Ende des Sees.

»Nun, Kâlagani«, sagte Banks, dem daran gelegen war, über diesen Punkt ins Klare zu kommen, »Sie kennen die Ausdehnung des Puturia doch genau genug?«

»Gewiß«, antwortete der Hindu, »doch ist bei diesem Nebel so gut wie gar nichts zu sehen.«

»Sind Sie im Stande, annähernd die Entfernung bis zu dem uns zunächst gelegenen Ufer abzuschätzen?«

»Ja, so ziemlich«, antwortete der Hindu nach kurzer Überlegung, »sie kann über anderthalb Meilen kaum betragen.«

»Nach Osten zu?« fragte Banks.

»Ja, nach Osten.«

»Und wenn wir nach diesem Ufer kämen, wären wir Jubbulpore näher als Dumoh?«

»Gewiß.«

»Eben in Jubbulpore«, setzte Banks hinzu, »müssen wir uns wieder mit allem Nötigen versorgen. Wer weiß aber, wann es uns gelingt, an jenes Ufer zu kommen! Das kann einen oder gar zwei Tage dauern, und uns fehlt nicht weniger als alles!«

»Aber«, fuhr Kâlagani fort, »könnten wir nicht, oder könnte wenigstens nicht einer von uns versuchen, noch in dieser Nacht das Land zu erreichen?«

»Ja, aber wie?«

»Ei nun, schwimmend!«

»Einundeinehalbe Meile inmitten dieses Nebels!« antwortete Banks, »das hieße das Leben aufs Spiel setzen . . .«

»Aber es ist doch kein Grund, den Versuch nicht zu wagen!« erwiderte der Hindu.

Ich weiß zwar nicht warum, aber es schien mir immer, als habe Kâlaganis Stimme heute gar nicht die gewohnte Offenheit.

»Würden Sie es unternehmen, den See so weit zu durchschwimmen?« fragte da Oberst Munro, der den Hindu scharf fixierte.

»Gewiß, Herr Oberst, und ich glaube das auch ausführen zu können.«

»Da würden Sie uns einen großen Dienst leisten, mein Freund!« fiel Banks wieder ein. »Zu Lande kann es Ihnen nicht schwerfallen, die Station Jubbulpore zu erreichen und uns Hilfe zu bringen.«

»Ich bin sofort bereit!« antwortete einfach der Hindu.

Ich erwartete, auch Oberst Munro würde unserem Führer seinen Dank für dieses Anerbieten abstatten; nachdem er jenen aber noch einmal kurze Zeit aufmerksam betrachtet hatte, rief er nach Goûmi.

Goûmi erschien auf der Stelle.

»Goûmi«, redete Sir Edward Munro diesen an, »du bist ein vortrefflicher Schwimmer?«

»Man sagt es, Herr Oberst.«

»Würdest du davor zurückschrecken, noch in dieser Nacht anderthalb Meilen weit durch das laue Wasser des Sees zu schwimmen?«

»O, auch zwei Meilen, wenn es sein muß.«

»Nun denn«, fuhr Oberst Munro fort, »Kâlagani hatte sich erboten, nach dem Ufer zu schwimmen, das Jubbulpore am nächsten liegt. Auf diesem See sowohl, wie überhaupt in ganz Bundelkund werden immer zwei kühne und intelligente Männer, die sich gegenseitig unterstützen können, sicherer zum Ziele gelangen, als ein Einzelner. – Willst du Kâlagani begleiten?«

»Wenn es Ihnen beliebt, Herr Oberst!« antwortete Goûmi.

»O, ich brauche niemand«, erklärte da Kâlagani, »doch wenn es der Herr Oberst wünscht, nehme ich Goûmi gern als Begleiter an.«

»Nun, so geht in Gottes Namen«, sagte Banks, »und seid ebenso vorsichtig, wie Ihr mutig seid!«

Oberst Munro nahm hierauf Goûmi beiseite und erteilte ihm einige kurze Verhaltungsmaßregeln. Fünf Minuten später schon glitten die beiden Hindus, ein Paket mit Kleidungsstücken auf dem Kopfe, in das Wasser des Sees hinab. Der Nebel war immer dichter geworden, so daß jene uns bereits in der Entfernung weniger Faden gänzlich aus dem Gesichte schwanden.

Ich fragte Oberst Munro, warum ihm allem Anscheine nach so viel daran gelegen habe, Kâlagani einen Begleiter mitzugeben.

»Die Antworten dieses Hindu«, erklärte Sir Edward Munro, »dessen Ergebenheit ich bisher nie mißtraut hätte, schienen mir nicht offen zu sein.«

»Denselben Eindruck machten sie auf mich«, sagte ich.

»Ich für meinen Teil habe nichts bemerkt . . .«, meinte Banks.

»Glaube mir, Banks«, fuhr Oberst Munro fort, »Kâlagani hatte, als er sich erbot, ans Land zu gehen, irgendeinen Hintergedanken.«

»Aber welchen?«

»Das weiß ich nicht! Doch als er den Zug zu verlassen wünschte, geschah dies nicht, um in Jubbulpore für uns Hilfe zu holen.«

»Oho!« ließ Kapitän Hod sich vernehmen.

Banks blickte den Oberst, die Stirn runzelnd, an.

»Lieber Munro«, begann er, »bisher hat sich dieser Hindu stets treu und vorzüglich, dir gegenüber wirklich ergeben bewiesen! Heute vermutest du, daß Kâlagani uns verraten wolle? Was berechtigt dich dazu?«

»Nun«, antwortete Oberst Munro, »während Kâlagani sprach, sah ich, wie er dunkler wurde, und Leute mit hellkupferfarbener Haut werden dunkler, wenn sie lügen. Wohl zwanzigmal habe ich auf diese Beobachtung hin Bengalen und Hindus verblüffen können und habe mich damit niemals getäuscht. Was auch alles zu Kâlaganis Gunsten sprechen könnte, ich bleibe doch dabei, daß er nicht die Wahrheit geredet hat!«

Ich habe mich inzwischen vielfach überzeugt, daß Sir Edward Munro mit jener Behauptung vollkommen recht hatte.

Die Hindus bräunen sich, wenn sie lügen, ebenso wie die Weißen erröten. Dieses Symptom hatte der Scharfsichtigkeit des Oberst nicht entgehen können, wir mußten also seiner Beobachtung einen gewissen Wert beimessen.

»Was könnte Kâlagani aber beabsichtigen«, fragte Banks, »und warum sollte er uns verraten?«

»Das wird sich ja später zeigen«, sagte Oberst Munro, »vielleicht erst zu spät!«

»Zu spät, Herr Oberst«, fiel Kapitän Hod ein. »Ei, wir sind doch noch nicht verloren, denke ich!«

»Jedenfalls, Munro«, fuhr der Ingenieur fort, »hast

du gut daran getan, ihm Goûmi mitzugeben – der ist uns bis in den Tod ergeben, dazu gewandt und einsichtig genug, um, wenn er Unheil wittern sollte . . .«

»Ja, ja, und darum erschien es mir geraten«, unterbrach ihn Oberst Munro, »ihn aufmerksam zu machen, seinen Begleiter scharf im Auge zu behalten.«

»Nun gut«, sagte Banks; »jetzt wollen wir ruhig den Tag abwarten; mit Sonnenaufgang verschwindet voraussichtlich der Nebel und wir werden ja sehen, was dann zu tun ist!«

Diese Nacht sollte und mußte in der Tat untätig hingebracht werden.

Der Nebel hatte sich mehr und mehr verdichtet, ohne daß jedoch Anzeichen von schlechter Witterung eintraten. Es war das ein glücklicher Umstand, denn wenn unser Zug auch schwimmen konnte, so war er doch keineswegs gebaut, um »See zu halten«. Man durfte also hoffen, daß die Dampfbläschen in der Luft sich mit Anbruch des Tages kondensieren würden, was uns für den folgenden Tag schönes Wetter versprach.

Während das Personal im Speisezimmer Platz nahm, setzten wir uns auf die Diwans des Salons und sprachen nur wenig, lauschten aber desto aufmerksamer auf jedes etwaige Geräusch von draußen.

Plötzlich, es mochte gegen zwei Uhr nach Mitternacht sein, unterbrach ein Geheul von Raubtieren das Schweigen der Nacht.

In der Richtung nach Südosten mußte also Land sein, wenn wir von demselben auch noch ziemlich weit entfernt waren. Das Heulen und Brüllen tönte nur so abgeschwächt bis zu uns herüber, daß Banks die Entfernung auf eine gute Meile schätzte. Wahrscheinlich hatte sich eine Herde wilder Tiere zur Stillung ihres Durstes an jener Stelle des Sees eingefunden.

Bald überzeugten wir uns auch, daß der schwimmende Train unter dem Druck einer leichten Brise langsam und gleichmäßig nach dem Gestade zutrieb. Jene Töne drangen nicht nur deutlicher zu unseren Ohren, sondern man unterschied auch schon das dumpfere Brüllen des Tigers von dem heiseren Geheul der Panther.

»Aha«, konnte Kapitän Hod sich nicht enthalten zu sagen, »welch' hübsche Gelegenheit, seinen fünfzigsten zu erlegen.«

»Ein andermal, lieber Kapitän«, entgegnete Banks. »Ich hoffe, daß die Bestien, wenn wir bei Tageslicht ans Ufer stoßen, den Platz geräumt haben werden.«

»Kann es von Nachteil sein«, fragte ich, »die elektrischen Leuchten in Tätigkeit zu setzen?«

»Das glaube ich nicht«, antwortete Banks. »Am Ufer dort befinden sich gewiß nur Tiere, welche des Trinkens wegen dorthin gekommen sind. Es hält uns nichts davon ab, zu sehen, was wir da vor uns haben.«

Auf Banks Anordnung wurden zwei Lichtbündel in südöstlicher Richtung hingeworfen. Leider vermochten die elektrischen Lichtstrahlen den dicken Nebel nicht zu durchdringen und beleuchteten nur einen verhältnismäßig beschränkten Raum vor dem Steam-House, während das Ufer selbst den Blicken verborgen blieb.

Das immer lauter werdende Geheul verriet inzwischen, daß der Zug noch immer über die Wasserfläche weitertrieb. Die Zahl der an jener Stelle versammelten Tiere war aller Wahrscheinlichkeit nach eine sehr große, was sich leicht daraus erklärte, daß der Puturia-See sozusagen die natürliche Tränke für die Raubtiere dieses Teiles von Bundelkund bildete.

»Wenn nur Goûmi und Kâlagani nicht unter diese Herde geraten sind!« sagte Kapitän Hod.

»Die Tiger sind es gerade nicht, die ich für Goûmi fürchte!« erwiderte Oberst Munro.

Der Verdacht, den der Oberst hegte, hatte entschieden noch zugenommen. Ich für meinen Teil begann allmählich, ihn zu teilen. Immerhin sprachen die guten Dienste Kâlaganis seit unserer Ankunft im Himalaya-Gebiete, seine Opferwilligkeit bei den bekannten Vorgängen, wo er für Sir Edward Munro und Kapitän Hod sogar sein Leben aufs Spiel setzte, doch gewiß zu seinem Vorteil. Wenn der Zweifel aber einmal im Geiste Platz greift, so vermindert sich leicht die Bedeutung und wechselt der Eindruck früherer Tatsachen, man vergißt die Vergangenheit und fürchtet für die Zukunft.

Welche Beweggründe konnten den Hindu aber treiben, uns jetzt zu verraten? Hegte er einen persönlichen Haß gegen die Bewohner des Steam-Houses? Das gewiß nicht. Warum sollte er sie in einen Hinterhalt gelockt haben. Das erschien ganz unerklärlich. Jeder machte sich darüber seine eigenen Gedanken, ohne eben klarsehen zu lernen, und ungeduldig erwarteten wir die weitere Entwicklung dieser peinlichen Situation.

Gegen vier Uhr morgens hörte das Gebrüll der Tiere plötzlich auf. Was uns dabei auffiel, war, daß sie sich offenbar nicht einzeln nacheinander entfernt und nach dem letzten Schluck noch einmal einen Ton von sich gegeben hatten. Nein, im Augenblicke war alles vorüber, so daß man annehmen konnte, es habe sie irgendein zufälliger Umstand bei ihrem Geschäfte gestört und sie zur eiligen Flucht veranlaßt. Sie zogen sich in ihre Höhlen und Schlupfwinkel nicht zurück wie Tiere, welche heimkehren, sondern wie solche, welche sich zu retten suchen.

Ohne vermittelnden Übergang folgte die Stille auf den vorigen Lärm. Hier wirkte also eine Ursache mit, die uns noch vollständig entging, aber gerade deshalb unsere Unruhe eher noch vermehrte.

Aus Vorsicht gab Banks Befehl, die Leuchtfeuer zu löschen. Waren die Tiere etwa vor einer Rotte von Landstreichern entflohen, welche sich in Bundelkund und den Vindhyas umhertrieben, so erschien es wichtig, die

Lage des Steam-Houses möglichst zu verbergen.

Jetzt unterbrach das Schweigen ringsum nichts, als das Plätschern der Wellen. Der Wind legte sich mehr und mehr. Ob unser Zug noch durch eine schwache Strömung weitergetrieben wurde, konnte man nicht unterscheiden. Bald mußte es jedoch Tag werden und der Nebel, der nur in den untersten Schichten der Atmosphäre lagerte, verschwinden.

Ich sah nach der Zeit, es war fünf Uhr morgens. Ohne den Nebel würde das Morgenrot den Gesichtskreis um uns schon auf einige Meilen erweitert haben, so daß das Ufer sichtbar gewesen wäre. Noch zerriß der Dunstschleier aber nicht. Wir mußten uns in Geduld fassen.

Oberst Munro, Mac Neil und ich im Vorderteil des Salons, Fox, Kâlouth und Monsieur Parazard im Hinterteile des Speisezimmers, Banks und Storr im Türmchen und Kapitän Hod auf dem Rücken des gigantischen Tieres nahe dem Rüssel sitzend, wie ein wachthabender Matrose am Buge seines Schiffes, wir warteten alle gespannt, daß einer »Land!« rufen sollte.

Gegen sechs Uhr erhob sich eine schwache, zuerst kaum bemerkbare Brise, frischte aber bald ein wenig auf. Die ersten Strahlen der Sonne durchbrachen die Nebelmassen und der Horizont zeigte sich unseren Blikken. Im Südosten lag das Ufer vor uns. Es bildete am Ende des Sees eine schmal verlaufende Bucht mit dichtem Wald dahinter. Die Dünste stiegen allmählich empor und legten weiter rückwärts eine Reihe Berge frei, deren Gipfel schnell nacheinander hervortraten.

»Land!« hatte Kaptiän Hod gerufen.

Der schwimmende Train befand sich kaum noch zweihundert Meter von dem Ufer der Bucht des Puturia und trieb unter der nordwestlichen Brise weiter auf dieselbe zu.

Alles war hier still, weder ein Tier, noch ein menschliches Wesen sichtbar. Alles erwies sich als gänzlich verlassen. Keine Wohnstätte, keine Farm unter dem Dache der ersten Bäume. Es schien also gefahrlos, hier zu landen.

Mit Hilfe des Windes gelangten wir denn auch bald an das flache, einen sandigen Strand darstellende Ufer. Freilich konnten wir wegen Mangels an Dampf weder auf dieses hinauffahren, noch eine unfern sichtbare Straße einschlagen, welche der Himmelsrichtung nach auf Jubbulpore zuführen mußte.

Ohne einen Augenblick zu verlieren, waren wir alle dem Kapitän Hod gefolgt, der zuerst ans Land sprang.

»Nun Brennmaterial herbei!« rief Banks. »Binnen einer Stunde haben wir Druck und dann vorwärts!«

Der Bedarf war leicht zu decken. Holz gab es ringsum in Menge und auch trocken genug, um sogleich verfeuert werden zu können. Wir brauchten also nur den Rost zu beschicken und den Tender zu füllen.

Alle legten Hand ans Werk. Kâlouth allein blieb vor dem Kessel, während wir anderen das nötige Material für vierundzwanzig Stunden herbeischafften. Das war mehr, als wir bis Jubbulpore brauchten, und dort konnte es an Kohle nicht fehlen. Jetzt meldete sich allmählich auch der Hunger, doch dem konnten ja die Jäger unterwegs abhelfen, Monsieur Parazard sollte dann am Kesselfeuer kochen, so gut es eben anging.

Drei Viertelstunden später zeigte der Dampf hinreichende Spannung; der Stahlriese setzte sich in Bewegung und klomm endlich den Strand in die Höhe, um nach der Landstraße zu gelangen.

»Nach Jubbulpore!« rief Banks.

Storr hatte den Regulator aber kaum einmal halb umgedreht, als sich aus dem Walde heraus ein entsetzliches Geschrei vernehmen ließ. Eine Rotte von wenigstens hundertfünfzig Hindus stürzte sich auf das Steam-House. Das Türmchen des Stahlriesen, der Wagen, dessen vordere und hintere Veranda wurden bestürmt, bevor wir nur zur Überlegung kommen konnten.

Sofort schleppten uns die Hindus etwa fünfzig Schritt weit von dem Zuge fort und machten uns jede Flucht unmöglich.

Unser Zorn, unsere Wut über das Bild der Zerstörung und Plünderung, das sich nun vor unseren Augen entrollte, wird jeder leicht begreifen. Mit Äxten in den Händen, warfen die Hindus sich auf das Steam-House. Alles wurde geplündert, verwüstet und vernichtet. Von dem Mobiliar des Wagens blieb kein Stückchen ganz. Zuletzt vollendete das Feuer die Zerstörung und in wenigen Minuten war alles, was der letzte Wagen unseres Zuges noch enthielt, durch die Flammen zerstört.

»O, diese Spitzbuben, diese Schurken!« rief Kapitän Hod, den mehrere Hindus kaum zu fesseln vermochten.

Er sah sich aber, wie wir alle, auf unnütze Schimpfreden beschränkt, welche die Hindus nicht einmal zu verstehen schienen. Denen zu entkommen, die uns bewachten, daran war gar nicht zu denken.

Die letzten Flammen erloschen; von unserer fahrbaren Pagode, welche die eine Hälfte der Halbinsel durchmessen hatte, war nichts mehr übrig als das unförmige Gerippe.

Nun griffen die Hindus den Stahlriesen selbst an, offenbar in der Absicht, auch diesen zu zerstören. Hier vermochten sie freilich nichts auszurichten. Weder Axt, noch Feuer konnten dem dicken Stahlpanzer und der Maschine im Innern des künstlichen Elefanten etwas anhaben. Trotz aller Bemühungen blieb dieser unversehrt, während Kapitän Hod, halb vor Befriedigung, halb vor Wut, ein Hurra nach dem andern rief.

Da trat ein Mann hervor, wahrscheinlich der Anführer jener Hindus.

Die ganze Räuberbande sammelte sich sofort um ihn. Ein anderer begleitete ihn. Jetzt wurde alles klar, dieser zweite war unser Führer – es war Kâlagani.

Von Goûmi keine Spur. Der Treue war verschwunden, der Verräter geblieben. Ohne Zweifel hatte die Anhänglichkeit des wackeren Dieners an uns diesem das Leben gekostet und wir sollten ihn nicht wiedersehen. Kâlagani schritt auf Oberst Munro zu, senkte ein wenig die Augen und sagte frostig:

»Dieser ists!«

Auf ein Zeichen wurde Sir Edward Munro ergriffen, fortgeschleppt und verschwand in der Mitte der Bande, die nach Süden zu abzog, ohne daß es ihm möglich gewesen wäre, uns zum letzten Male die Hand zu drücken oder nur ein Lebewohl zu sagen.

Kapitän Hod, Banks, der Sergeant, Fox, kurz wir alle versuchten zwar, freizukommen, um ihn den Händen der Hindus zu entreißen.

Vergebens! Fünfzig Arme drückten uns nieder – noch eine Bewegung und wir wären erwürgt worden.

»Leistet keinen Widerstand!« sagte Banks.

Der Ingenieur hatte wohl recht; augenblicklich vermochten wir doch nichts, um den Oberst Munro zu retten; es erschien rätlich, uns zu sichern und die Entwicklung der Dinge abzuwarten.

Eine Viertelstunde später ließen die Hindus uns los und zogen den Vorangegangenen nach. Verfolgten wir sie, so konnte das eine Katastrophe herbeiführen, ohne dem Oberst Munro etwas zu nützen, und wir fühlten doch die Verpflichtung, alles zu seiner Rettung zu versuchen . . .

»Keinen Schritt weiter!« rief Banks.

Wir gehorchten ihm.

Alles zeigte, daß der Überfall jener von Kâlagani herbeigeführten Hindus nur dem Oberst Munro galt. Welche Absichten mochte der Verräter haben? Aus eigenem Antrieb konnte er schwerlich handeln. In wessen Auftrage aber dann. . . ? Mir kam unwillkürlich der Name Nana Sahib in den Sinn . . .!

Hiermit schließt das von Maucler verfaßte Manuskript. Der junge Franzose wohnte den Ereignissen, welche die Lösung dieses Dramas vorbereiteten, nicht mehr bei. Jene selbst sind aber später bekanntgeworden, und wir fügen sie also, zur Vollendung des Berichtes über diese Reise durch das nördliche Indien, in erzählender Form an.

Elftes Kapitel

Auge in Auge

Die Thugs, blutigen Andenkens, von denen Hindostan befreit zu sein scheint, haben doch ihrer ganz würdige Nachfolger hinterlassen. Es sind das die Dacoits, eine Art verwandelte Thugs. Das gewöhnliche Verfahren dieser Übeltäter hat gewechselt, der Zweck der Mordtaten ist ein anderer geworden, aber das endliche Resultat ist dasselbe geblieben: die überlegte Tötung, der Mord.

Jetzt handelt es sich nicht mehr darum, der wilden Kâli, der Todesgöttin, ein Opfer zu bringen. Wenn diese neueren Fanatiker nicht mehr strangulieren, so vergiften sie, um zu rauben. Den Würgern sind weitaus praktischere, aber gleichmäßig zu fürchtende Verbrecher gefolgt.

Die Dacoits, welche in gewissen Gebieten der Halbinsel besondere Banden bilden, nehmen alles auf, was die anglo-indische Justiz an Mördern durch die Maschen ihres Netzes schlüpfen läßt. Sie streifen Tag und Nacht auf den Landstraßen umher, vorzüglich in den wilden Gegenden, und bekanntlich bietet gerade Bundelkund die geeignetsten, schwer zugänglichen Plätze. Zuweilen vereinen sich diese Banden zu starken Haufen, um ein vereinzelt liegendes Dorf zu überfallen. Da bleibt dessen

Bewohnern nichts übrig als die schleunigste Flucht; wer von ihnen in die Hände der Dacoits fällt, dem stehen die entsetzlichsten, ausgesuchtesten Qualen bevor. Hier erwachten die Sagen von den Mordbrennern des äußersten Westens wieder zu Leben. Wenn man Louis Rousselet glauben darf, so »überbot die List dieser Scheusale, das erbarmungslose Verfahren derselben, alles, was die phantasiereichsten Erzähler jemals erdacht haben«.

In die Gewalt einer solchen, von Kâlagani angeleiteten Bande Dacoits war der unglückliche Oberst Munro gefallen. Ehe er zu Besinnung kommen konnte, was mit ihm vorging, sah er sich gewaltsam von seinen Gefährten getrennt und auf der Straße nach Jubbulpore fortgeschleppt.

Kâlagani hatte seit dem Tage, wo er zu den Insassen des Steam-Houses in Beziehung trat, nur Verrat gebrütet. Nana Sahib war es, der ihn abgeschickt, der gerade ihn gewählt hatte, seinen Racheplan vorzubereiten.

Man erinnert sich, daß der Nabab am verwichenen 24. Mai in Bhopal, während der letzten Moharum-Feste, zu denen er sich mit Verachtung jeder Gefahr begeben hatte, von der Abreise Sir Edward Munros nach den nördlichen Provinzen Indiens Nachricht erhielt. Auf seinen Befehl verließ damals Kâlagani, einer der seiner Sache und Person am meisten ergebenen Hindus, die Stadt Bhopal. Dessen Auftrag lautete dahin, der Spur des Obersten nachzugehen, ihn aufzuspüren, niemals aus den Augen zu lassen, wenn es nötig werden sollte, selbst das Leben zu wagen und sich in die nähere Umgebung des gehaßten Feindes Nana Sahibs einzuschleichen.

Kâlagani war in derselben Stunde aufgebrochen, um nach Norden zu gehen. Schon in Khanpur gelang es ihm, den Zug des Steam-Houses einzuholen. Seit dieser Zeit hatte er, ohne sich je sehen zu lassen, auf eine günstige Gelegenheit gewartet, die sich jedoch nicht einstellte. Deshalb entschloß er sich, als Oberst Munro nebst seinen Begleitern im Sanatorium des Himalaya rastete, einstweilen bei Mathias van Guitt Dienste zu nehmen.

Kâlagani sagte sich, daß zwischen dem Kraal und dem Sanatorium bald ein täglicher Verkehr entstehen müßte. Das geschah denn auch, und es glückte ihm nebenbei, vom ersten Tage ab nicht nur die besondere Aufmerksamkeit Oberst Munros zu erregen, sondern sich auch einen gewissen Anspruch auf dessen Erkenntlichkeit zu erwerben.

Damit war für ihn der schwierigste Punkt überwunden. Das Übrige ist bekannt. Der Hindu kam sehr häufig nach dem Steam-House, er wurde von den weiteren Plänen der Bewohner desselben unterrichtet und erfuhr, welchen Weg Banks später einzuschlagen gedachte. Nun beherrschte ihn bloß noch der eine Gedanke, womöglich als Führer der Expedition angenommen zu werden, wenn diese wieder nach dem Süden hinabzog.

Kâlagani versäumte nichts, um dieses Ziel zu erreichen. Er schrak selbst nicht davor zurück, nicht allein das Leben der anderen, sondern auch das eigene aufs Spiel zu setzen. Wie das zuging, ist schon aus dem Vorhergehenden bekannt.

So kam ihm der Gedanke, daß jeder Verdacht schwinden müsse, wenn er die Expedition vom Anfang der Rückreise an, aber immer im Dienste Mathias van Guitts, begleitete, und daß ihm Oberst Munro vielleicht das selbst anbieten würde, wonach er vor allem verlangte.

Um das aber zu erreichen, mußte der Händler erst seiner Zugtiere, der Büffelgespanne, beraubt und dadurch genötigt werden, die Hilfe des Stahlriesen in Anspruch zu nehmen. So machte er sich den – allerdings unerwarteten – Überfall der Raubtiere zunutze. Auf die Gefahr hin, ein entsetzliches Unglück anzurichten, schob er unbemerkt die Holzriegel zurück, welche das Tor des

Kraals verschlossen. Die Tiger und Panther stürzten in die Umzäunung. Die Büffel wurden zerfleischt oder vertrieben, einige Hindus kamen bei der Affäre ums Leben, aber – Kâlaganis Absicht war erreicht; Mathias van Guitt sah sich gezwungen, Oberst Munros Unterstützung zu erbitten, um mit seiner fahrenden Menagerie nach Bombay zu gelangen.

Es wäre in der Tat schwierig gewesen, in der fast wüsten Gegend des Himalaya neue Gespanne zu beschaffen, der Sicherheit halber unternahm es Kâlagani aber selbst, sich scheinbar um die Besorgung neuer Zugtiere zu bemühen. Natürlich waren seine Bemühungen fruchtlos, und so mußte Mathias van Guitt mit seinem Personal und der Menagerie im Schlepptau des Stahlriesen bis zur Station Etawah ziehen.

Von da aus sollte der Weitertransport der ganzen Ware des Händlers auf der Eisenbahn erfolgen. Die jetzt überflüssig gewordenen Chikaris wurden entlassen und Kâlagani sollte ebenfalls verabschiedet werden. Da gab er sich den Anschein, als sei er sehr in Verlegenheit, was er nun beginnen sollte. Banks ließ sich dadurch täuschen. Er sagte sich, daß der intelligente diensteifrige Hindu ihnen mit seiner genauen Kenntnis gerade dieses Teiles von Indien werde von großem Nutzen sein können, bot ihm daher an, bis Bombay den Dienst als Führer zu versehen, und von demselben Tage ab lag das Schicksal der Expedition in Kâlaganis Hand.

Noch ließ nichts in dem Hindu, der sich stets zu jedem Opfer bereit zeigte, einen niedrigen Verrat vermuten.

Nur einmal war Kâlagani daran, sich eine Blöße zu geben, damals nämlich, als Banks gegen ihn von Nana Sahibs Tode sprach. Er machte unwillkürlich eine Geste und schüttelte den Kopf wie einer, der an das Gehörte nicht glauben kann. Dasselbe hätte aber jeder Hindu getan, dem der sagenhafte Nabab als eines jener übernatürlichen Wesen gilt, die der Tod nicht erreichen kann.

Ob Kâlagani diese Nachricht bei der – übrigens nicht zufälligen – Begegnung mit einem alten Kameraden unter der Karawane von Banjaris bestätigt wurde, weiß man zwar nicht, gewiß erhielt er aber verläßliche Auskunft.

Jedenfalls gab der Verräter seine abscheulichen Absichten niemals auf, als wolle er die Projekte des Nabab nun selbst zur Ausführung bringen.

So setzte das Steam-House seinen Weg quer durch die Schluchten der Vindhyas fort und gelangte unter vielfachen, dem Leser bekannten Zwischenfällen nach dem Ufer des Puturia-Sees, auf dem es vorläufig Zuflucht suchen mußte.

Als Kâlagani hier unter dem Vorwande, nach Jubbulpore zu gehen, den schwimmenden Train verlassen wollte, ließ er sich zum ersten Male durchschauen. So sehr er sich sonst zu bemeistern wußte, hatte doch eine einfache physiologische Erscheinung, die der Aufmerksamkeit des Oberst nicht entgehen konnte, gegen ihn Verdacht erweckt, und wir wissen jetzt, daß dieser nur zu begründet war.

Man ließ ihn aufbrechen, gab ihm aber Goûmi zur Begleitung. Beide sprangen ins Wasser und erreichten nach einer Stunde das südöstliche Ufer des Puturia.

Darauf gingen sie nebeneinander durch die dunkle Nacht dahin, der eine den anderen scharf beobachtend, während der zweite das nicht vermutete. Bisher war der Vorteil auf seiten Goûmis, dieses zweiten Mac Neil des Oberst Munro.

Drei volle Stunden marschierten die beiden Hindus auf der Landstraße hin, welche die südlichen Abhänge der Vindhyas durchschneidet und bei der Station Jubbulpore mündet. Auf dem Lande war der Nebel bei weitem dünner als auf dem Wasser. Goûmi behielt seinen Begleiter scharf im Auge. Im Gürtel trug er ein tüchtiges Messer. Bei der ersten verdächtigen Bewegung war er entschlossen, sich auf Kâlagani zu stürzen und diesen mindestens unschädlich zu machen.

Leider behielt der treue Hindu nicht Zeit genug, seinen Vorsatz auszuführen.

Die mondlose Nacht war tiefdunkel. Auf die Entfernung von zwanzig Schritten hätte man einen dahingehenden Menschen nicht erkennen können.

Da erscholl plötzlich an einer Windung der Straße eine Stimme, welche Kâlagani anrief.

»Hier, Nassim!« antwortete der Hindu.

Gleichzeitig ertönte zur Linken der Straße ein scharfer, sonderbarer Schrei.

Das war der »Kisri« (das Kriegsgeschrei) der wilden Stämme von Goudwana, den Gôumi nur zu gut kannte.

Die Überraschung hatte Goûmis Arm gelähmt. Was hätte er auch, wenn er Kâlagani erdolchte, gegen einen ganzen Haufen Hindus ausrichten können, den jener Kriegsruf herbeilocken mußte? Eine düstere Ahnung mahnte ihn zu fliehen, um wenigstens die drohende Gefahr zu melden.

Goûmi zauderte keinen Augenblick. Als Kâlagani mit jenem Nassim zusammentraf, der ihn angerufen hatte, sprang er zur Seite und verschwand in den Dschungeln neben der Straße.

Und als Kâlagani mit seinen Kameraden zurückkam, in der Absicht, sich des Begleiters, den Oberst Munro ihm aufgedrungen, zu entledigen, da war Goûmi nicht mehr zur Stelle.

Nassim, der Anführer einer der Sache Nana Sahibs ergebenen Bande Dacoits, schickte sofort seine Leute aus, um den Entschwundenen zu suchen. Er wollte um jeden Preis den mutigen Diener wiedererlangen, der ihm entflohen war.

Alle Nachforschungen aber erwiesen sich fruchtlos. Ob Goûmi nur durch die Finsternis geschützt wurde, oder in irgendwelchem Schlupfwinkel Schutz gefunden hatte, jedenfalls mußten die Straßenräuber darauf verzichten, ihn wiederzufinden.

Was hatten die Dacoits von Goûmi übrigens zu befürchten, der in dieser wilden Gegend auf sich angewiesen und jetzt drei volle Stunden vom Puturia entfernt war, den er doch vor ihnen auf keinen Fall erreichen konnte?

Kâlagani traf danach seine Maßnahmen. Er verhandelte einen Augenblick mit dem Führer der Dacoits, der seine Befehle zu erwarten schien. Dann machten alle kehrt und wandten sich schnellen Schrittes dem Puturia zu.

Wenn diese Horde jetzt die Schlupfwinkel in den Vindhyas, wo sie seit einiger Zeit hauste, verlassen hatte, so lag der Grund darin, daß ihnen Kâlagani die demnächstige Ankunft des Oberst Munro in der Umgebung des Puturia-Sees gemeldet hatte. Durch wen aber? Eben durch jenen Hindu, der kein anderer als Nassim war und seinerzeit der Karawane der Banjaris folgte. Und wem hatte er das gemeldet? Dem, dessen Hand im verborgenen alle diese Vorgänge leitete.

Was schon geschehen und was noch geschah, war in der Tat das Resultat eines wohldurchdachten Planes, dem Oberst Munro und seine Begleiter zum Opfer fallen mußten. In Folge dessen konnten die Dacoits auch, als der Train an das Südufer des Sees stieß, denselben unter Anführung Nassims und Kâliganis überfallen.

Der ganze Anschlag galt indes nur dem Oberst Munro allein. Seine Begleiter waren ja in diesem trostlosen Landstriche nach Zerstörung ihres letzten Wagens nicht weiter zu fürchten. Jener wurde also fortgeschleppt und befand sich um sieben Uhr morgens schon sechs Meilen vom Puturia-See.

Man durfte wohl kaum annehmen, daß Oberst Munro von Kâlagani nach der Station Jubbulpore gebracht werden würde. Jener sagte sich auch selbst, daß er aus dem

Gebiete der Vindhyas schwerlich herauskommen und, einmal in der Macht seiner Todfeinde, diesen kaum jemals wieder entrinnen werde.

Sein kaltes Blut hatte der nie verzagende Mann aber nicht verloren. Er schritt, bereit auf alles, was nur geschehen konnte, inmitten der wilden Hindus dahin und stellte sich, als ob er Kâlagani überhaupt nicht sehe. Der Verräter marschierte an der Spitze der Truppe, deren Anführer er in der Tat zu sein schien. An Flucht war nicht zu denken. Gefesselt wurde Oberst Munro zwar nicht, er sah aber auch weder vorn, noch hinten, ebensowenig an den Seiten eine Lücke in der Eskorte, durch die er hätte entschlüpfen können. Übrigens mußte er ja auch im ersten Augenblicke wieder eingefangen werden. Er vergegenwärtigte sich nun seine Lage mit allen möglichen Folgen derselben. Daß Nana Sahib bei dem ganzen Vorgange seine Hand im Spiele habe, konnte gerade er nicht glauben, da für ihn der Nabab als tot galt. Irgendein Waffengefährte des alten Rebellenführers aber, z. B. Balao Rao, konnte ja wohl vom Hasse getrieben werden, den Racheplan auszuführen, dem sein Bruder das ganze Leben geweiht hatte. Sir Edward Munro fühlte, daß es sich hierbei um etwas dergleichen handle.

Dabei dachte er auch an den armen Goûmi, den er nicht als Gefangenen der Dacoits sah. Vielleicht war es ihm ja gelungen, zu entfliehen, wahrscheinlich aber hatte er den Tod gefunden. Doch selbst wenn er heil und gesund geblieben, war auf Hilfe von seiner Seite schwerlich zu rechnen.

Wenn Goûmi nämlich, um Unterstützung zu holen, bis zur Station Jubbulpore gelaufen war, so kam er damit zu spät.

Hatte er dagegen Banks und die anderen am Südende des Sees wiederzufinden gesucht, so konnten doch auch diese wegen Mangels an Munition nichts ausrichten. Sie beeilten sich vielleicht selbst, schnell nach Jubbulpore zu kommen ... bevor sie das aber erreichten, war der Gefangene längst nach irgendeinem unzugänglichen Schlupfwinkel in den Vindhyas gebracht worden.

Nach dieser Seite hin mußte er also jede Hoffnung aufgeben.

Oberst Munro betrachtete die Sachlage mit ruhigem Blicke. Er verzweifelte nicht, er war nicht der Mann dazu, sich gänzlich niederbeugen zu lassen, aber er liebte es, die Sachen nüchtern zu betrachten, statt sich einer unbegründeten Illusion hinzugeben, was seiner nicht würdig schien.

Die Horde Hindus marschierte mit größter Geschwindigkeit. Nassim und Kâlagani strebten offenbar danach, vor Sonnenuntergang an einer vorherbestimmten Stelle anzulangen, wo sich das Los des Oberst entscheiden sollte. Wenn der Verräter Eile hatte, so wünschte auch Sir Edward Munro ein Ende zu sehen, ganz gleichgültig, welches das Schicksal ihm bestimmt hätte.

Nur einmal gegen Mittag ließ Kâlagani eine halbe Stunde Halt machen. Die Dacoits führten Lebensmittel mit sich und begannen am Ufer eines kleinen Baches zu essen.

Auch dem Oberst wurde etwas Brot und ein wenig getrocknetes Fleisch vorgelegt, was dieser nicht abwies. Er hatte seit dem vorigen Tage nichts genossen und wollte seinen Feinden nicht die Freude gönnen, ihn vielleicht in der letzten Stunde körperlich schwach zu sehen.

Bis hierher waren schon sechzehn Meilen unter forciertem Marsche zurückgelegt worden. Auf Kâlaganis Befehl setzte sich alles wieder in Bewegung und zog gegen Jubbulpore weiter.

Erst gegen fünf Uhr nachmittags verließen die Dacoits die Landstraße und bogen von derselben nach links ab. Wenn Oberst Munro auf jenem Hauptwege noch einen Schimmer von Hoffnung hegen konnte, so sah er nun wohl ein, daß sein Geschick nur in den Händen Gottes lag.

Eine Viertelstunde später durchschritten Kâlagani und seine Begleiter einen Engpaß, der, nach dem wildesten Teile von Bundelkund zu, den Ausgang des Nerbudda-Tales bildete.

Diese Stelle lag etwa hundertfünfzig Kilometer von dem Pal von Tandit, im Osten jener Sautpourra-Berge, die man als die westliche Fortsetzung der Vindhyas ansehen kann.

Da erhob sich auf einem der letzten Bergausläufer die alte Feste Ripore, seit langer Zeit schon aufgegeben, weil sie, wenn die westlichen Engpässe von einem Feinde gesperrt wurden, auf keine Weise mehr mit Proviant und Schießbedarf versorgt werden konnte.

Das Fort tronte auf einem der letzten Vorsprünge der Bergkette, einer Art natürlichem Sägewerk (ein zickzackförmig verlaufender Wall), von etwa fünfhundert Fuß Höhe, und hing über eine größere Erweiterung des Passes, in der Mitte der benachbarten Bergzüge heraus. Man konnte nach demselben nur auf einem schmalen, in vielen Krümmungen am Felsen emporsteigenden Wege gelangen, der kaum für Fußgänger zugänglich war.

Auf der Kuppe des Berges lagen noch einige halb abgetragene Courtinen und einige Bastionen in Trümmern. Mitten auf einem freien Platz, den ein Steingeländer gegen den Abgrund zu umschloß, erhob sich noch ein verfallenes Gebäude, früher die Kaserne der kleinen Garnison von Ripore, das man jetzt kaum noch als Stall verwandt hätte.

Von allen Geschützen, welche sonst mit ihren drohenden Mündungen durch die Schießscharten der Außenmauer lugten, war nur noch ein einziges, jetzt nach innen gerichtet, übrig, eine Kanone, die zu schwer war, um ohne große Mühe weggeschafft zu werden, und in zu schlechtem Zustande, um ihr einen besonderen Wert beizumessen. So stand sie verlassen noch auf der riesigen Lafette und der Rost nagte langsam an dem eisernen Rohre.

Sie bildete übrigens ihrer Größe und Dicke nach ein würdiges Seitenstück der berühmten Bronzekanone von Bhilsa, jenes ungeheueren Geschützes von sechs Metern Rohrlänge und einem Kaliber von vierundvierzig Zentimetern, das zur Zeit Jehanghirs gegossen worden war. Auch hätte man sie mit der nicht minder bekannten Kanone von Bidjapour vergleichen können, deren Donner, nach Aussage der Eingebornen, alle Bauwerke der Stadt in ihren Grundfesten erschütterte.

Diesen Anblick also bot die Feste von Ripore, wohin der Gefangene durch Kâlaganis Spießgesellen geführt wurde. Es war um sechs Uhr abends, als er daselbst, nach einem Marsche von fünfundzwanzig Meilen, anlangte.

Oberst Munro sollte nicht lange darüber im Zweifel bleiben, welchem seiner Feinde er hier entgegentreten sollte.

Das verfallene Gebäude auf dem Platze diente noch einer Abteilung Hindus als Wohnstätte. Als die neu angekommenen Dacoits längs der äußeren Mauer sich kreisförmig aufgestellt, traten jene aus dem Hause hervor.

Oberst Munro stand in der Mitte und wartete ruhig mit gekreuzten Armen.

Kâlagani trat aus der Menge hervor und ging den anderen einige Schritte entgegen.

Ein einfach gekleideter Hindu erschien an der Spitze der Abteilung.

Kâlagani blieb vor diesem stehen und verneigte sich. Der Hindu reichte ihm die Hand, welche er voll Ehrfurcht küßte. Ein Zeichen mit dem Kopfe bedeutete ihm, daß man mit seinen Diensten zufrieden war.

Dann schritt der Hindu auf den Gefangenen zu, langsam zwar, aber mit flammenden Augen und allen Zeichen einer kaum verhaltenen Wut. Man hätte geglaubt, ein Raubtier schleiche sich nach seiner Beute.

Oberst Munro ließ jenen nahe kommen, ohne einen Schritt zurückzuweichen, und fixierte denselben ebenso scharf, wie dieser den Gefangenen.

Jetzt war der Hindu nur noch fünf Schritte von ihm entfernt.

»Es ist bloß Balao Rao, der Bruder des Nabab!« sagte der Oberst mit verächtlichem Tone.

»Sieh mich besser an!« entgegnete der Hindu.

»Nana Sahib!« rief Oberst Munro, unwillkürlich zurückschreckend. »Nana Sahib am Leben ...!«

Jawohl, der Nabab selbst, der alte Rebellenführer im Aufstande der Sipahis, der unversöhnliche Feind Munros.

Bei dem Gefechte in der Nähe des Pals von Tandit war nur sein Bruder Balao Rao gefallen.

Die außergewöhnliche Ähnlichkeit der zwei Männer, die beide ein pockennarbiges Gesicht und denselben Finger der nämlichen Hand amputiert hatten, täuschte damals die Soldaten von Luknow und Khanpur. Sie erkannten den Nabab in der Leiche seines Bruders, eine Verwechslung, die wohl jedem passiert wäre. Als den Behörden damals also der Tod des Nabab gemeldet wurde, lebte Nana Sahib noch, nur Balao Rao war nicht mehr.

Diesen Umstand wußte sich Nana Sahib zunutze zu machen; er gewährte ihm ja eine fast absolute Sicherheit. Seinem Bruder wurde von der englischen Polizei gar nicht mit größerem Eifer nachgespürt. Die Greueltaten von Khanpur legte man diesem ja nicht zur Last, und er besaß auf die Hindus Zentral-Indiens auch nicht den verderblichen Einfluß, wie der Nabab.

Als Nana Sahib aber sich so hitzig verfolgt sah, beschloß er, so lange die Rolle eines Toten zu spielen, bis sich die passende Gelegenheit böte, wieder handelnd aufzutreten; er verzichtete also vorläufig auf alle revolutionären Pläne und brütete allein darüber, wie er selbst sich rächen könne. Noch niemals lagen die Verhältnisse dafür günstiger. Oberst Munro, den seine Sendboten fortwährend überwachten, hatte sich von Kalkutta auf eine Reise begeben, die ihn nach Bombay führen sollte. War es da nicht möglich, ihn in das Gebiet der Vindhyas durch die Provinzen von Bundelkund zu locken? Nana Sahib setzte das voraus und schickte daher den getreuen Kâlagani zur Ausführung dieses Planes ab.

Der Nabab verließ bald den Pal von Tandit, der ihm nicht mehr sicher genug schien, und drang weiter in das Nerbudda-Tal bis zu den letzten Schluchten der Vindhyas ein. Da lag die Festung Ripore, die ihm auf den ersten Blick als geeigneter Zufluchtsort erschien, in dem die Behörden den, welchen sie für tot hielten, schwerlich auftreiben würden.

Nana Sahib zog sich also mit einigen, seiner Person ergebenen Hindus hierher zurück, erhielt bald Verstärkung durch eine Gesellschaft Dacoits, Gesellen, welche würdig waren, unter einem solchen Führer zu dienen, und wartete nun den Lauf der Dinge ab.

Auf was wartete er seit vier Monaten? Einzig darauf, daß Kâlagani seinen Auftrag durchführen und ihm die baldige Ankunft des Oberst Munro in den Vindhyas anmelden sollte, wo jener unter seine Gewalt kam.

Nur einer Befürchtung konnte Nana Sahib sich nicht ganz entschlagen. Wenn die über die ganze Halbinsel verbreitete Kunde von seinem Tode auch zu Kâlaganis Ohren drang und dieser der Nachricht Glauben schenkte, konnte es ihn ja leicht veranlassen, auf sein Verräterwerk gegenüber Oberst Munro zu verzichten.

Aus diesem Grunde sendete er noch einen anderen Hindu auf der Hauptstraße nach Bundelkund hin, eben jenen Nassim, der dem Steam-House auf dem Wege durch Scindia unter der Banjari-Karawane begegnete, sich in Verbindung mit Kâlagani zu setzten wußte und diesen über den wahren Sachverhalt aufklärte.

Nassim kehrte unmittelbar darauf nach der Feste Ripore zurück und teilte Nana Sahib alles mit, was sich seit Kâlaganis Abreise aus Bhopal zugetragen hatte. Oberst Munro und seine Begleiter fuhren unter Kâlaganis Führung in kleineren Tagereisen durch die Vindhyas, und am Puturia-See sollte man sie erwarten.

Alles war dem Nabab nach Wunsch gegangen. Der Tag der Rache kam heran.

Heut abend stand nun Oberst Munro allein, ohne Waffen, vor ihm.

Nach den ersten rasch gewechselten Worten sahen sich die beiden Männer scharf ins Gesicht, ohne nur eine Silbe zu sprechen.

Da, als dem Oberst plötzlich das Bild der Lady Munro recht lebhaft vor Augen trat, stürmte ihm das Blut heftig aus dem Herzen zum Kopfe – er wollte sich auf den Mörder der Opfer von Khanpur stürzen . . .

Nana Sahib trat nur einige Schritte zurück.

Drei Hindus fielen über den Oberst her und bändigten ihn, wenn auch mit großer Mühe.

Inzwischen hatte Sir Edward Munro die Herrschaft wieder über sich selbst gewonnen. Der Nabab erkannte das offenbar, denn er winkte den Hindus, von ihm abzulassen.

Die beiden Feinde standen sich nun Auge in Auge gegenüber.

»Deine Landsleute, Munro«, begann Nana Sahib, »haben die hundertzwanzig Gefangenen von Peschawar vor die Mündungen ihrer Kanonen gebunden, und seit jenem Tage sind über zwölfhundert Sipahis desselben entsetzlichen Todes gestorben! Deine Landsleute metzelten ohne Schonung die Flüchtlinge von Lahore nieder, erdrosselten nach der Einnahme von Delhi drei Fürsten und neunundzwanzig andere Mitglieder der königlichen Familie; sie haben in Laknau sechstausend der Unsrigen und dreitausend nach dem Feldzuge im Pendschab gemordet! Alles in allem sind durch die Kanone, die Flinte, den Galgen und das Schwert hundertzwanzigtausend Offiziere und Soldaten der Natifs-Armee und zweihunderttausend Eingeborne von euch wegen jener Erhebung für unsere nationale Unabhängigkeit grausam hingeopfert worden!«

»Zum Tode mit ihm! Zum Tode!« riefen die Dacoits und die Hindus, welche Nana Sahib umringten.

Der Nabab gebot ihnen Stillschweigen und wartete, daß Oberst Munro ihm antworten sollte.

Der Oberst erwiderte nichts.

»Du selbst, Munro«, fuhr der Nabab fort, »hast mit eigener Hand die Rani von Jansi, meine treue Gefährtin, getötet . . . und sie ist noch nicht gerächt!«

Oberst Munro schwieg auch hierauf still.

»Endlich ist vor vier Monaten«, sagte Nana Sahib, »mein Bruder Balao Rao unter den mir bestimmten Kugeln gefallen . . . und mein Bruder ist noch nicht gerächt!«

»Zum Tode! Zum Tode mit ihm!«

Die Rufe erklangen lauter als vorher und die ganze Horde schien nicht übel Lust zu haben, über den Gefangenen herzufallen.

»Ruhe!« rief Nana Sahib, »erwartet die Stunde des Gerichts!«

Alle schwiegen.

»Es war«, nahm der Nabab wieder das Wort, »einer deiner Vorfahren, Munro, jener Hektor Munro, der zuerst jene gräßliche Strafe ersann und vollstrecken ließ, von der deine Landsleute im Kriege von 1857 einen so schamlos schrecklichen Gebrauch gemacht haben. Er ließ schon früher viele Hindus, unsere Väter, unsere Brüder, lebend vor die Mündungen der Kanonen binden . . .«

Wieder brach ein Sturm des Unwillens in der blutgierigen Menge los, den Nana Sahib kaum zu besänftigen vermochte.

»Auge um Auge! Zahn um Zahn!« sagte er. »Du wirst denselben Tod erleiden, Munro, wie so viele der Unsrigen!«

Darauf drehte er sich um.

»Sieh hier diese Kanone!«

Der Nabab wies dabei nach dem gewaltigen, fünf Meter langen Geschütz, das mitten auf dem Platze stand.

»Man wird dich«, fuhr er fort, »vor die Mündung dieser Kanone binden! Sie ist geladen, und morgen mit Sonnenaufgang wird ihr Donner, wenn er in den tiefsten Gründen der Vindhyas widerhallt, allen verkünden, daß Nana Sahibs Rachedurst endlich gelöscht ist!«

Oberst Munro sah den Nabab fest, aber mit einer Ruhe an, welche auch die Ankündigung seines nahen Todes nicht zu erschüttern vermochte.

»Gut«, erwiderte er, »du tust nur, was ich getan hätte, wenn du in meine Hände gefallen wärst!«

Darauf stellte sich Oberst Munro freiwillig vor die Mündung des Geschützes, wo er mit auf dem Rücken gebundenen Händen mittels starker Stricke angebunden wurde.

Noch lange Zeit nachher schmähten und schimpften ihn die erbärmlichen Dacoits und Hindus – als ob Sioux-Indianer in Nordamerika einen zum Tode Verurteilten noch am Richtpfahl zu peinigen suchten.

Mit einbrechender Nacht verschwanden Nana Sahib, Kâlagani und Nassim in der alten Kaserne. Ermüdet verließ auch die übrige Bande allmählich den Platz und folgte ihren Führern nach.

Den Tod und den allmächtigen Gott vor Augen, blieb Sir Edward Munro allein zurück.

Zwölftes Kapitel

Vor der Mündung der Kanone

Die eingetretene Ruhe dauerte nicht lange an. Die Dacoits hatten sich zum Abendessen versammelt, und dabei hörte man sie unter der Wirkung des starken Araks, dem sie unmäßig zusprachen, laut durcheinanderschreien und -rufen.

Nach und nach legte sich der Höllenlärm. Der Schlaf übermannte die rohen Gesellen, welche schon der starke Tagesmarsch ermüdet hatte.

Sir Edward Munro fragte sich, ob man ihn bis zur Stunde seines Todes unbewacht lassen und ob Nana Sahib nicht einen Getreuen zu seiner Beaufsichtigung heraussenden werde, obwohl er, mit dreifachen Stricken fest umwunden, gänzlich außer Stande war, sich nur im geringsten zu rühren.

Da trat gegen acht Uhr ein Hindu aus der Kaserne und schritt über den Platz hin.

Ihm war der Auftrag erteilt worden, die Nacht über in Oberst Munros Nähe zu bleiben.

Zuerst ging er schräg über den freien Platz auf die Kanone zu, um sich von der Anwesenheit des Gefangenen zu überzeugen, und prüfte die Stricke, welche fest angezogen waren, mit kräftiger Hand. Ohne sich an den Oberst selbst zu wenden, begann er ein kurzes Selbstgespräch.

»Zehn Pfund gutes Pulver!« murmelte er. »Es ist lange her, daß die alte Kanone von Ripore den Mund aufgetan hat, aber morgen wird sie ihre Stimme hören lassen . . .!«

Diese Bemerkung lockte auf den stolzen Zügen Oberst Munros nur ein verächtliches Lächeln hervor. Der Tod, auch in seiner entsetzlichsten Gestalt, konnte ihn nicht erschrecken.

Nachdem der Hindu die Mündung der Kanone besichtigt, trat er ein wenig zurück, strich mit der Hand über das dicke Bodenstück derselben und sein Finger lag einen Augenblick auf dem Zündloche, das mit Pulver völlig ausgefüllt war.

Der Hindu lehnte sich gegen den Knopf der Schwanzschraube. Er schien den Gefangenen ganz vergessen zu haben, der geduldig dastand wie ein Verurteilter am Fuße des Galgens, unter dem die Falltüre sich öffnen soll.

Ob aus Gleichgültigkeit oder in Folge des genossenen Araks mag dahingestellt bleiben, begann der Hindu eine alte Volksweise aus Goundwana leise zu trällern. Er machte dabei Pausen und fing von neuem an, wie einer, der in halbtrunkenem Zustande seine Gedanken nicht zu sammeln vermag.

Eine Viertelstunde später erhob er sich wieder und strich mit der Hand über das Rohr der Kanone hin. Hierauf ging er um dieselbe herum, machte vor dem Oberst Munro Halt und murmelte, diesen ansehend, einige unverständliche Worte. Wie instinktmäßig befühlte er noch einmal die Stricke, als wollte er sie noch fester anziehen; dann warf er den Kopf zurück, als wolle er sagen, daß hier alles in Ordnung sei, und lehnte sich, zehn Schritte zur Linken des Geschützes, nachlässig an die Brustwehr.

Zehn Minuten lang verharrte der Hindu in derselben Stellung, wobei er manchmal den Platz überblickte und manchmal sich hinausbog und in den Abgrund starrte, der vor der Festung gähnte.

Offenbar bemühte sich derselbe nach Kräften, nicht in Schlaf zu sinken. Endlich erlag er aber doch der Erschöpfung, glitt auf die Erde nieder und streckte sich neben der Brustwehr aus, wo er im tieferen Schatten gar nicht zu sehen war.

Übrigens lagerte rings schon tiefes Dunkel. Am Himmel standen unbeweglich dicke Wolken. Die Luft war so ruhig, als ob deren Moleküle miteinander verlötet wären. Vom Tale drang kein Geräusch bis in diese Höhe. Ringsum herrschte vollkommene Stille.

Wenn das eine Nacht voll Todesangst für den Oberst Munro sein sollte, so muß man ihm zur Ehre sagen, daß er kaum einen Augenblick an die letzte Sekunde seines Lebens dachte, wo die gewaltsam zerrissenen Gewebe des Leibes und seine verstümmelten Glieder weithin zerstreut werden sollten. Es handelte sich ja nur um einen Blitzschlag, und diese Aussicht war nicht dazu angetan, eine Natur wie die seinige, welche vor nichts zurückbebte, allzusehr zu erregen. Nur wenige Stunden hatte er noch zu leben – der Rest eines Erdendaseins, das sich einst für ihn so glücklich gestaltet hatte. Sein ganzes Leben spiegelte sich in scharfen Bildern noch einmal in ihm wieder, die ganze Vergangenheit trat lebhaft vor seine Augen.

Das Bild der Lady Munro stand wieder vor ihm. Er sah, er hörte sie, die Unglückliche, die er nicht mit den Augen, aber mit dem Herzen beweinte, wie in den ersten Tagen. Er fand noch einmal das junge Mädchen in jener schrecklichen Stadt Khanpur, in der Wohnung, wo er sie zuerst gesehen, bewundert, geliebt hatte. Die wenigen glückseligen Jahre, denen die entsetzlichste aller Katastrophen ein jähes Ende machte, lebten in seinem Geiste wieder auf. Schon war die halbe Nacht verstrichen, ohne daß Sir Edward Munro es gewahr wurde. Er hatte ganz im Andenken an sein Weib da unten gelebt, ohne daß ihn etwas davon abzuwenden vermochte. In drei Stunden drängten sich drei Jahre der glücklichen Vereinigung mit ihr zusammen. Ja, die Phantasie hatte ihn unwiderstehlich von diesem Plateau von Ripore hinweggetragen, ihn von der Mündung der Kanone befreit, welche sozusagen der erste Sonnenstrahl abfeuern sollte!

Da erschien ihm aber der entsetzliche Ausgang der

Belagerung von Khanpur, die Einsperrung der Lady Munro und ihrer Mutter in dem Bibi-Ghar, die Niedermetzelung ihrer unglücklichen Gefährten und endlich der Brunnenschacht, das Grab jener zweihundert Opfer, an dem er, vier Monate vorher, zum letzten Male geweint hatte.

Und hier, wenige Schritte von ihm, hauste der scheußliche Nana Sahib, der Mörder Lady Munros und so vieler anderer bejammernswerter Opfer! In seine Hand mußte er fallen, der danach gelechzt hatte, Gerechtigkeit zu üben an dem Scheusal, das dem Gesetze unerreichbar geblieben war.

In einer Aufwallung blinden Zornes machte Oberst Munro eine Anstrengung, seine Fesseln zu brechen. Vergebens – die Stricke widerstanden und schnitten ihm nur ins Fleisch ein. Er stieß einen kurzen Schrei aus, aber nicht vor Schmerz, sondern vor Wut.

Auf diesen Schrei erhob der im Schatten der Brustwehr liegende Hindu den Kopf und sammelte wieder seine Gedanken. Er erinnerte sich wohl, daß er den Gefangenen bewachen sollte.

So erhob er sich, schritt vorsichtig auf Oberst Munro zu, legte diesem, wie um sich zu vergewissern, daß er noch da sei, die Hand auf die Schulter und sagte mit noch schlaftrunkener Stimme:

»Morgen, mit Sonnenaufgang . . . Bum!«

Dann kehrte er nach der Brustwehr zurück, um einen bequemen Platz zu suchen, legte sich wieder auf die Erde nieder und sank bald in tiefen Schlummer.

Nach jener vergeblichen Anstrengung wurde der Oberst auffallend ruhig. Seine Gedanken nahmen wieder eine andere Richtung an und er vergaß ganz das Los, das seiner harrte. In Folge einer ganz natürlichen Ideenverbindung erinnerte er sich jetzt seiner Freunde, seiner Gefährten. Er fragte sich, ob sie vielleicht einer anderen Dacoits-Bande, wie solche zahlreich die Vindhyas durchstreifen, in die Hände gefallen seien, ob sie wohl dasselbe Geschick wie ihn ereilen sollte – und dieser Gedanke schnürte ihm das Herz zusammen.

Und doch sagte er sich gleichzeitig, daß dies nicht der Fall sein könne. Hätte der Nabab ihren Untergang beschlossen gehabt, so würde er alle gleichmäßig verurteilt und hingerichtet haben. Es hätte ja ganz seinem Charakter entsprochen, ihm die Todesangst durch die seiner Freunde zu vermehren. Nein, nein! Nur ihm – das bemühte er sich zu glauben, ihm allein galt der Haß und die Rache Nana Sahibs.

Was mochten aber Banks, Kapitän Hod, Maucler und die übrigen, wenn sie sich auf freiem Fuße befanden, wohl beginnen? Sollten sie die Straße nach Jubbulpore eingeschlagen haben, auf welcher sie der Stahlriese, den die Dacoits nicht zu zertrümmern vermochten, schnell weiter befördern konnte? Dort mußten sie Hilfe finden. Doch, was hätte das nützen sollen? Wie hätten sie wissen können, wo Oberst Munro sich jetzt befand? Niemand dachte gewiß an die Feste von Ripore, den Schlupfwinkel Nana Sahibs. Ja, wie konnte ihnen überhaupt dessen Name in den Sinn kommen? War Nana Sahib denn nicht tot für sie? War er nicht bei dem Gefechte neben dem Pal von Tandit gefallen? Nein, sie waren außer Stande, für den Gefangenen etwas zu tun.

Von seiten Goûmis war ebensowenig etwas zu erwarten. Kâlagani mußte ja alles daran liegen, sich dieses treuen Dieners zu entledigen, und wenn Goûmi nicht wieder erschienen war, so hatte er sicher schon vor seinem Herren den Tod erlitten.

Es erschien ebenso unnütz, an irgendein anderes Mittel zur Rettung zu denken. Oberst Munro gab sich nicht gern Illusionen hin. Er sah die Sachen an, wie sie lagen, und wandte seine Gedanken wieder jenen glücklichen Tagen zu, die sein ganzes Herz erfüllten.

Er hätte nicht sagen können, wie viele Stunden lang er

so träumte. Noch war es dunkle Nacht. Auf den Gipfeln der Berge im Osten erschien noch kein Schimmer, der den kommenden Tag verkündet hätte.

Es mochte indes gegen vier Uhr morgens sein, als dem Oberst Munro eine eigentümliche Erscheinung auffiel. Bis jetzt, während dieser Rückkehr in sein früheres Leben, hatte er mehr in sich als um sich geblickt. Die Außenwelt, wovon bei der Finsternis sowieso nur wenig zu erkennen war, hatte ihn nicht ablenken können; jetzt richteten sich plötzlich seine Augen nach einem bestimmten Punkte und alle in seiner Erinnerung aufgetauchten Bilder verblaßten vor einer ebenso unerwarteten als unerklärlichen Erscheinung.

Oberst Munro bemerkte, daß er sich auf dem Plateau von Ripore nicht allein befand. Am Ende des Fußsteges, nahe dem Tore, blinkte ein noch ziemlich unbestimmtes Licht. Es schwankte hin und her, flackerte einmal auf, drohte dann zu verlöschen und blitzte wieder heller; als ob es von schwacher, unsicherer Hand gehalten würde.

In der gegenwärtigen Lage des Gefangenen konnte das Geringste von größter Bedeutung sein. Er folgte dem Lichtschein also mit den Augen, bemerkte, daß ein rußiger Dampf von demselben emporstieg und daß er sich weiter bewegte. Er schloß daraus mit Recht, daß jenes Licht sich nicht in einer feststehenden Laterne befinden könne.

»Einer meiner Freunde«, sagte sich Oberst Munro ... »Vielleicht Goûmi ...! doch nein ... Er würde kein Licht bei sich führen, das ihn verraten müßte ... Aber was ist das?«

Die Flamme kam langsam näher. Sie bewegte sich zuerst längs der Mauer der alten Kaserne hin und Sir Edward Munro fürchtete schon, es werde dadurch einer der im Innern schlafenden Hindus geweckt werden.

Das geschah jedoch nicht. Die Flamme kam unbemerkt vorüber. Dann und wann, wenn die Hand, die sie trug, sich fieberhaft bewegte, belebte sie sich und leuchtete in vollem Glanze.

Bald erreichte dieselbe die Mauer der Brustwehr und folgte dieser nach, wie die irrende Flamme des St.-Elmsfeuers in einer Gewitternacht.

Da erst wurde es Oberst Munro möglich, eine Art Gespenst von ganz unbestimmter Form wahrzunehmen, einen »Schatten«, den jene Flamme geisterhaft beleuchtete. Das in dieser Weise dahinwandelnde Wesen war mit einem langen, weiten Stück Stoff bedeckt, das den Kopf und die Arme gänzlich verhüllte.

Der Gefangene regte sich nicht. Er hielt den Atem an. Er fürchtete, die Erscheinung zu erschrecken und die Flamme, deren Schein jene in der Dunkelheit leitete, verlöschen zu sehen. Er war ebenso unbeweglich wie das schwere metallene Geschütz, das ihn in seinen gewaltigen Rachen zu halten schien.

Das Gespenst glitt inzwischen längs der Brustwehr fort. Konnte es dabei nicht an den Körper des eingeschlafenen Hindu stoßen? Nein, der Hindu lag zur Linken der Kanone, die Erscheinung nahte sich dagegen von der rechten Seite, blieb zuweilen stehen und ging dann mit kleinen Schritten weiter.

Endlich kam die Erscheinung so nahe, daß Oberst Munro sie deutlicher erkennen konnte.

Es war ein Wesen von mittlerer Größe, deren ganzen Körper ein einziges Stück Stoff vollständig verhüllte. Nur eine Hand sah aus demselben hervor, welche einen brennenden harzigen Zweig hielt.

»Ein Irrsinniger, der das Lager der Dacoits wahrscheinlich öfter zu besuchen pflegt«, sagte sich Oberst Munro, »und auf den niemand besonders Achtung gibt! O, warum hat er statt des Feuers nicht einen Dolch in der Hand . . .! Vielleicht könnte ich . . .?«

Ein Irrsinniger war es zwar nicht, Oberst Munro hatte aber doch beinahe das Richtige getroffen.

Es war die Wahnsinnige aus dem Nerbudda-Tale, das Geschöpf ohne Bewußtsein, welches seit vier Monaten durch die Vindhyas irrte und von den abergläubischen Gounds stets ehrfurchtsvoll betrachtet und gastfreundlich aufgenommen wurde. Weder Nana Sahib, noch einer seiner Leute wußte, welchen Anteil die »wandelnde Flamme« an dem Überfall beim Pal von Tandit gehabt hatte. Sie begegneten ihr so häufig in den Berg-Distrikten von Bundelkund, daß ihre Anwesenheit niemand auffiel. Schon wiederholt hatte sie bei ihrer unausgesetzten Wanderung die Schritte nach der Feste von Ripore gelenkt, und keiner daran gedacht, sie von hier zu vertreiben. Der Zufall leitete sie stets bei den nächtlichen Wanderungen und der Zufall führte sie auch in dieser Nacht hierher.

Oberst Munro wußte von der Irrsinnigen bisher nichts. Von der »wandelnden Flamme« hatte er niemals reden gehört, und doch machte das unbekannte Wesen, als es näher und näher kam, ihn vielleicht berühren, vielleicht ansprechen konnte, sein Herz heftiger schlagen.

Allmählich näherte sich die Wahnsinnige der Kanone. Ihr Harzzweig verbreitete nur einen schwachen Schimmer und sie schien den Gefangenen gar nicht zu sehen, obwohl sie jetzt gerade vor ihm stand und ihre Augen hinter der Hülle, welche Öffnungen hatte wie die Kutte eines bußfertigen Sünders, fast sichtbar waren.

Sir Edward Munro sprach kein Wort. Weder durch eine Bewegung des Kopfes, noch durch einen Laut versuchte er die Aufmerksamkeit der fremdartigen Erscheinung auf sich zu lenken.

Sie kehrte auch bald zurück und umschritt die gewaltige Kanone, auf deren Oberfläche ihr Harzbrand kleine Lichterchen hintanzen ließ.

Begriff die Wahnsinnige wohl, wozu diese einem Ungeheuer ähnliche Kanone dienen sollte, warum jener Mann an deren Mündung gefesselt war, welche mit dem ersten Sonnenstrahl Blitz und Donner speien sollte?

Gewiß nicht. Die »wandelnde Flamme« war auch jetzt wie gewöhnlich ohne Bewußtsein. Sie irrte diese Nacht, wie schon früher öfter, auf der Höhe von Ripore umher, die sie dann verlassen würde; sie schlich dann den gewundenen Pfad hinab, betrat wieder das Tal und begab sich dahin, wohin die augenblickliche, unüberlegte Laune sie eben führte.

Oberst Munro, der den Kopf frei bewegen konnte, folgte allen ihren Bewegungen. Er sah sie hinter dem Geschütz vorbeigehen. Von da wandte sie sich nach der steinernen Brustwehr, um ihr voraussichtlich bis zu der Stelle zu folgen, wo diese sich an das Eingangstor anschloß.

So geschah es auch anfänglich; plötzlich aber hielt sie vor dem schlafenden Hindu inne und kehrte wieder um. Welches unsichtbare Band hinderte sie, weiterzugehen? Wie dem auch sei, jedenfalls führte sie ein unerklärlicher Trieb zu dem Oberst Munro zurück, vor dem sie regungslos stehenblieb.

Diesmal schlug Sir Edward Munros Herz so heftig, daß er unwillkürlich den Versuch machte, eine Hand zu bewegen, um sie darauf zu pressen.

Die wandelnde Flamme trat ganz nahe an ihn heran. Sie hatte den brennenden Zweig bis in Gesichtshöhe des Gefangenen erhoben, wie um ihn besser sehen zu können. Durch die Öffnungen der Kutte leuchteten ihre Augen in unheimlicher Glut.

Oberst Munro fühlte sich davon wunderbar ergriffen und verzehrte die Erscheinung fast mit dem Blicke.

Da schob die linke Hand der Wahnsinnigen langsam die Falten ihrer Hülle auseinander, bald zeigte sich ihr Gesicht, und gerade da bewegte sie mit der rechten Hand den Zweig heftiger, der in Folge dessen einen helleren Schein verbreitete.

Ein Schrei – ein halb unterdrückter Schrei – entrang

sich der Brust des Gefangenen.

»Laurence! Laurence!«

Jetzt fürchtete er selbst, den Verstand verloren zu haben . . .! Einen Augenblick schloß er die Augen.

Es war Lady Munro, ja, Lady Munro selbst, die hier vor ihm stand.

»Laurence . . . du . . . du!« wiederholte er.

Lady Munro antwortete nichts. Sie erkannte ihn offenbar nicht wieder. Sie schien ihn gar nicht zu verstehen.

»Laurence, o Gott, wahnsinnig! Wahnsinnig, aber doch noch am Leben!«

Eine noch so vollkommene Ähnlichkeit konnte Sir Edward Munro unmöglich täuschen. Das Bild seines jungen Weibes war zu tief in sein Gedächtnis eingegraben. Nein, auch nach einer neunjährigen Trennung, die er für eine Trennung auf Ewigkeit halten mußte, fühlte er es, das war Lady Munro, wenn auch etwas verändert, doch immer noch schön; das war Lady Munro, durch ein Wunder den Henkern Nana Sahibs entgangen, die hier vor ihm stand.

Die Unglückliche fiel, nachdem sie alles versucht, ihre Mutter, die vor ihren Augen ermordet wurde, zu verteidigen, von einer Kugel getroffen zur Erde. Schwer, doch nicht tödlich verletzt, wurde sie, in bewußtlosem Zustande, aber als eine der letzten in den Brunnenschacht zu Khanpur auf die armen Opfer geworfen, die jenen schon fast ausfüllten. Mit Einbruch der Nacht drängte sie vielleicht der Erhaltungstrieb, den Rand des Brunnens zu erklimmen – aber nur ein Instinkt, denn den Verstand hatte sie in Folge des Anblicks der gräßlichen, durchlebten Szenen schon verloren.

Nach allem, was sie seit Beginn jener Belagerung, in dem Gefängnisse des Bibi-Ghar, auf dem Platze, wo das Gemetzel stattfand, erlebt, wo sie es sehen mußte, wie ihre Mutter schonungslos erwürgt wurde, ausgestanden

– war sie wahnsinnig geworden, aber sie lebte noch, und ebenso fand Oberst Munro sie jetzt wieder. Als Irrsinnige war sie dem Brunnenschacht entstiegen, in der Umgebung umhergestreift und hatte die Stadt verlassen, als Nana Sahib und die Seinigen nach der blutigen Exekution daraus entflohen. So stürmte sie ziellos in der Finsternis quer durch das Land hin. Die Stadt umgehend und die bevölkerten Landstriche meidend, dann und wann von einem Raiot mitleidig aufgenommen und als ein des Verstandes beraubtes Wesen fast verehrt, war die Wahnsinnige bis nach den Sautpourra-Bergen, bis nach den Vindhyas gewandert. So irrte sie noch heute, seit neun Jahren tot für alle, aber in der Erinnerung von der Feuersbrunst bei der Belagerung getrieben, rastlos umher.

Ja, sie war es wirklich!

Oberst Munro rief ihren Namen noch einmal . . . sie antwortete nicht. O, was hätte er nicht darum gegeben, sie jetzt in seine Arme pressen, sie aufheben, davontragen, mit ihr ein neues Leben anfangen, ihr durch seine liebende Sorgfalt den Verstand wiedergeben zu können . . .! Und er stand hier an diese Masse toten Metalls gebunden; an den Armen lief ihm das Blut von den Einschnitten der Stricke herab, und keine Macht der Erde konnte ihn aus dieser furchtbaren Lage retten!

Welche unnennbaren Qualen zermarterten ihn jetzt, die selbst der grausame Nana Sahib kaum hätte ersinnen können! O, und wie würde das Scheusal gejubelt haben, wenn der Nabab wußte, daß auch Lady Munro in seiner Gewalt war! Was hätte er wohl nicht erdacht, um die Folter des Gefangenen zu erschweren!

»Laurence! Laurence!« rief Oberst Munro noch einmal.

Er wagte sogar ziemlich laut zu rufen, auf die Gefahr hin, den wenige Schritte von ihnen schlafenden Hindu zu erwecken, die in der Kaserne liegenden Dacoits, vielleicht gar Nana Sahib selbst herbeizulocken.

Ohne die Worte zu verstehen, starrte ihn Lady Munro jedoch wie vorher mit unstetem, stechendem Blicke an. Sie sah die gräßlichen Leiden nicht, die der Unglückselige erduldete, der sie in dem Augenblicke wiederfand, wo die nächste Stunde ihm den Tod bringen sollte. Sie wiegte nur mit dem Kopfe hin und her, als wolle sie keine Antwort geben.

So verflossen einige Minuten; dann ließ sie die Hand sinken, die Hülle schloß sich wieder vor dem Gesicht, und sie trat einen Schritt zurück.

Oberst Munro glaubte schon, daß sie wieder davongehen wollte.

»Laurence!« rief er noch einmal, als sollte es der letzte Abschiedsgruß sein.

Doch nein, Lady Munro dachte noch gar nicht daran, das Plateau von Ripore zu verlassen, und so entsetzlich schon des Gefangenen Lage war – es sollte noch schlimmer kommen.

Lady Munro blieb stehen. Offenbar erregte diese Kanone ihre Aufmerksamkeit. Vielleicht erweckte dieselbe in ihr eine unerklärliche Erinnerung an die Belagerung von Khanpur. Sie kam also langsamen Schrittes zurück. Ihre Hand, welche den brennenden Zweig hielt, strich auf dem metallenen Rohre hin, und es genügte ja ein Funke, der auf das Zündloch fiel, den Schuß abzufeuern.

Sollte Oberst Munro gar von ihrer Hand sterben?

Er konnte, er mochte den Gedanken nicht ertragen. Nein, nun wollte er vor den Augen Nana Sahibs und seiner Helfershelfer in den Tod gehen.

Munro wollte rufen, wollte selbst seine Henker wekken . . .!

Da fühlte er von dem Innern des Geschützes her eine Hand die seinen drücken, die ja auf dem Rücken festgebunden waren. Das war offenbar eine Freundeshand, die seine Fesseln zu lösen versuchte. Bald verriet ihm die Kälte einer Stahlklinge, welche vorsichtig zwischen den Stricken und seinen Händen eindrang, daß in der Seele dieses ungeheueren Geschützes sich – Gott weiß, durch welches Wunder! – ein Befreier befinden mußte.

Er konnte sich nicht täuschen! Die Stricke, die ihn hielten, wurden zerschnitten . . .!

In einer Sekunde war das geschehen! Er konnte einen Schritt vorwärts tun . . . Er war frei! So sehr er sich zu beherrschen wußte, er mußte jetzt sehr an sich halten, denn ein Ausruf hätte ihn wieder ins Verderben gestürzt.

Aus dem Geschütze ragte eine Hand hervor . . . Munro ergriff diese, zog, was er konnte, und ein Mann, der mühsam aus der Rohrmündung herauskroch, fiel zu seinen Füßen nieder.

Es war Goûmi.

Der treue Diener hatte, nachdem es ihm gelungen, zu entfliehen, die Straße nach Jubbulpore eingeschlagen, auf der auch Nassim mit seinen Leuten dahinzog. Da, wo der Weg nach Ripore abzweigt, mußte er sich noch einmal verbergen. Er hörte von einer daselbst lagernden Gruppe Hindus von Oberst Munro sprechen, den die Dacoits unter Kâlaganis Führung nach der genannten Feste schleppen würden, wo Nana Sahib ihn mit der großen Kanone erschießen lassen wolle. Ohne Zögern war Goûmi auf einem schmalen, sich vielfach windenden Fußpfade davongeschlichen und hatte den Platz an dem Fort erreicht, als sich niemand daselbst befand. Da kam ihm der heroische Gedanke, in das ungeheure Geschütz zu kriechen, seinen Herrn, wenn es anging, auf diese Weise zu befreien oder mit ihm zusammen denselben Tod zu erleiden.

»Es wird bald Tag werden«, sagte Goûmi mit verhaltener Stimme. »Wir müssen fliehen!«

»Und Lady Munro?«

Der Oberst zeigte auf die Wahnsinnige, welche wie

versteinert dastand. Ihre Hand ruhte auf dem Bodenstück der Kanone.

»Wir tragen sie fort . . . Herr . . .« antwortete Goûmi, ohne eine weitere Erklärung zu verlangen.

Es war zu spät.

In dem Augenblick, als der Oberst und Goûmi sich ihr näherten, um sie mitzunehmen, klammerte sie sich mit der Hand, so gut es ging, an das Geschütz, der brennende Zweig fiel dabei auf dieses nieder und eine furchtbare Detonation, welche das Echo der Vindhyas noch verdoppelte, erfüllte mit Donnerrollen das ganze Tal der Nerbudda.

Dreizehntes Kapitel

Stahlriese!

Bei dem Krachen des Schusses fiel Lady Munro ohnmächtig in die Arme ihres Gatten.

Ohne einen Augenblick zu verlieren, eilte der Oberst mit ihr und gefolgt von Goûmi quer über den Vorplatz. Dem Wächter, der, durch den Krach erweckt, emporsprang, bohrte Goûmi sein langes Messer in die Brust. Dann stürzten beide nach dem kleinen Fußwege, der nach der Straße von Ripore führte.

Sir Edward Munro und Goûmi hatten kaum das Tor hinter sich, als die plötzlich erwachte Truppe Nana Sahibs schon den Platz vor ihrer Kaserne erfüllte.

Die Hindus wußten zuerst nicht, was sie tun sollten, wodurch die Flüchtlinge einen kleinen Vorsprung bekamen.

Nana Sahib selbst verweilte nämlich nur selten die Nacht hindurch auf der Feste. Auch am letzten Abend hatte er, nachdem Oberst Munro vor die Kanonenmündung gebunden worden war, einige Führer der Goudmana-Stämme aufgesucht, was er am hellen Tage gern vermied. Jetzt war aber schon die Stunde herangekommen, wo er gewöhnlich zurückkehrte, und er konnte jeden Augenblick erscheinen.

Kâlagani, Nassim, die Hindus, die Dacoits, zusammen wohl über hundert Mann, waren bereit, den Spuren des Flüchtlings zu folgen. Nur ein Gedanke hielt sie davon ab. Sie wußten ja gar nicht, was überhaupt vorgefallen war. Die Leiche des Hindus, der bei dem Oberst gewacht hatte, konnte ihnen natürlich keinen Aufschluß geben. Sie vermochten also nichts anderes anzunehmen, als daß durch einen unerklärten Zufall vor der Hinrichtungsstunde Feuer an das Geschütz gekommen und von dem Gefangenen nichts weiter mehr übrig sei als unförmliche, zerrissene Reste.

Kâlaganis und der anderen Wut machte sich in lauten Verwünschungen Luft. Weder Nana Sahib, noch einer von ihnen hatte sich also am Anblick des Oberst Munro in dessen letzten Minuten weiden können.

Der Nabab war indes nicht fern. Er mußte die Detonation gehört haben und kehrte daraufhin jedenfalls sofort nach der Feste zurück.

Was sollte man ihm zur Antwort geben, wenn er wegen des der Obhut seiner Leute anvertrauten Gefangenen Rechenschaft forderte?

Solche Gedanken beschäftigten alle und verursachten einige Zögerung, wodurch die Flüchtlinge Zeit gewannen, unbemerkt ein gutes Stück von der Feste wegzukommen.

Nach dieser wunderbaren Rettung von bester Hoffnung beseelt, eilten Sir Edward Munro und Goûmi den vielfach gewundenen Steg hinab, so schnell sie konnten. Die kräftigen Arme des Obersten fühlten die noch immer ohnmächtige Lady Munro kaum. Übrigens war auch sein Diener zur Hand, ihm zu Hilfe zu kommen.

Fünf Minuten nach Durchschreitung des Tores hatten beide schon die Hälfte des Weges bis zum Tale hinab hinter sich. Inzwischen wurde es heller und heller und das Tageslicht drang auch schon in die Tiefe hinab.

Da vernahmen sie über sich ein lautes Geschrei.

Über die Brustwehr gebeugt, hatte Kâlagani, wenn auch undeutlich, doch zwei entfliehende Männer bemerkt. Einer derselben konnte niemand anderes sein als der Gefangene Nana Sahibs.

»Munro! Das ist Munro!« rief Kâlagani schäumend vor Wut.

Die ganze Rotte brach nun eiligst zur Verfolgung auf.

»Wir sind gesehen worden!« sagte der Oberst, ohne seine Schritte zu hemmen.

»Die ersten halte ich auf!« antwortete Goûmi. »Sie werden mich umbringen. Sie gewinnen aber Zeit genug, um die Straße zu erreichen.«

»Wir werden entweder beide fallen oder beide davonkommen!« entgegnete Oberst Munro.

Der Oberst und Goûmi hatten ihre Schritte beschleunigt. Auf dem unteren, minder steilen Ende des Steges angelangt, konnten sie sogar laufen. Jetzt brauchten sie nur noch hundert Schritte bis zur Straße von Ripore, welche nach der großen Landstraße hinführte, auf welcher sie leichter entfliehen konnten.

Freilich wurde da auch die Verfolgung leichter. Ein Versteck zu suchen, wäre unnütz gewesen, denn sie wären nur zu bald aufgefunden worden. Es blieb ihnen also nichts übrig, als den Hindus möglichst weit zuvorzukommen und eher als sie den letzten Paß der Vindhyas hinter sich zu lassen.

Oberst Munros Entschluß stand für jeden Fall fest. Lebend wollte er unbedingt nicht wieder in Nana Sahibs Hände fallen. Auch die, welche das Schicksal ihm eben erst wiedergegeben, sollte durch seine Hand von Goûmis Dolche den Tod finden und dann wollte er diesen sich selbst ins Herz stoßen.

Beide hatten einen Vorsprung von etwa fünf Minuten. Als die ersten Hindus durch das Tor stürmten, gewahrten Oberst Munro und Goumi schon den breiteren Weg, der sich an den Fußsteg anschloß und der schon in der Entfernung einer Viertelmeile auf die Landstraße auslief.

»Hurtig, Herr!« rief Goûmi, bereit, den Oberst mit seinem eigenen Leibe zu decken. »Vor Ablauf von fünf Minuten befinden wir uns auf der Straße von Jubbulpore!«

»Gott gebe, daß wir da Hilfe finden!« murmelte Oberst Munro.

Das Rufen und Schreien der Hindus wurde immer deutlicher hörbar.

Gerade als die Flüchtlinge den Weg im Tale betraten, lenkten raschen Schrittes zwei Männer am Anfang des Bergpfades ein.

Es war hell genug, um sich erkennen zu können, und beide riefen fast gleichzeitig mit haßerfüllter Stimme:

»Munro!«

»Nana Sahib!«

Auf den Donner der Kanone hin war der Nabab herbeigeeilt, um zu sehen, was auf der Feste vorging. Er konnte nicht begreifen, warum sein Befehl vorzeitig ausgeführt worden sei.

Ein Hindu begleitete ihn; bevor dieser aber einen Schritt oder eine Bewegung machen konnte, lag er schon zu Füßen Goûmis von demselben Messer zu Tode getroffen, das die Fesseln des Oberst zerschnitten hatte.

»Hierher!« rief Nana Sahib seinen Leuten zu, welche den Fußpfad herabkamen.

»Ja, zu dir!« antwortete Goûmi.

Und schneller als der Blitz, stürzte er auf den Nabab.

Er beabsichtigte, wenn es ihm nicht gelang, jenen mit dem ersten Dolchstoß zu töten, wenigstens mit ihm zu kämpfen, um Oberst Munro Zeit zu gewähren, die Straße zu erreichen; die Eisenhand des Nabab hatte aber die seinige gepackt und das Messer war ihm dabei entfallen.

Wütend, sich entwaffnet zu sehen, faßte Goûmi darauf seinen Gegner um den Leib, drückte ihn fest an sich und trug ihn fort, um sich mit demselben in den ersten Abgrund zu stürzen.

Inzwischen kamen Kâlagani und die übrigen immer näher – jetzt erreichten sie schon das Ende des Bergpfades, und nun war kaum noch Hoffnung, ihnen zu entrinnen.

»Aushalten! Aushalten!« rief Goûmi. »Einige Minuten nehme ichs mit den Kerlen auf und gebrauche ihren Nabab als Schild! Fliehen Sie, Herr! Fliehen Sie ohne mich!«

Eine höchstens drei Minuten lange Wegstrecke trennte jetzt die Flüchtigen noch von ihren Verfolgern, und der Nabab rief mit halberstickter Stimme nach Kâlagani.

Da hörten jene plötzlich zwanzig Schritte vor sich laute Rufe.

»Munro! Munro!« klang es von dort her.

Auf der Straße von Ripore erschien Banks mit Kapitän Hod, Maucler, dem Sergeanten Mac Neil, Fox und Parazard, und hundert Schritte von ihnen auf der breiten Landstraße stand der Stahlriese, von dem ein lustiger Rauch emporwirbelte, und der mit Storr und Kâlouth die übrigen erwartete.

Nach Zerstörung des letzten Wagens vom Steam-House war dem Ingenieur und seinen Gefährten nur noch eines übriggeblieben; sie mußten den Elefanten, dem die Dacoits nichts hatten anhaben können, als Gefährt zu benutzen suchen. Auf demselben zusammengedrängt, waren sie auch sobald als möglich vom Puturia-See weg und die Landstraße nach Jubbulpore hingefahren. Als sie eben an dem nach der Feste führenden Seitenwege vorüberdampfen wollten, hatten sie jedoch den furchtbaren Knall hoch über sich gehört und in Folge dessen angehalten.

Eine Ahnung, ein Instinkt, wenn man so sagen will, drängte sie, jenen Seitenweg zu verfolgen, ohne daß sie hätten sagen können, was sie dabei hofften.

Wie dem auch sei, jedenfalls sahen sie sich plötzlich dem Oberst Munro gegenüber, der sie anrief!

»Rettet, rettet nur Lady Munro!«

»Und haltet Nana Sahib fest, den echten Nana Sahib!« rief Goûmi.

Er hatte mit den letzten Kräften den Nabab zur Erde geworfen, den Kapitän Hod, Mac Neil und Fox jetzt packten.

Ohne eine weitere Erklärung zu verlangen, eilten Banks und die übrigen zu dem Stahlriesen auf der Landstraße.

Auf Anordnung des Obersten, der ihn den englischen Behörden ausliefern wollte, wurde Nana Sahib am Halse des Elefanten festgebunden. Lady Munro brachte man in dem Türmchen unter, wo ihr Gatte neben ihr Platz nahm. Einzig mit seinem Weibe beschäftigt, die allmählich wieder erwachte, glaubte er auch schon einen Schimmer von Vernunft in ihr aufdämmern zu sehen.

Der Ingenieur und seine Gefährten hatten sich rasch auf den Rücken des Stahlriesen geschwungen.

Es war jetzt heller Tag geworden. Schon zeigten sich die ersten Hindus höchstens etwa dreihundert Schritte weiter rückwärts. Auf jeden Fall mußte man suchen, den vorgeschobenen Posten des Militär-Cantonnements von Jubbulpore, welcher vor die äußersten Ausläufer des Vindhyas gelegt ist, vor ihnen zu erreichen.

Der Stahlriese hatte Überfluß an Wasser und Brennmaterial, um ihn unter starkem Drucke zu halten und mit größter Geschwindigkeit hindampfen zu lassen. Auf der vielfach gewundenen Straße konnte man freilich nicht blind darauf zufahren.

Immer lauter erscholl das Geschrei der Hindus, die ihm offenbar näher kamen.

»Wir werden uns verteidigen müssen«, sagte der Sergeant Mac Neil.

»Daran solls nicht fehlen!« versicherte Kapitän Hod.

Noch hatte man etwa ein Dutzend Schüsse vorrätig. Es erschien also dringend geraten, keine einzige Kugel zu vergeuden, denn die Hindus waren bewaffnet, und es kam darauf an, sie in gebührender Entfernung zu halten.

Kapitän Hod und Fox setzten sich mit der Büchse in der Hand auf das Kreuz des Elefanten, dicht hinter dem Türmchen. Goûmi befand sich vorn, das Gewehr an der Schulter, um in schräger Richtung feuern zu können. Mac Neil, den Revolver in der einen, den Dolch in der anderen Hand, wich nicht von Nana Sahibs Seite, bereit, ihm den Garaus zu machen, wenn die Hindus näherkämen! Kâlouth und Parazard hielten sich vor dem Roste auf, den sie mit Brennmaterial beschickten. Banks und Storr leiteten den Gang des Stahlriesen.

Schon dauerte die Verfolgung zehn Minuten lang an. Höchstens zweihundert Schritte trennten jetzt die Hindus noch von Banks und den Seinen. Wenn jene schneller vorwärts kamen, so konnte der Elefant dafür das Laufen länger aushalten. Die ganze Taktik bestand also darin, jene keinen Vorsprung gewinnen zu lassen.

Da knatterten ein Dutzend Schüsse. Die Kugeln pfiffen über den Stahlriesen hinweg, bis auf eine, die das Rüsselende traf.

»Schießt nicht, wir dürfen nur sicher gezielt Feuer geben!« rief Kapitän Hod. »Schont die Kugeln! Sie sind noch zu weit!«

Jetzt gewahrte Banks, daß die Straße auf etwa eine Meile in gerader Linie verlief; sofort öffnete er den Regulator mehr, der Stahlriese dampfte schneller dahin und ließ die Rotte bald um mehrere hundert Schritt weiter hinter sich.

»Hurra! Hurra unserem Stahlriesen!« jubelte Kapitän Hod, der seiner Freude Ausdruck verleihen mußte. »Ah, die Schufte – sie werden ihn nicht erlangen!«

Am Ende jener geraden Strecke stieg die Straße aber noch einmal in Windungen empor, um den letzten Rükken des südlichen Ausläufers der Vindhyas zu überschreiten, wodurch Banks und die Seinigen natürlich etwas gehemmt wurden. Kâlagani und die Übrigen wußten das recht gut und ließen also nicht von der Verfolgung ab.

Der Stahlriese hatte bald genug den steileren, engen Paß erreicht, der sich zwischen zwei hohen Felsabhängen dahinwand.

Jetzt mußte die Geschwindigkeit vermindert und nur mit größter Vorsicht weitergefahren werden. In Folge dieser Verzögerung gewannen die Hindus auch das verlorene Terrain allmählich wieder. Wenn sie auch keine Hoffnung hatten, Nana Sahib, den jeden Augenblick ein Dolchstoß bedrohte, zu retten, so wollten sie wenigstens seinen Tod rächen.

Bald krachten von neuem einige Schüsse, ohne einen von denen, die der Stahlriese dahinführte, zu treffen.

»Die Sache wird ernthaft!« sagte Kapitän Hod, indem er die Büchse anlegte. »Achtung!«

Goûmi und er feuerten gleichzeitig. Zwei der nächsten Hindus wälzten sich, in die Brust getroffen, am Boden.

»Zwei weniger«, sagte Goûmi, der seine Waffe wieder lud.

»Ja, zwei Prozent!« rief Kapitän Hod. »Das ist nicht genug. Wir müssen mehr erhandeln!«

Die Büchsen des Kapitäns und Goûmis, zu denen jetzt auch die Flinte Fox' sich gesellte, streckten drei andere Hindus tot nieder.

Durch den gewundenen Paß ging die Fahrt aber nicht schnell vorwärts. Denn während die Straße enger wurde, stieg sie, wie erwähnt, auch ziemlich steil an. Noch eine halbe Meile, dann war die letzte Rampe der Vindhyas überwunden und der Stahlriese konnte sich nur noch hundert Schritte vor dem Wachtposten befinden, von wo aus die Station Jubbulpore sichtbar sein mußte.

Die Hindus waren nicht solche Memmen, vor dem Feuer des Kapitäns und seiner Gefährten zurückzuweichen.

Das Leben galt ihnen ja nichts, wenn es sich darum handelte, Nana Sahib zu retten oder zu rächen. Zehn, zwanzig derselben fielen unter den Kugeln, aber achtzig waren noch beisammen, den Stahlriesen zu überfallen, das kleine Häuflein Männer zu besiegen, welchen er als bewegliche Schanze diente. Sie verdoppelten also ihre Anstrengungen, um die, welche sie verfolgten, einzuholen.

Kâlagani wußte übrigens nicht, daß Kapitän Hod und den anderen bald die Patronen ausgehen und Büchsen und Flinten in ihren Händen zu nutzlosen Waffen werden mußten.

In der Tat hatten die Fliehenden schon die Hälfte ihrer Munition aufgebraucht und kamen nun bald in die Lage, sich nicht mehr verteidigen zu können.

Doch krachten jetzt wiederum vier Schüsse und vier Hindus stürzten zur Erde.

Kapitän Hod und Fox besaßen nur noch zwei Kugeln.

Da stürmte Kâlagani, der sich bisher immer etwas gedeckt gehalten hatte, wutverblendet weiter vor.

»Aha! Du! Die letzte gilt dir!« sagte Kapitän Hod und zielte in größter Ruhe.

Die Kugel flog aus der Büchse und traf den Verräter mitten in die Stirn. Zwecklos bewegten sich seine Hände noch einmal in der Luft, dann taumelte er und brach leblos zusammen.

Da ward der südliche Ausgang des Passes sichtbar. Der Stahlriese machte eine letzte Anstrengung. Noch einmal donnerte Fox' Flinte, noch einmal wälzte sich ein Hindu in seinem Blute.

Die Übrigen nahmen jedoch sehr bald wahr, daß das Feuer aufhörte, und setzten jetzt alles daran, den Elefanten selbst, von dem sie eine Strecke von höchstens fünfzig Schritt noch trennte, einzuholen und anzugreifen.

»Herunter! Herunter!« rief Banks.

Wie die Dinge lagen, schien es allerdings ratsamer, bis zu dem nicht mehr entfernten Wachtposten zu laufen.

Oberst Munro sprang, sein Weib in den Armen haltend, auf die Straße.

Kapitän Hod, Maucler, der Sergeant und die Übrigen kletterten sofort herab.

Nur Banks war in dem Türmchen geblieben.

»Und dieser Schurke?« rief Kapitän Hod, auf Nana Sahib zeigend, der an dem Halse des Elefanten festgebunden lag.

»Überlasse das mir, lieber Kapitän!« antwortete Banks mit eigentümlichen Tone.

Darauf drehte er noch einmal an dem Regulator und stieg nun selbst herab. Alle entflohen, den Dolch in der Hand und entschlossen, ihr Leben so teuer als möglich zu verkaufen.

Der Stahlriese rollte, obwohl sich selbst überlassen, unter dem Drucke des Dampfes die Straße weiter hinauf; da ihn aber keine verständige Hand mehr leitete, stieß er bald gegen die Felswand zur Linken des Weges, wie ein Widder, der den Gegner mit dem Kopfe anrennt, und sperrte, plötzlich angehalten, die Straße fast vollständig.

Banks und die anderen waren schon weitere dreißig Schritt vorausgeeilt, als sich die Hindus in Menge auf den Stahlriesen stürzten, um Nana Sahib zu befreien.

Plötzlich erschütterte ein furchtbares Krachen, wie

ein heftiger Donnerschlag, die Luft und hallte in den benachbarten Bergen wider.

Banks hatte beim Verlassen des Türmchens die Sicherheitsventile des Kessels belastet, so stark er konnte. Der Dampfdruck stieg dadurch ungeheuer an, und als der Stahlriese gegen die Felswand rannte, sprengte derselbe, da er durch die Zylinder keinen Ausgang mehr fand, den Kessel, dessen Trümmer nach allen Richtungen hin verstreut wurden.

»Armer Riese!« klagte Kapitän Hod, »du erlittest den Tod, um uns zu retten!«

Vierzehntes Kapitel

Kapitän Hods fünfzigster Tiger

Oberst Munro und seine Freunde und Reisebegleiter hatten jetzt nichts mehr zu fürchten, weder von seiten des Nababs und der Hindus, die seinem Befehle unterstanden, noch von der der Dacoits, die unter jenes Führung eine gefürchtete Bande in diesem Teile Bundelkunds gebildet hatten.

Bei dem Donner der Explosion waren die Soldaten des Wachpostens vor Jubbulpore in großer Zahl herausgeeilt. Was von Nana Sahibs jetzt führerlosen Spießgesellen noch übrig war, hatte eiligst die Flucht ergriffen.

Oberst Munro gab sich zu erkennen. Eine halbe Stunde später gelangten alle nach der Station, wo sie in Überfluß fanden, was sie bedurften, und vorzüglich Speise und Trank, wonach jeder lechzte.

Lady Munro wurde bis zu der Zeit, wo sie nach Bombay gebracht werden konnte, in einem komfortablen Hotel verpflegt. Dort hoffte Sir Edward Munro auch die Seele derjenigen wieder zum Leben zu erwecken, die jetzt nur leiblich lebte und für ihn so gut wie tot blieb, solange sie nicht die Vernunft wiedererlangte.

Im Grunde zweifelte keiner seiner Freunde an einer baldigen Heilung. Alle sahen mit Vertrauen einem Ereignisse entgegen, das offenbar allein das sonst freudlose Leben des Obersten umzugestalten vermochte.

Man kam überein, schon am folgenden Tage nach Bombay weiterzureisen. Der erste Eisenbahnzug sollte die Insassen des Steam-Houses nach der Hauptstadt des westlichen Indiens führen. Diesmal freilich sollte sie die gewöhnliche schnellfüßige Lokomotive befördern, und nicht mehr der unermüdliche Stahlriese, von dem nur noch unförmliche Trümmer übrig waren.

Doch weder Kapitän Hod, sein enthusiastischer Verehrer oder Banks, sein geistvoller Schöpfer, noch irgendein anderer Teilnehmer der Expedition konnte jemals das »treue Tier« vergessen, daß sie sich allmählich als lebend anzusehen gewöhnt hatten. Noch lange hallte das Krachen der Explosion, die es endlich vernichtete, in ihrer Erinnerung wider.

Es kann demnach kaum wundernehmen, daß Banks, Kapitän Hod, Maucler, Fox und Goûmi Jubbulpore nicht verlassen wollten, ohne den Schauplatz der Katastrophe noch einmal zu besichtigen.

Von der Dacoitsbande war ja bestimmt nichts mehr zu fürchten. Um jedoch keine Vorsicht aus den Augen zu setzen, nahmen der Ingenieur und seine Gefährten von dem Wachposten vor den Vindhyas eine Abteilung Soldaten zur Deckung mit und erreichten gegen elf Uhr den Eingang des Passes.

Hier lagen zunächst fünf bis sechs schrecklich verstümmelte Leichen. Es waren das die der ersten Hindus, welche den Stahlriesen erklettert hatten, um Nana Sahibs Fesseln zu lösen.

Das war aber auch alles. Von der übrigen Bande fand sich keine Spur. Statt nach ihrem jetzt bekannten

Schlupfwinkel Ripore zurückzukehren, mochten sich Nana Sahibs letzte Getreue weiter im Nerbuddatale zerstreut haben.

Den Stahlriesen selbst hatte die Explosion seines Kessels vollkommen zerstört. Eine seiner riesigen Tatzen fand sich weit weggeschleudert wieder. Ein Teil des gegen die Bergwand gestoßenen Rüssels hatte sich in eine Gesteinsspalte eingebohrt und ragte gleich einem Riesenarme daraus hervor. Überall lagen Blechstücke, Schrauben, Bolzen, Roststäbe, Zylinderbruchstücke und Reste der Treibstangen-Verbindungen umher. Im Moment der Explosion, als die überlasteten Ventile jeden Abfluß desselben verhinderten, mußte der Dampf eine ungeheuere Spannung, mindestens von zwanzig Atmosphären, erreicht haben.

Und jetzt war von dem künstlichen Elefanten, dem Stolze der Bewohner des Steam-Houses, von dem Kolosse, der die abergläubische Bewunderung der Hindus erregte, von dem mechanischen Meisterwerke des Ingenieurs Banks, dem verwirklichten Traume des phantastischen Rajahs von Bhutan nichts mehr übrig, als ein unkenntliches, wertloses Gerippe!

»Armes, armes Geschöpf!« – Diesen Ausruf des Bedauerns konnte Kapitän Hod angesichts des Kadavers seines geliebten Stahlriesen nicht unterdrücken.

»O, da bauen wir einen anderen . . . einen noch mächtigeren Nachfolger!« sagte Banks.

»Das glaube ich wohl«, erwiderte Kapitän Hod mit einem tiefen Seufzer, »er ist es aber doch nicht mehr!«

Bei diesen Nachsuchungen kam dem Ingenieur und seinen Gefährten natürlich auch der Gedanke, ob sie nicht einige Überbleibsel Nana Sahibs nachweisen könnten. Fand sich dabei auch der leicht wiederzuerkennende Kopf nicht vor, so genügte ja schon die eine Hand von ihm, welcher der amputierte Finger fehlte, die Identität seiner Person festzustellen. Sie hätten so gern den unbestreitbaren Beweis des Todes desjenigen erlangt, der jetzt mit seinem Bruder Balao Rao ja nicht mehr verwechselt werden konnte.

Keiner der blutigen Reste, die den Boden bedeckten, schien jedoch Nana Sahib angehört zu haben. Wahrscheinlich hatten die getreuen Anhänger des Nabab wenigstens die Überbleibsel seiner Leiche noch mitgenommen.

Die unausbleibliche Folge davon war aber die, daß die Fabel von Nana Sahib, wegen Mangels vollgültiger Beweise, wieder in ihr Recht trat; daß der unerreichbare Nabab in der Vorstellung der Volksstämme Zentral-Indiens noch immer als lebend galt, bis die Sage den alten Anführer der Sipahis vielleicht zu einem unsterblichen Gotte umwandelte.

Banks und die Seinigen freilich zweifelten keinen Augenblick mehr daran, daß jener die Explosion nicht habe überleben können.

Sie kehrten nach der Station zurück, wohin Kapitän Hod ein Stückchen von den Stoßzähnen des Stahlriesen mitnahm – eine kostbare Reliquie, die er als teures Andenken bewahrte.

Am folgenden Tage, dem 4. Oktober, verließen alle Jubbulpore in einem Salonwagen, der dem Oberst Munro und seinen Begleitern zur Verfügung gestellt worden war. Vierundzwanzig Stunden später überschritten sie die westlichen Ghats, jene indischen Anden, die sich in einer Ausdehnung von dreihundertsechzig Meilen Länge hin erstrecken und mit dichten Waldmassen von Banianen, Sykomoren, Tek-Eichen, neben Palmen, Kokos- und Arekpalmen, Pfeffer- und Sandelholzbäumen und Bambusdickichten bedeckt sind. Einige Stunden später schon brachte sie der Bahnzug nach der Insel Bombay, die in Verbindung mit den Inseln Salcette, Elephanta und anderen eine prächtige Reede bildet und auf ihrer südöstlichen Spitze die Hauptstadt der Präsidentschaft trägt.

Oberst Munro hielt sich in der großen Stadt nicht auf, wo Araber und Perser, Banyans und Abessinier, Parsis und Guebrer, Scindier und Europäer aller Nationen die Straßen erfüllen und selbst Hindus vereinzelt auftauchen.

Die wegen Lady Munros Zustand konsultierten Ärzte empfahlen einstimmig, die Leidende nach einem freundlichen Landsitze in der Umgebung zu bringen, wo die friedliche Stille im Verein mit der zärtlichen unausgesetzten Sorgfalt des Gatten einen glücklichen Erfolg am sichersten erhoffen ließ.

So verging ein Monat. Nicht einer der Gefährten des Obersten, nicht einer seiner Diener hatte nur daran gedacht, von seiner Seite zu weichen. An dem voraussichtlich nicht mehr fernen Tage, wo die Genesung der jungen Frau den Seelenleiden Sir Edward Munros ein Ende machen sollte, wollten alle gegenwärtig sein.

Endlich ward ihnen diese Freude zuteil. Allmählich lüftete sich der Schleier um Lady Munros Geist, sie fing wieder an, Gedanken zu fassen. Von der früheren »irrenden Flamme« blieb nichts mehr übrig, nicht einmal eine Erinnerung.

»Laurence! Laurence!« rief da der entzückte Oberst Munro, und, endlich ihn wiedererkennend, sank ihm die wiedergefundene Gattin in die Arme.

Eine Woche später waren die Insassen des Steam-Houses in dem Bungalow von Kalkutta wieder vereinigt. Hier begann nun ein anderes Leben, als das, welches bisher in dem prächtigen Wohnsitze geherrscht hatte. Banks verbrachte hier die Zeit, die seine Arbeiten nicht in Anspruch nahm, Kapitän Hod seinen Urlaub, sobald er solchen erhielt. Mac Neil und Goûmi gehörten ganz zum Hause und trennten sich von dem Oberst niemals wieder.

Später verließ Maucler, der nach Europa zurückkehren mußte, Kalkutta. Es traf sich zufällig, daß auch Kapitän Hods Urlaub zu Ende ging, weshalb dieser und der getreue Fox das gastliche Haus verließen, um sich nach den Cantonnements von Madras zu begeben.

»Adieu, lieber Kapitän«, sagte da Oberst Munro. »Ich schätze mich glücklich in dem Gedanken, daß Sie bezüglich unserer Fahrt durch das nördliche Indien doch eigentlich nichts zu beklagen haben, als daß es Ihnen nicht vergönnt war, den fünfzigsten Tiger zu erlegen.«

»O, ich habe ihn doch erlegt, Herr Oberst!«

»Was höre ich! Sie haben ...?«

»Ja, ganz gewiß!« fiel ihm Kapitän Hod mit einem gewissen Stolze ins Wort. »Neunundvierzig Tiger und ... Kâlagani ... sollte dieser nicht für den fünfzigsten gelten können?«

COLLECTION JULES VERNE

1. Von der Erde zum Mond
Direkte Fahrt in 97 Stunden 20 Minuten
2. Reise um den Mond
3. Reise um die Erde in 80 Tagen
4. Reise zum Mittelpunkt der Erde
5. Fünf Wochen im Ballon
6./7. Zwanzigtausend Meilen unter dem Meer
8. Abenteuer von drei Russen und drei Engländern in Süd-Afrika
9./10. Abenteuer des Kapitän Hatteras
11./12./13. Die Kinder des Kapitän Grant
14./15./16. Die geheimnisvolle Insel
17./18. Das Land der Pelze
19. Eine schwimmende Stadt
Die Blockadebrecher
20. Eine Idee des Doktor Ox
Meister Zacharius
Ein Drama in den Lüften
Eine Überwinterung im Eis
Eine Mont-Blanc-Besteigung
21. Der Chancellor
Tagebuch des Passagier J. R. Kazallon
22./23. Der Kurier des Zaren
Michael Strogoff
24. Schwarz Indien
25./26. Reise durch die Sonnenwelt
27./28. Ein Kapitän von 15 Jahren
29./30./31. Die Entdeckung der Erde
32. Die fünfhundert Millionen der Begum
33. Die Leiden eines Chinesen in China
34./35. Die großen Seefahrer des 18. Jahrhunderts
36./37. Das Dampfhaus

38./39. Der Triumph des 19. Jahrhunderts
40./41. Die Jangada
42. Die Schule der Robinsons
43. Der grüne Strahl
44./45. Keraban der Starrkopf
46. Der Südstern oder das Land der Diamanten
47. Der Archipel in Flammen
48./49./50. Mathias Sandorf
51. Robur der Sieger
52. Ein Lotterie-Los
53./54. Nord gegen Süd
55./56. Zwei Jahre Ferien
57. Kein Durcheinander
58./59. Die Familie ohne Namen
60./61 Mistreß Branican
62. Das Karpatenschloß
63. Claudius Bombarnac
Notizbuch eines Reporters
64./65. Der Findling
66./67. Meister Antisers wunderbare Abenteuer
68./69. Die Propeller-Insel
70. Vor der Flagge des Vaterlandes
71. Clovis Dardentor
72./73. Die Eissphinx
74./75. Der stolze Orinoco
76./77. Das Testament eines Exzentrischen
78./79. Das zweite Vaterland
80. Das Dorf in den Lüften
81. Die Historien von Jean-Marie Cabidoulin
82./83. Die Gebrüder Kip
84./85. Reisestipendien
86. Ein Drama in Livland
87. Der Herr der Welt
88. Der Einbruch des Meeres
89. Der Leuchtturm am Ende der Welt
90./91. Der Goldvulkan
92./93. Reisebüro Thompson & Co.
94. Die Jagd nach dem Meteor
95. Der Pilot von der Donau
96./97. Die Schiffbrüchigen der Jonathan
98. Wilhelm Storitz' Geheimnis
99./100. Cäsar Cascabel